Een vleugje Lc

Gaby Rasters bij Boekerij:

Hou me vast zoals ik was

Hemelse modder

Een vleugje Londen

De *Nogal ingewikkelde*-serie:

Follow

Like

Share

boekerij.nl

Gaby Rasters

Een vleugje Londen

Een ongeopende brief. Een verloren koffer.
Twee levens die voorgoed zullen veranderen.

BOEKERIJ

ISBN 978-90-225-8647-1
ISBN 978-94-023-1784-8 (e-book)
NUR 301

Omslagontwerp en -beeld: Bürosüd
Zetwerk: Mat-Zet bv, Huizen

Lieve Sybren, Sabijn en Sara
Jullie zijn mijn Shade of Hope!

SHADE OF HOPE

I hold memories in my hand
Slipping through like sand
It's the price I have to pay
And they take, they take me back in time
To the place where you were mine
Mine to lead astray

Time, like a river flows
Whenever I feel down
You are my Shade of Hope

Years gone, never to return
The memories still burn
They will keep me warm
Keep me warm like the stars
I could wait all night to see them fall
Oh, I wish that I could catch them all
And share them with you once more

Time, like a river flows
Whenever I feel down
You are my Shade of Hope

And time won't break my faith in you
You'll always be my Shade of Hope
I know that you will be home soon
You will be home soon

Shade of Hope – Dave Marriner
shadeofhope.nl

Deel 1

1

Tomas

Hij klikt Mascha's mailtje aan. Zonder te lezen weet hij wat er staat, de kern van de boodschap is altijd hetzelfde.

'Neem je ons aanbod aan? Zie bijlage.'

Een jaar na haar eerste mail is de lengte van het bericht danig ingekort. Haar naam staat er niet eens meer onder. Steevast erachteraan haar telefoontje: 'Heb je ons aanbod gelezen, Tomas? Denk erover na, oké?' Hij hield van haar heerlijke Britse accent. Maar toch was zijn antwoord altijd hetzelfde: 'Bye, Mascha.'

In het begin had hij haar belletjes weggedrukt, maar dat maakte het nog erger. Dan stond de telefoon de hele dag roodgloeiend. Mascha was het type pitbull dat nooit losliet. In 'bye' zeggen werd hij steeds beter, al deed het elke keer weer pijn om de hoorn erop te gooien. Het liefst had hij even met haar gepraat, of met wie dan ook. Om zijn hoofd leeg te maken, zijn hart uit te storten. Maar daar was Mascha niet de persoon voor. Het zou niet in haar planning passen: ze moest door en verder. En bovendien zou ze privé en zakelijk strikt gescheiden willen houden. Haar doel was hem terughalen naar het grote parfumhuis, niet om zijn sores aan te horen. Maar hij kon het niet en hij wilde het niet. Die tijd was voorbij. Bovendien had ze ernstig misbruik gemaakt van zijn situatie, alleen maar voor de verkoopcijfers. Hij wil niet terugdenken aan die tijd, aan dat moment. Ooit zal hij haar vertellen wat het met hem heeft gedaan, al is het maar voor zijn eigen gemoedsrust.

Tomas loopt naar het slaapkamerraam. Een man loopt met zijn hond door de straat, zijn schouders gebogen en zijn hoofd diep in zijn kraag verborgen. De hond blijft staan bij elke boom en de man lijkt het prima te vinden. Door het raam ziet Tomas dat het hondje hinkt met zijn rechterachterpootje. Tomas tekent met zijn vinger op het glas, waartegen hij net zijn warme adem heeft geblazen. Het hondje op het raam lijkt niet op de hond daar beneden op de straat en geïrriteerd veegt Tomas het kunstwerk in wording weg. In zijn hoofd komt een deuntje uit een liedje omhoog, hij neuriet niet mee, maar laat de muziek in zijn hoofd tot leven komen.

A winter's day

In a deep and dark December

Opnieuw blaast hij een tekenvel op de ruit. Zijn vinger schrijft de letters die hij al een jaar lang niet meer geschreven heeft. *Maggie.* Deze nacht heeft hij niet geslapen.

I am alone

Gazing from my window

Maar wat is daar nieuw aan? De uren die hij wakker heeft gelegen sinds haar dood zijn niet meer te tellen. Het is eigenlijk een wonder dat hij nog overeind staat.

To the streets below

On a freshly fallen, silent shroud of snow

Opeens hoort hij de woorden in zijn hoofd, de klanken die alleen zij kon voortbrengen. Haar stem warm, langzaam en zwoel. Tomas had vaker gegrapt dat ze zangeres zou moeten worden, zodat iedereen van haar stem zou kunnen genieten. 'Ik zing zo vals als een kraai, dat weet jij ook, Tomas!' Ze had gelachen en Tomas wilde dat hij dat geluid op herhaling had kunnen zetten in zijn hoofd. Repeat, repeat en nog eens.

Die middag hadden ze keihard meegezongen met de radio. Ze hadden buikpijn gehad van het lachen en Maggie had hem aangekeken op een manier zoals ze nog niet eerder had gedaan, het was alsof ze zijn ziel was binnengedrongen en er was een schokgolf door hem heen gegaan. Zij had het ook gevoeld. 'Ik wil een kind met je, Tomas, ooit. En dan zingen we hem of haar elke avond in slaap.' Ze waren samen op bed gaan liggen, hun handen verstrengeld en hadden flarden kinderliedjes de kamer in gefluisterd. Maar dat was allemaal voordat ze wist dat ze ziek was. Dat was allemaal toen de wereld nog goed was. Met de dood van Maggie was Tomas zijn bezieling kwijtgeraakt. Sterker nog, hij was het contact met de wereld kwijtgeraakt en andersom kon de wereld niks meer met Tomas, hoe hard ze ook probeerde.

Ze had gewacht tot ze terug waren van hun uitstapje naar Londen, zodat ze zich nog even had kunnen wentelen in de energie van zijn creativiteit. Wat had ze genoten van zijn ideeën voor het nieuwe parfum. Maar als hij eerlijk was, had hij het geweten op het moment dat daar in de jasmijnvelden haar tranen gevallen waren. Hij was per direct gestopt met de ontwikkeling van het nieuwe parfum en had zich toegelegd op het bestuderen van alle medische handboeken die hij in handen kon krijgen. Het had niet geholpen. Er was geen genezing mogelijk geweest en ook zijn zoektocht naar de beste arts in de wereld had tot niks geleid. Ze had lijdzaam toegekeken en op een dag had ze hem van achter zijn studieboeken weggetrokken. 'Tomas, ik ben er nog. Zie je dat? Voel je mijn hartslag? Mijn hart klopt voor jou en dat zal het blijven doen, ook als ik er niet meer ben. Maar nu ben ik er nog! Kom je eigen wereld uit en leef dat laatste stukje dat ik nog hier ben, met mij samen!' Het was een smeekbede geweest. En hij voelde dat haar tijd bijna om was. Het had hem tot wanhoop gedreven, maar hij wist ook dat ze gelijk had. Elke minuut had hij met haar doorgebracht. Wat was ze bang geweest. Niet voor de dood, maar voor het moment waarop ze misschien genoeg van elkaar zouden krijgen. Maar dat moment kwam niet. Nooit zou hij genoeg van haar hebben gehad! Het verdriet komt in horten en stoten omhoog en hij verliest bijna zijn evenwicht. De grond lijkt weer onder zijn voeten weg te zakken, zoals dat op twee momenten eerder dat jaar ook was gebeurd; tijdens haar grote allesvernietigende nieuws en het overlijden nauwelijks drie maanden later. Nu een jaar geleden.

En nu staat hij haar naam te schrijven op het raam, net zo lang tot de letters vervagen en opgaan in de glinstering van de zon tegen het glas. Een diepe zucht ontsnapt uit zijn lichaam. *Het is tijd.* Op zijn blote voeten loopt Tomas naar het nachtkastje naast zijn bed. Dit was altijd haar nachtkastje en hij had het precies zo gelaten als zij het achtergelaten had. Een knuffelbeertje zittend tegen de muur, een nachtlampje en een boek. 'Het boek der boeken' had ze dit genoemd. Ze had er fragmenten uit voorgelezen, terwijl hij met zijn hoofd in haar schoot lag. Ze had hem door zijn haren gekriebeld en dat gevoel was heerlijk geweest. Hij werd er rustig van. In feite was Maggie de enige die van de snelweg in zijn hoofd tijdelijk een rustig zandpad kon maken. Die rust was hij nu al een jaar kwijt.

Hij pakt het boek van haar nachtkastje, wat had ze erover gezegd? 'Dit boek zijn wij. Behalve dan dat ik je geen opdrachten ga geven na mijn dood. Een nachtlampje heb je al, dus dat hoef je ook niet te kopen.' Tomas wrijft over het omslag. *P.S. Ik hou van je.* De film was nog zoeter dan het boek, maar hij had ervan genoten hoe Maggie zelfs na drie keer hetzelfde fragment te hebben gezien weer met natte ogen naast hem zat. Emoties waren rare dingen, vooral voor hem.

Maar doordat haar hart zo groot was en haar emoties zo sterk, leerde hij te voelen zoals hij anders nooit gekund had. Dat gevoel was nu bijna uit zijn systeem verdwenen. Eindelijk begreep hij het liedje over het houten hart. Beter nog was het liedje van Simon and Garfunkel. Hij was een rots geworden en een eiland. Zijn hart zou nooit meer voor een ander zijn. Het was niet eens meer van hem. Hij lacht schamper. Hoe metaforisch ook, een hart was dat wat Maggie nodig had gehad...

'I am a rock, I am an Island' Het lukt hem niet om het liedje te stoppen in zijn hoofd. Dan herpakt hij zich en slaat het boek open en haalt er de envelop uit die ze er met trillende handen in had gestopt. 'Pas openmaken een jaar na mijn sterfdag. Beloof je me dat?' Ze had hem zo dwingend aangekeken dat hij niet had kunnen weigeren. Zolang de envelop ongeopend bleef mocht hij rouwen. Mocht hij een eiland zijn. Zijn zus Ramona had er niks van gesnapt. Lieve Ramona. Ook zij was gek geweest op Maggie. Met zijn drietjes waren ze een soort van gezin, vooral omdat de ouders van Tomas en Ramona al vroeg uit het leven waren weggerukt door een stom ongeluk. 'Kijk gewoon wat er in die envelop zit, Tomas. Hoe kun je daar nu mee wachten?' Ramona had hem heel vaak aangemoedigd. Maar natuurlijk kon Tomas wachten. Beloftes waren heilig voor hem en zijn zelfbeheersing was enorm. Ramona had geen enkele vorm van zelfbeheersing. Tomas lacht even wanneer hij Ramona voor zich ziet. 'Ik pak echt nog maar een paar M&M's, echt.' Drie tellen later zat ze weer met haar hand in de zak. Zo was hij niet. Bovendien wist hij van welke chemische stoffen die ronde snoepjes gemaakt worden, dus hield hij zich er verre van. Met de herinnering aan Ramona komt ook het besef dat hij haar heeft buitengesloten. Dat had ze niet verdiend. Kon hij het zelfbescherming noemen?

Tomas loopt naar de schommelstoel op hun slaapkamer, een erfstuk van Maggies oma. Lelijk als de nacht, maar voor Maggie was hij als haar thuis. Haar plekje om tot rust te komen en de duizenden boeken te lezen die haar altijd smekend toe leken te roepen. Hij nestelt zich in de stoel en wiegt langzaam op en neer. Hij ruikt aan de envelop. Naast de geur van het papier herkent hij haar! Maggie! De geur doet hem diep vanbinnen verdriet, het is alsof hij de striemen van priemende wind op zijn blote gezicht voelt. Scherpe pijn, niks geen randjes die er al vanaf zijn. Brute, naakte, pure pijn.

Hij staat weer op en loopt naar beneden. Uit de kast pakt hij de briefopener. Een kitscherige briefopener met een gouden anker. Maggie had enorm om hem moeten lachen. 'Scheur toch gewoon je post open! Dat jij het geduld hebt om elke keer dat ding te pakken!' Ja, geduld had hij zeker. Tergend langzaam was hij soms. Maar dat was de buitenkant als evenwicht voor de radertjes in zijn hoofd. Met de opener loopt hij weer naar boven. De brief lijkt hem aan te kijken. Langzaam laat hij het mesje de envelop openrijten. Het papier maakt een prachtig scheurend geluid. Tomas hoort een hond blaffen, een stoere zware blaf, vast niet afkomstig van het hondje met het manke pootje.

De inhoud is nu vrij om bekeken te worden. Onrustig loopt hij terug naar het nachtkastje. Hij pakt het boek op en neemt het mee naar de schommelstoel. Haar boek, haar gevoel van romantiek. Hij slaat het boek open en zoekt naar Maggies lievelingszinnen. Het waren ook zijn lievelingszinnen geworden.

"Hun plan was heel simpel geweest. Ze zouden de rest van hun leven bij elkaar blijven." Dat was ook hun plan geweest maar daar stond een groot kruis doorheen. 'Kom op, Tomas, kijk wat er in die envelop zit!' Hij spreekt zichzelf toe, maar de angst om het verdriet opnieuw te voelen houdt hem tegen. Hij weet dat deze envelop het stukje afscheid is dat hij nog moet nemen en Maggie had bepaald dat het moment nu was. Meestal had ze gelijk gehad.

Langzaam haalt hij er een papiertje uit alsof hij net een opgraving heeft gedaan en een schat uit de prehistorie naar boven heeft gehaald. Dat is misschien ook wel zo, deze brief is het laatste stukje leven wat er van Maggie is overgebleven. Haar stukje ziel voor hem; een jaar na dato. Opeens kan hij niet meer wachten. Hij moet weten wat ze voor hem heeft achtergelaten.

2

Sharon

Sharon drukt het telefoontje van haar moeder weg. Ze heeft nu echt geen zin om na te praten over het grote fiasco rondom de verkoop van de riante villa in het bos. Ja, ze had het verknald en de makelaar aan de andere kant van de stad was nu vast aan het lachen in zijn vuistje. De arrogante omhooggevallen aardappel met zijn stomme strikje en zijn ribbroek! Geïrriteerd gooit ze een paar tijdschriften aan de kant en gaat op de bank liggen. Haar heerlijke zachte knuffelbank met dito knuffeldeken en kussens. Misschien had ze meer kussens in de villa moeten leggen. Weer gaat haar telefoon en weer is het haar moeder. Ze laat het melodietje spelen en zingt de woorden hardop mee. 'The winner takes it all!' Haar moeder had haar geleerd dat niets zo erg was als verliezen. Daar was deze ringtone een pijnlijk geheugensteuntje voor. Haar onberispelijke moeder met haar opgestoken haar en altijd bijpassende gelnagellak bij iedere outfit die ze droeg. En hoge hakken, of ze nu pijn had aan haar voeten of niet. Respect voor haar moeder, dat zeker! Maar nu even niet. Geen les in marketing of hypnosetactieken of wat dan ook. Vanavond was gewoon een niet-storen-avond voor Sharon. *'But I was a fool. Playing by the rules…'* Haar uithaal is lang en vals en ze geniet van elke valse noot. De bel die heel hard het naderend onheil aankondigt is op dit moment onhoorbaar voor Sharon. '*The winner takes it all. The loser has to fall...*'

De bel blijft gaan en er wordt op de deur gebonsd. Sharons hart bonst met de laatste harde dreun mee. De telefoon blijft gillen. '*It's simple and it's plain. Why should I complain.*'

De regen valt met bakken uit de lucht en Sharon probeert door haar raam te zien wie er zo hard aan de deur staat te bellen en te bonzen. De haar maar al te bekende grote zwarte Range Rover voor de deur lijkt zwarter en groter dan ooit. Gevaarlijker ook. Het is haar moeder! Sharon doet de deur open en kijkt in de verwilderde ogen van een moeder die er nog nooit zo verzopen uit heeft gezien. Sharon realiseert zich direct: *dit gaat niet over de villa...*

'Fijn dat je even opendoet in dit weer,' zegt haar moeder bits. Sharon laat haar binnen en even kijken de vrouwen elkaar in stilte aan. Dan zegt Patrice botweg: 'Het is Luuk.' Een schokgolf gaat door Sharon heen. 'Papa?'

De grond lijkt onder haar voeten in tweeën te splijten en het gevoel te moeten overgeven komt als opstuwende lava vanuit haar buik omhoog geprutteld. 'Wat is er met papa?' Ze is nog maar nauwelijks verstaanbaar. Ze weet, ze voelt, dat het niet goed is. Hoe heeft ze dit niet zien aankomen? De band met haar vader was al vanaf het moment dat hij haar voor het eerst in zijn armen had gehouden bijzonder geweest. Sterk en onverwoestbaar. Hij wist wanneer zij het moeilijk had, met wat dan ook, en altijd was hij er dan voor haar geweest. Omgekeerd had zij die gave ook gehad. Ze wist nog eerder dan haar vader dat haar moeder bij hem weg zou gaan en ze had hem erdoorheen gesleept. Liters aardbeienmilkshake waren daarvoor nodig geweest. En koffie. Koffie zo zwart als de nacht, net zo zwart als de fonkelende ogen van Sharon wanneer ze een grote huizendeal binnensleepte. Maar nu had ze niks gevoeld, niks gemerkt.

'Wat is er met papa?' Door haar stem klinkt een vleugje wanhoop. Sharon probeert de wirwar aan gedachten te stoppen. Wat het ook zou zijn, het kwam weer goed!

'Ga even zitten.' Haar moeder kijkt haar niet meer aan, maar is verdiept in haar telefoon. Sharon gaat zitten en zoekt naar aanwijzingen in haar moeders gezicht. Onvindbaar natuurlijk. Haar moeder weet als geen ander hoe een pokerface werkt.

'Mam! Wat is er?'

Patrice zucht. 'Hij is opgenomen op de PAAZ. Helemaal van het padje af. Hij stond voor de deur van ons kantoor te schreeuwen net toen ik een belangrijke deal aan het sluiten was. Dat is nu typisch je vader.' Als Patrice al bezorgd was geweest, dan was die bezorgdheid inmiddels omgeslagen in irritatie, de irritatie die Sharon al jaren kent, aanhoort en waar ze van rilt. *Haar vader opgenomen?*

'Het zit zo, Sharon. De andere kant van Luuk is weer bovengekomen, een kant die jij niet kent. Ik kan je het nummer van zijn behandelend arts geven en de bezoektijden. Al hebben ze hem nu zo platgespoten dat er vast geen zinnig woord meer uit komt.' De woorden die ze erachteraan mompelt, kan Sharon niet verstaan.

'Heb jij hem laten opnemen?'

'Ja. Het leek me beter om direct te handelen. Al heeft het mij uren gekost om zijn toestemming te krijgen.' Haar moeder strijkt haar strakke kapsel recht en lijkt opeens haast te hebben.

'Mam? Waarom heb jij mij niet gebeld? Voordat je hem hebt laten meenemen?'

'Daar was geen tijd voor. En wees blij dat ze hem meegenomen hebben, je kent de wachtlijsten van tegenwoordig. Zelfs voor spataderen is een enorme wachtlijst, althans, dat vertelde de buurvrouw.'

Sharons ogen glijden onwillekeurig af naar haar moeders benen. Haar ouders hadden geen grotere tegenpolen kunnen zijn. Zij in mantelpak en hij in een houthakkershemd en verwarde haren en altijd een ongeschoren kin. Ze hield ervan. Net zoals ze ervan hield hoe haar vader naar hout en verf rook. Zijn wereld gaf haar rust in de snelle yuppenwereld waar zij zich in bevond. De wereld van het wachten op de grote doorbraak, de wereld van sushi en champagne, van het sluiten van deals en ellebogenwerk. Haar vader was zo niet, hij hield er niet van maar veroordeelde haar ook niet. Hij steunde haar door dik en dun. En haar moeder? Patrice was vergroeid met dit bestaan en was daardoor verder van haar man weggedreven. Hun huwelijk was net zo gestrand als aangespoeld wrakhout. Tien jaar geleden alweer hadden ze allebei ingestemd met de scheiding en haar vader had het huis verlaten en op dat moment was de ziel uit de woning verdwenen. Niet lang daarna was Sharon ook verhuisd. Niet op eigen kracht, dat niet, haar moeder had een grote loft voor haar weten te regelen. Het was Luuk die de muren was komen verven en met wie ze 's avonds naar de sterren had liggen kijken op het dakterras. Ze hadden pizza gegeten en boeren gelaten. Zomaar omdat het kon, omdat Patrice er niet bij was. Geen opgetrokken wenkbrauwen of rollende ogen. Geen afkeer. En toch hield ze van haar hardwerkende, zichzelf alles ontzeggende moeder. Ja, aan luxe kwam Patrice niets tekort, maar ze werkte er ook dag en nacht voor. Feestjes waren er wel, maar die hadden allemaal een doel en dat was een klant binnenhalen. En wat dat betreft ging haar moeder over lijken. Haar moeder was Chanel. Haar vader de kringloopwinkel. En zij, Sharon, was een mix van beiden.

'Sharon, gaat het?' Haar moeder pakt de kin van haar dochter vast en tilt hem een stukje omhoog. 'We doen niet aan onderkinnen kweken, hè! Kop op. Het komt allemaal goed. Ik moet gaan, kind. De contracten tekenen voordat ik morgenvroeg het vliegtuig pak.'

'Vliegtuig?' Sharon kijkt haar moeder niet-begrijpend aan.

'Kind, waar zit je met je gedachten? Het jaarlijkse makelaarscongres in Amerika? Chicago, dit jaar. Je moeder op het podium, weet je nog? De pitch waar ik al driekwart jaar aan werk?'

'Maar papa?' Haar stem breekt en de moed zakt haar langzaam in de schoenen.

'Luuk is jouw vader. Ik ben al tien jaar lang niks meer van hem. Dat weet je.' Ze kijkt haar dochter doordringend aan en Sharon kan haar oren niet geloven.

'Mam! Je was met hem getrouwd. Jullie hebben mij!'

'Ja en jij bent oud genoeg om op eigen benen te staan!' Ze geeft haar dochter een snelle kus op haar wang.

'Dit kun je niet maken! Papa heeft verder niemand.' De wanhoop grijpt haar naar de keel.

'Hij heeft jou en hij heeft Bryan. En dat hij niemand heeft, ligt aan hem zelf. Laat dat een les zijn, ook voor jou.' Haar moeder draait zich om en loopt naar de deur. 'Ik bel je als ik geland ben.'

Sharon kan de klank van haar moeders stem niet helemaal thuisbrengen, ze klinkt minder zeker en zelfs bang. Twijfelt ze zelf ook? Sharon besluit haar moeder lik op stuk te geven in plaats van te zoeken naar medeleven en troost.

'Doe geen moeite om te bellen, mam, ik lees het wel op Twitter.' Sharon probeert de vijandigheid uit haar stem te bannen. Ze grist haar jas van de kapstok en loopt met haar moeder mee naar buiten. Haar benen trillen, ze wil naar haar vader. Vlak voordat Patrice in haar Range Rover stapt, rent Sharon naar haar toe. 'Komt het goed met papa?'

'Onkruid vergaat niet, kind. Vast een midlifecrisis.' Haar moeder pakt een streng van Sharons haren vast. 'Je zou je haren weer eens een oppepper moeten geven.'

'Wat zei de arts eigenlijk?'

'Niet zoveel vanwege de privacyregels, nogmaals, ik ben niks meer van hem. Maar hij had het over een psychotische depressie. Maar dat is vast zo'n modewoord. Schat, ik moet echt gaan.'

Sharon houdt haar tegen. 'Wat stond papa te schreeuwen dan?'

'Moet dat nu?' Haar moeder klikt de auto open en ze zoekt duidelijk een uitweg.

'Jij stond voor mijn deur, mam! Of koop je daarmee je schuldgevoel af dat je hem nu in de steek laat? Is dat het? Laat je de zorg over aan mij zodat jij kunt gaan shinen in Dallas?'

'Chicago, Sharon, ik ga naar Chicago. Je hoofd erbij houden. Je focus was je bij de villadeal ook kwijt.'

'Al ging je naar de maan! Papa heeft het nooit gezegd, maar ik doe het wel. Je bent een grote egoïst.' De woorden die ze uitschreeuwt voelen niet goed, maar Sharon kan ze niet tegenhouden.

Sharon ziet hoe haar moeder naar adem hapt en een paar woorden wegslikt. Zelfbeheersing is haar ding, dat wel. Weer die pokerface!

'Je vader stond met een koffer voor de deur te roepen dat hij uit een ander tijdperk kwam, dat hij kon tijdreizen. Nu weet je genoeg.' Ze stapt haar auto in en laat Sharon achter op straat. De straatlantaarns lijken opeens minder licht te geven en Sharon voelt de wind koud langs haar lichaam waaien. Ze zoekt in haar jaszak naar de autosleutel en stapt dan in haar eigen auto. Ze wil maar één ding en dat is bij haar blijkbaar gekke tijdreizende vader zijn.

3

Tomas

Tomas opent de envelop en ziet er allerlei kleine papiertjes in zitten. Hij haalt er eentje uit, een velletje van haar lievelingsnotitieblok, ziet hij. Ze had er heel veel en Tomas vond het bijzonder dat Maggie wat dat betreft wel een klein kind leek, zo blij met elk nieuw notitieblokje. Dit blokje had ze in een klein winkeltje ergens in Londen gevonden. Op de voorkant stond een vosje en ze had het schattig gevonden. Maggie hield ervan om alleen door Londen te struinen en vooral bij alles wat op een boekwinkel leek naar binnen te stappen. Alles zou hij teruggedraaid hebben om met haar al die winkeltjes bezocht te hebben, dan zou hij haar dit boekje ook cadeau hebben gedaan. Hij ziet nog iets anders zitten in de envelop en haalt het eruit. Een vliegticket naar Londen naar Heathrow Airport. Er staat geen datum op. Wat wil Maggie hiermee zeggen? Hij draait het ticket om, maar het papier is zo zacht dat hij nu pas merkt dat het twee tickets zijn. Hij trekt ze voorzichtig van elkaar af en legt ze op zijn knieën. Hij vouwt het blaadje met de vos erop open.

Allerliefste Tomas...

Tomas staart naar de letters van zijn naam, de vorm van de letter T was zo kenmerkend voor haar, zo sierlijk en vol liefde geschreven. Ze hield ervan om te kliederen op blaadjes. Hij had ook een kladje gevonden met haar naam erop en zijn achternaam erachter. Hij had haar ermee geconfronteerd en hij had moeten lachen om haar rood geworden wangen. Natuurlijk had hij met haar willen trouwen. Voor hem had het altijd al gevoeld of Maggie zijn vrouw was, alleen nog zonder ring. De ring had hij zelf voor haar willen ontwerpen, zelf willen smeden. Hij was een perfectionist en daardoor had hij zo veel kansen voorbij laten gaan. Kansen en momenten. Het eerste perfecte kusmoment had hij ook gemist en ze had hem er nog vaak en veel mee geplaagd. Zijn hart klopt een paar tellen sneller wanneer hij zijn ogen weer op de brief richt. Hoe zou Maggie zich gevoeld hebben toen ze dit briefje aan hem schreef? Zijn oog valt weer op de vliegtickets en duizend vragen en gevoelens gaan door hem heen. Hij haalt een diepe teug adem en leest de woorden die voor hem op papier gezet zijn. Weloverwogen, daar is hij zeker van. Letter voor letter neemt hij ze op totdat de woorden zinnen worden die bij hem binnenkomen.

Je bent diegene die mijn moleculen heeft herschikt, die mij geleerd heeft wat intens houden van is.

Als de dag van gisteren herinner ik mij de dag dat we elkaar ontmoetten in het park. De geur van de bloeiende jasmijn daar zal mij altijd bijblijven en is verbonden met diepe liefde. Jij bent voor mij maar ook voor de rest van de wereld een kunstenaar met geuren. Betover de wereld, Tomas. Dat heb je me beloofd. En ik heb het gewenst. Vanmorgen blies ik de pluisjes van een uitgebloeide paardenbloem weg, de wereld in. Volgend jaar staan daar nieuwe gele bloemen. Dat laat ik na. Ik deed een wens... Een wens voor je parfum: Persist! Weet je het nog? Maak het par-

fum, want ik weet dat jij jezelf momenteel verstopt. Ik moedig je aan, zoals ik altijd deed. We waren een geweldig team, toch?

Hij stopt met lezen en knikt tussen zijn tranen door. 'Het allerbeste team, Maggie.' De letters lijken te vervagen en hij probeert zijn tranen te stoppen en zijn ogen weer te focussen.

Jij bent mijn Londen! (En mijn New York, en alle andere steden waar wij geweest zijn of nog heen hadden moeten gaan. Je bent mijn alles!)
Ik hou van je. Maggie.

Hij pakt de tickets op en wrijft over het papier. Wanneer zou ze deze gekocht hebben? Hij pakt haar briefje opnieuw vast en ruikt eraan. Ze moet het hebben besprenkeld met de parfum die hij voor haar gekocht had toen ze iets meer dan een jaar geleden samen Londen hadden bezocht. Zijn herinnering is verbonden met de geur van daar, elk detail lijkt zijn herinnering te voeden. Al vanaf het eerste moment dat ze elkaar ontmoet hadden in Hyde Park, toen ze beiden eekhoorntjes aan het voeren waren, waren ze verkocht. Onlosmakelijk met elkaar verbonden, ook al waren hun werelden ongelofelijk verschillend. Hij was net een paar weken in Londen, hij had moeten wennen aan alles, maar de kans die hij hier aan de universiteit had gekregen om te promoveren in de natuurkunde, was te mooi om te laten schieten. En zij, de charmante Engelse, redacteur van manuscripten van nieuwe auteurs. Ze kon zich verliezen in prachtige verhalen, fladderend door het leven als redacteur met een heleboel bijbaantjes. Ze was geïnteresseerd geweest in zijn lichte vorm van autisme, maar had het nooit als handicap gezien. Juist niet. Ze had er alles over willen weten en soms werd hij gek van haar gevraag. Wat voel je nu? Wat denk je nu? Maar het had hem geholpen om te worden wie hij nu was. Zonder haar zou hij nooit op die adembenemende plek zijn geweest. De streling van al zijn zintuigen kwam daar bij elkaar. Het was voor hem zoals een kind voor het eerst door het Sprookjesbos van de Efteling liep: spannend en magisch. En dat kwam allemaal door haar. Ze had hem gestimuleerd om door te gaan met zijn studie maar vooral ook om zijn hart te volgen. Dat laatste is moeilijk voor iemand met autisme: was hij in staat echt te voelen? Hij was er in ieder geval achter gekomen dat zijn kwaliteiten verder gingen dan het ontwikkelen van chips voor in een telefoon en het uitdenken van natuurkundige formules. Hij had een gave: hij kon zijn neus gebruiken zoals niemand anders dat kon. Toen hij promoveerde aan de universiteit en het tijd was om terug te keren naar Nederland, wist hij dat hij haar niet kon en mocht achterlaten in Londen. Dat wilde zij ook niet, de gedachte alleen al had haar ziek gemaakt. Dus was ze meegegaan en had haar geboorteland vaarwel gezegd, ook omdat Tomas beloofd had om minstens twee keer per jaar terug te keren naar hun Londen. Zijn carrière in de natuurkunde had hij vaarwel gezegd en hij had zich gestort op het maken van parfum. Het was Maggie die hem daartoe had aangezet; zijn talent mocht niet onbenut blijven. 'Een land van natuurkundigen, Tomas, maar parfummakers zijn er maar weinig.'

Tomas haalt diep adem en kan het beeld van de perfecte momenten in Hyde Park weer voelen. Ze waren er vaak geweest. Eén keer was hij achter haar gaan staan met zijn handen voor haar ogen en had haar gezegd de geuren in zich op te nemen. Ze had zachtjes geprotesteerd, maar haar nieuwsgierigheid was zoals altijd enorm. 'Ik haal mijn handen weg, Maggie en dan mag je kijken. Maar eerst wil ik dat je ruikt. Vertel me wat je ruikt, ik heb jouw woorden nodig, Maggie!' Ze had haar ogen dichtgedaan en fluisterde de woorden: '"*Fruitig*", "*grassig*"...'

Maggie noemde hem altijd de tovenaar met geuren, ze was zo trots geweest op zijn laatste parfum. Het was een regelrechte hit geweest, vooral omdat Maggie zich met de marketing ervan had weten te bemoeien, het was Maggie die de naam Destiné eraan had gegeven. Mascha had het prima gevonden dat Maggie hielp om Tomas aan te moedigen en hem tot grotere hoogtes wist te brengen. Voor Mascha was het de ideale manier van marketing geweest om Tomas als jong aanstormend talent neer te zetten in de grote boze wereld. Het feit dat Maggie hem altijd hielp was voor veel klanten een mooi liefdesverhaal. *Destiné.*

Ja, ze waren voorbestemd voor elkaar.

'Dit is prachtig!' Haar stem klonk zacht, gefluister in de vroege ochtend. Het dauw van de nacht had zich genesteld op de blaadjes van de duizenden witte bloemen. 'Het lijkt wel een schilderij, zo mooi is het hier, Tomas. De geur lijkt zich te vermengen met de schittering van de zon.' Hij had haar uitgelegd waarom dit bloemenveld van jasmijnen zo bijzonder was en ze had zijn woorden gulziger gedronken dan anders.

'De jasmijn staat aan de basis van de beste parfums. Zo delicaat en fragiel, een beetje te veel zon kan de geur al aantasten. Eigenlijk een tegenhanger van onze liefde, Maggie, want die is onverwoestbaar. Maar de jasmijn... Daarom zijn we hier zo vroeg. Alleen op dit tijdstip mogen de blaadjes van deze bloem geplukt worden, voorzichtig. De blaadjes mogen niet beschadigen want dan is de magie van deze geur voorgoed verdwenen.' Hij had het heerlijk gevonden om haar alles uit te leggen. Hij vertelde haar dat hij haar ooit mee zou nemen naar de echte jasmijnvelden in Frankrijk, daar waar de blaadjes geplukt werden om te verwerken tot parfum.

Ze had hem gevraagd om met deze blaadjes van bloemen uit Londen aan de slag te gaan. Hij had geknikt. Ze had ook gevraagd of hij de geur van New York erdoorheen kon mengen, omdat ze zo hield van de stad die nooit sliep. Daarna had ze gevraagd of hij al een naam had voor zijn nieuwe geur. Tomas was verbaasd geweest over haar bliksemsnelle denkwerk. Hij hoort haar stem opnieuw tegen hem praten.

'Zou je deze geur Persist willen noemen? Volharden… oneindig lang. Mascha gaat dit geweldig vinden!'

Achteraf had ze hem verteld dat ze toen de uitslag van de dokter bij zich had gehad in haar handtas. Ze had deze perfecte dag niet willen verpesten, ze had al haar angsten en zorgen opzijgezet voor hun liefde op dat moment. Wat moet het moeilijk voor haar geweest zijn om te weten welk lot haar te wachten stond en dat desondanks verborgen te houden voor hem. Ze had hem zo lang mogelijk in de waan willen laten dat hun leven goed was en dat ze een toekomst hadden, dat had ze hem later toevertrouwd. Hij had de pijn in haar stem niet opgemerkt, net zoals hij de traan die langs haar wangen liep niet had gezien. Hij was in de toekomst op dat moment, in zijn hoofd druk bezig met het mengen van dit nieuwe parfum. Ze had er nog een schepje bovenop gedaan door hem te vragen of hij al hun herinneringen in deze geur wilde stoppen.

'Het voeren van de eekhoorntjes in Hyde Park, het bezoeken van een musical op West End en onze wandeling in New York over de Brooklyn Bridge, onze gesprekken, onze ruzies, onze ontbijtjes op bed, de Kerstmissen die we samen vierden, gewoon alles wat wij in ons hebben, Tomas?'

Pas toen zag hij dat ze moest huilen en hij had haar tranen weggeveegd. Ze had hem aangekeken op een manier die hij toen niet had kunnen thuisbrengen.

'En de manier waarop jij mijn tranen wegveegt, Tomas, stop je dat gevoel daar ook in?'

Hij had haar gezegd dat hij alles voor haar zou doen. Hij had haar onderzoekend aangekeken en zich afgevraagd waar haar verdriet vandaan kwam. Gelukkig kon ze hem geruststellen. Ze had hem gekust en gezegd dat het gelukstranen waren…

Hij had haar geloofd. Op haar woord. Zoals hij altijd deed. Misschien moest hij nu haar vraag aan hem gaan inwilligen. Persist… ja, hij wilde haar laten voortbestaan, voor de wereld maar vooral voor zichzelf. Hij pakte het vliegticket vast. Hij drukt er zijn lippen op. 'Londen, Maggie, daar ga ik op zoek naar jou.' Misschien moest hij Mascha laten weten dat hij weer voet in Londen zou zetten. Haar kennende zou ze de vlag uithangen en zijn vlucht al geregeld hebben voordat hij klaar zou zijn met hun gesprek. Hij besluit het niet te doen. Dit is zijn eigen reis. Bovendien zou Mascha deze opdracht van Maggie aan hem vast zien als een grote kans voor het stuwen van de verkoopcijfers. Dat had ze ook gedaan met Maggies dood. Het had hem zo veel pijn gedaan toen hij daarachter kwam. Hij had Mascha's weerwoord niet willen horen, zelfs niet toen ze probeerde te vertellen dat Maggie haar juist in het grote Maggie-plan had meegenomen. Hij duwt deze pijnlijke herinneringen weg. Het zou nog een tijd koel blijven tussen hem en Mascha. En daarnaast wilde hij graag anoniem door Londen kunnen lopen zonder interviews en aanvragen voor selfies van leden van de Instagram-fangroep die blijkbaar bestond. En zonder opgejaagd te worden door de bekende Mascha-deadlines. Misschien zou hij zelfs doorvliegen naar New York!

4

Sharon

Hoewel ze het gaspedaal bijna tot op de bodemplaat van de auto heeft ingedrukt, lijkt het ding niet vooruit te komen. Haar handen heeft ze krachtig om het stuur geklemd, net zo krachtig als haar kaken gespannen staan. Hoe zou het met haar vader gaan? De angst voor wat ze dadelijk aan gaat treffen is enorm. 'Kom op, nu niet op rood springen!' Ze wist niet dat haar auto het in zich had, maar blijkbaar is er toch nog een spuit gas mogelijk. Het grote streekziekenhuis doemt voor haar op en ze parkeert op de bijna lege parkeerplaats. Ze gunt zich een momentje rust en kijkt naar het grote gebouw waarvan nog maar enkele ramen zijn verlicht. Wie zou er slapen en wie had er een moeilijke nacht? Ondanks de renovatie zag het gebouw er nog steeds ziekenhuizerig uit, mistroostig eigenlijk. Haar schoenen maken een hol geluid op het parkeerdek. Ze meldt zich bij de portier. 'Mijn vader is hier opgenomen.' Ze kijkt naar de portier, die langzaam uit zijn stoel omhoogkomt. Hoelang zou deze man hier al werken? Zijn ogen zijn vriendelijk. Hij kijkt haar aan en een kleine glimlach speelt om zijn lippen. 'En wat is de naam van uw vader?'

'O ja, natuurlijk. Luuk van der Veen, sorry.' Ze ziet de man iets intikken op zijn computer.

'Die is hier inderdaad binnengebracht. Hij ligt op etage 3 zuid, kamer 12.' De man tikt tegen zijn denkbeeldige pet en Sharon mompelt een dankjewel. Ze twijfelt tussen de lift en de trap en besluit toch de lift te nemen. Ze ziet het verdiepingsnummer voorbijkomen en met een plof staat ze ineens op etage drie. Ze kan er niet zomaar naar binnen en drukt op de bel. Ze hoort niks maar ziet wel dat er een rode lamp gaat branden. Ze kijkt naar de klok aan de wand. Het is al bijna tien uur.

Een verpleegster maakt de deur open en kijkt Sharon aan. 'U komt voor?'

'Mijn vader. Luuk van der Veen. Hij is hier vanavond binnengebracht.' Sharons mond begint te trillen en ze probeert haar moeders trucje toe te passen. Kom op, pokerface, Sharon! Huilen kan straks.

'Loopt u even mee. Het is overigens normaal niet de bedoeling dat bezoekers na het bezoekuur komen…' De verpleegster maakt haar zin niet af en Sharon knikt. Ze volgt de vrouw over de gang en hoort achter een van de deuren geschreeuw. Ze huivert. De verpleegster glimlacht. 'Dat zijn we hier gewend.'

'Hoe is het met mijn vader?' Sharon probeert zich te vermannen.

'Hij is erg in de war. We hebben hem iets gegeven om rustig te worden en de psychiater komt straks hopelijk nog schouwen.'

'Mijn vader is kunstenaar en wel een beetje eigenzinnig. Maar hij is altijd optimistisch! Ik snap er niks van.' Ze hoort de stem van haar vader in gedachten zijn lievelingsliedje zingen: 'Always Look on the Bright Side of Life'. Hij had er ook een stom dansje bij altijd en hoewel ze zich doodschaamde, zou ze haar vermogen weggeven om hem nu te horen zingen en zien dansen.

De verpleegster legt kort haar hand op de arm van Sharon en lijkt weemoedig te knikken. Sharon vraagt zich af hoe lang deze gang is. Haar hoofd bonkt. Haar vader moet geschouwd worden. Een woning schouw je, maar een vader toch niet? Haar hoofd bonkt.

'De laatste deur rechts. U kunt gewoon naar binnen. Ik weet niet of uw vader u zal herkennen. Zoals aangegeven zal de psychiater dadelijk langskomen, maar dat kan nog wel even duren omdat hij is weggeroepen voor een spoedgeval. Ik kom zo ook nog even bij uw vader kijken, maar moet nu eerst even mijn ronde afmaken.' Ze draait zich om en loopt de gang weer uit. Sharon legt haar hand op de klink van de deur en opeens flitsen er herinneringen door haar hoofd. Het was haar vader die naast haar had gezeten toen ze geopereerd moest worden aan haar blindedarm. Hij had haar laten lachen om de belachelijke ziekenhuisschort die ze aan had gehad. Ze had tranen in zijn ogen gezien toen ze de operatiezaal werd binnengereden. Hij was diegene die naast haar bed zat toen ze wakker werd uit een te diepe narcose. Haar steun! En nu lag hij hier in het ziekenhuis. En niet met een blindedarm maar met iets in zijn hoofd, blijkbaar. Ze haalt een keer diep adem en stapt na een korte klop op de deur naar binnen.

'Sharon!' Haar vader kijkt haar aan op een manier die ze niet van hem kent. Zijn stem klinkt zoals alleen hij klinkt, maar zijn ogen staan anders. Aan de ene kant wil ze niks liever dan haar vader vasthouden maar tegelijkertijd voelt ze een aarzeling. 'Pap, gaat het met je?'

Hij knikt. 'Jazeker. Neem je me weer mee naar huis? Je moeder heeft mij hier opgesloten.' Hij staat op van zijn bed en Sharon ziet hoe scheef zijn houthakkershemd geknoopt is. Van een stoere vader is niks meer over nu. Ze loopt naar hem toe en hij pakt haar hand vast en laat haar hand langs zijn ruwe baard schuren.

'Papa, toch, wat is er gebeurd?' Sharon voelt de tranen omhoogkomen.

'Sommige dingen zijn niet voor jouw oren bestemd, meisje. Ik ben bezig met een geheime missie en ik heb de oplossing voor alles gevonden!' Hij haalt een sleutel uit zijn broekzak en steekt hem triomfantelijk omhoog.

'Een oplossing voor wat, pap?' Sharon kijkt haar vader met grote ogen aan. Hij is echt de weg kwijt. Hyper is hij wel vaker wanneer hij aan een kunstwerk werkt, maar dit?

'Dit is de sleutel tot de tijd. En als je die sleutel hebt kun je teruggaan, snap je dat? *Undo*! Je kunt dingen ongedaan maken, vooral de dingen waarvan je spijt hebt!'

'Waar heb je spijt van dan? Wat wil je ongedaan maken?' Sharon slaat haar arm om zijn schouder en ze voelt de broosheid van zijn gestel. Ze snapt er niks van, hoe kan dit?

'Ik heb een manier gevonden om je moeder terug te krijgen!' Zijn stem klinkt schel.

'Papa, ik volg je niet.' Ze ziet hoe hij wankelt en steun zoekt aan het bed. 'Ga maar liggen, pap.'

Hij kruipt onder de witte lakens van het ziekenhuis en Sharon gaat naast hem zitten en wrijft over zijn rug. Ze hoort hem mompelen en ze wil niet eens horen wat hij zegt. Ze wil dat hij weer gewoon normaal doet.

Een klop op de deur laat Sharon schrikken. Haar vader reageert niet, hij lijkt te slapen.

Een jonge arts loopt naar binnen en geeft Sharon een hand.

'U bent de dochter van de patiënt?'

Sharon knikt. 'U bent de behandelend arts?'

'Dokter Snels, inderdaad. Hebt u uw vader al eerder op deze manier meegemaakt?'

'Nee, eerlijk gezegd niet. Ik ben enorm geschrokken, komt het weer goed?' Ze zoekt naar lichtpuntjes in de ogen van de dokter. Maar ze ziet alleen een paar staalblauwe ogen.

'We moeten nog wat onderzoeken doen en dan zijn oude medicijnen beter afstellen. Mijn voorstel is om hem hier voorlopig intern te houden.' De dokter ziet er ondanks deze boodschap opgewekt uit en dat voor een avonddienst.

'Medicijnen?' Sharon haalt verbaasd haar wenkbrauwen omhoog.

'De medicijnen die hij normaal slikt zijn blijkbaar niet afdoende tegen zijn depressie en vandaar uit is een psychose ontstaan met wanen.' De zin komt eruit alsof hij een brood bestelt bij de bakker.

Sharon hapt naar adem. 'Sorry, maar u bent mij kwijt. Depressie?'

'Juist. Uw moeder gaf aan dat uw vader al op vroege leeftijd bekend was met depressieve gevoelens en hier ook medicijnen voor slikt. Niks om u zorgen over te maken.' Hij wuift de depressie terzijde alsof het om een kuchje gaat.

Sharon trekt opnieuw haar wenkbrauwen op.

'Nee, echt niet. We moeten er alleen achter komen wat deze psychose getriggerd heeft. Uw vader is voor ons een interessante patiënt. Zijn wanen zijn eerder amusant dan angstaanjagend, ook voor hemzelf scheelt dat een hoop.' Als dit een poging is van dokter Snels om een grapje te maken, dan is dat veruit mislukt.

'En nu? Hoelang moet hij hier blijven? Waarom is hij nu zo suf? Wat krijgt hij er zelf van mee?' Sharon probeert haar hoofd koel te houden en zo veel mogelijk informatie te vergaren. Ze schrikt op wanneer haar vader opeens hard schreeuwt. Ze had niet gemerkt dat hij weer wakker was.

'Sharon, neem die sleutel mee!' Hij duwt de sleutel in haar hand en Sharon knikt. Haar vader gaat weer liggen. Hij is weer rustig.

'Gewoon meepraten is inderdaad het beste wanneer hij in een waan zit.' Dokter Snels knikt haar goedkeurend toe. 'Ik zal u wat folders meegeven over depressie en de verschillende vormen en gradaties.'

'Fijn, folders. Ja, bedankt.' Ze kijkt de dokter met een schuin oog aan. De arts geeft haar een hand en wil vertrekken. Ze houdt hem tegen. 'Kan ik bij mijn vader blijven vannacht?'

'Dat is helaas tegen het protocol. U helpt hem daar niet mee en u zult geen oog dichtdoen. Het kan hier nogal spoken 's nachts.' Hij geeft haar een knipoog.

Op dit moment zou Sharon willen dat ze haar moeders lef had. Sharon zucht. Ze zal haar moeder veel te vragen hebben. Waarom had niemand haar verteld over de schijnbaar al jarenlange depressie van haar vader? Hoe kon ze er zelf niks van gemerkt hebben? Verslagen neemt ze afscheid van haar vader en loopt het ziekenhuis uit. De rit naar huis gaat in een waas aan haar voorbij en wanneer ze thuis is voelt het alsof ze in een ander huis is binnengestapt.

Mam? Ben je al geland? In welk hotel zit je eigenlijk?

Sharon stuurt haar moeder een appje, maar ziet geen blauwe vinkjes verschijnen. Misschien zit ze nog ergens hoog in de lucht.

Bel me als je er bent. Ik wil over papa praten.

Sharon weerstaat de verleiding om met kleren en al in bed te kruipen en kleedt zich langzaam uit. Het was enorm moeilijk geweest om haar vader alleen te laten. Ze had hem een kus op zijn voorhoofd gegeven en van een afstandje had ze nog even naar hem gekeken. Zijn lijnen leken zoveel dieper in zijn gezicht gegroefd te zijn. Had ze zijn gave maar gehad: hij was de koning van de vouwblaadjes, van alles had hij voor haar gevouwen. Van simpele vliegtuigjes tot ingewikkelde bloemen en kikkers. Hij kon zelfs de vouwen uit een door Sharon verkeerd gevouwen project er weer uit halen. Kon ze dat nu maar bij hem doen: alles weer gladstrijken. Zijn lach weer terughalen. Sharon was altijd zo trots geweest als mensen zeiden dat ze als twee druppels water op haar vader leek. Ze hadden dezelfde levenslust. Maar nu? Nu herkent ze hem nauwelijks meer. Wie is die man met al zijn geheimen? En waarom heeft haar moeder hier nooit iets over verteld?

Sharon tikt nog een berichtje naar haar moeder.

Ik wil het ook over jou hebben.

Sharons nacht is onrustig en ze slaapt in een soort waakstand. Wat als haar moeder belt of erger nog: het ziekenhuis? Wanneer ze de volgende ochtend brakker dan brak wakker wordt, zoekt ze meteen naar haar telefoon. Nog steeds geen berichtje van haar moeder. Sharon loopt naar de woonkamer en vult een kommetje met yoghurt en doet er het laatste beetje granola in. Ze vist de folder van het ziekenhuis uit haar tas en zoekt naar de bezoekuren. Ze wil zo snel mogelijk weer naar haar vader toe! Half drie pas. Wat moet ze in vredesnaam met al die uren doen die nog voor haar liggen? Werken? Dat zou de reactie van haar moeder zijn. En zij? Kon ze dat? Zich storten op iets onzinnigs als de verkoop van een stomme villa? Een villa met meer luxe dan waar een normaal mens mee uit de voeten zou kunnen. Een villa met een compleet ingerichte poppenkamer. Het was griezelig om die kamer binnen te lopen en het gevoel van verdriet had Sharon in die kamer altijd naar de keel gegrepen. Gemis. Een gevoel van gemis hing in die kamer. Ze had niet durven vragen naar de achtergrond ervan. Misschien toch maar goed dat meneer de makelaar deze villa in de verkoop mocht gooien. Ze verslikt zich in haar yoghurt. Shit, de sportafspraak met Bryan! Bryan, haar beste vriend sinds jaar en dag, Bryan met zijn jongensachtige uiterlijk en een glimlach om ter plekke van in katzwijm te vallen. En dat deden alle vrouwen dan ook allemaal. Helaas was Bryan bezet. En helaas voor de vrouwelijke helft van de wereld viel Bryan niet op vrouwen. Maar het was wel háár Bryan! Ze stuurt hem gauw een appje.

Bryan, ik ben iets later. Lang verhaal. Kan het een uurtje later? X

Nog geen seconde later gaat haar telefoon en ze glimlacht wanneer ze Bryan hoort ratelen.

'Alleen als je een goed verhaal hebt, schat, wil ik nog even wachten met het aantrekken van mijn superschoenen. Ik heb zin om te rennen! Of je moet zeggen dat er eindelijk een lekkere vent naast je in bed ligt, dan laat ik je liggen en ga ik zelf.'

'Nee, geen man naast me in bed. Mijn vader ligt sinds gisteren in het ziekenhuis en ik ben gewoon even helemaal de weg kwijt. Net als hij trouwens.'

Bryan is even stil.

'Dat meen je niet! Zal ik naar jou toe komen? Laten we dat rennen gewoon zitten. Eerlijk gezegd, toen ik zei dat ik zin had om te rennen probeerde ik mezelf moed in te praten... Je kent me. Liever lui dan moe en dan toch nog mooi...'

'Ja, ik ken jou, mister mooi-boy. Ik wil eigenlijk wel naar buiten, mijn hoofd leegmaken. Maar dat kan ook met een wandeling door de bossen, dat gehol hoeft niet vandaag. Kom ik er zo aan.'

'Ik denk aan je!' De stem van Bryan klinkt bezorgd. Logisch, Bryan is gek op haar vader. Toen Bryan het thuis moeilijk had gevonden om over zijn voorkeur voor mannen te vertellen, had hij het geoefend op haar vader. Dat was een makkie geweest, want haar vader was de ruimdenkendste man van de hele wereld. Er bestonden geen hokjes voor hem, sterker nog, die man had over niks of niemand vooroordelen. Ongelofelijk eigenlijk. 'Zoals jouw vader is, zo wil ik worden als ik later groot ben, compleet met houthakkershemd.' Dat is wat Bryan had gezegd en Sharon had zich trots gevoeld vanbinnen. En nu? Bryan zou schrikken wanneer hij hem nu zou zien. Ze zucht diep en probeert even niet aan haar vader te denken. Niet aan de manier waarop hij haar had aangekeken, zo in totale verwarring.

Eigenlijk waren al haar vrienden gek geweest op haar vader. Ook

Lotte, haar oude buurmeisje dat een tijdje als secretaresse op het makelaarskantoor van Sharons moeder had gewerkt. Die gekke Lotte was zelfs een beetje verliefd op hem geweest. Dat had hij op vriendelijke wijze gepareerd, aldus Lotte zelf. Sharon had het een vreemd gesprek gevonden. 'Jij verliefd op mijn vader? Getver!'

'Je vader doet me denken aan dat liedje van Kate Bush.' Ze had een Kate Bush-imitatie opgevoerd en die was allesbehalve zuiver te noemen. Sharon pakt haar telefoon en zoekt het liedje op. Lotte had gelijk, Luuk had de eeuwige jeugd. 'The Man with the Child in His Eyes'. Vreemd genoeg was Lotte vlak na de scheiding van haar ouders met stille trom vertrokken. Geen idee waarom.

Sharon neemt een snelle douche en hoopt dat de warmte van het water haar verdriet een beetje milder maakt. Alle clichés van je tranen laten stromen met het douchewater worden waarheid. Het is lang geleden dat ze zo gehuild heeft. En wie hadden haar toen getroost? Juist, haar vader en Bryan. Ze hadden de ene na de andere aardbeienmilkshake achterovergeslagen en daarna had Bryan voorgesteld om over te stappen op iets sterkers, iets voor echte mannen. Sharon had Bryan aangekeken en ze hadden zo erg de slappe lach gekregen dat het niet meer duidelijk was waar de tranen vandaan kwamen. *Haar twee mannen!* Het was drie jaar geleden geweest dat ze het zo moeilijk had gehad na het overspel van haar geliefde. Ze had hem nota bene met een van de meiden van haar eigen volleybalteam in haar bed gevonden. Gênant was het. En pijnlijk. Maar misschien ook maar goed ook, had haar moeder geopperd, zo zou Sharon meer tijd kunnen besteden aan haar carrière. Sharon draait de douchekraan dicht en rilt. Douchen is altijd heerlijk, maar het aankleden daarna minder. Haar vader noemt haar niet voor niets zijn koukleumpje. Ze glimlacht, haar vader had wel tien verschillende koosnaampjes voor haar en ze sloegen eigenlijk allemaal nergens op, behalve koukleum dan. Bryan had ooit een muts van haar laten bedrukken met de tekst 'koukleum' erop en ze had hem opgezet en plechtig gezworen dat wanneer er ooit weer een Elfstedentocht gereden zou gaan worden, zij deze muts met verve zou dragen. Langs de kant dan, als toeschouwer. Wanneer Sharon voor de beslagen spiegel staat tekent ze met haar vinger een hartje. 'Voor jou, papa!'

Als ze een tijdje later in de retrowoonkamer van Bryan staat voelt ze de warmte van hun vriendschap als een deken om zich heen. 'Vertel het eens, Shar, wat is er aan de hand?'

'Mag ik eerst gewoon even tegen je aan zitten?' Ze ploft op de bank neer en Bryan kruipt tegen haar aan.

'Ik zit nooit op deze bank, wist je dat? Behalve als jij er bent, dan is dit opeens het fijnste plekje van het huis.' Hij kroelt zachtjes door haar haren. 'Verzorg jij je puntjes wel goed?'

Ze geeft hem een zachte por. 'Bryan, kunnen we afspreken dat wanneer wij over tien jaar nog steeds single zijn, jij gewoon van mij gaat houden?'

'Dat doe ik al, schat, dat weet je.'

'Ja, maar niet op die manier...' Ze knijpt in zijn hand. 'Het zit zo, Bryan, jij bent een beetje mijn knorretje.'

Bryan proest het uit van het lachen. 'En bedankt, weet je voor hoeveel geld ik al aan mijn neus heb laten verbouwen?'

'Jij met je uiterlijk. Je neus was prima en is nu ook prima. Nee, ik moest opeens denken aan het gesprekje tussen Winnie de Poeh en Knorretje. Poeh had het moeilijk en Knorretje vraagt of hij erover wil praten. Dat wil Poeh niet en Knorretje gaat gewoon naast hem zitten. Knorretje weet wat moeilijke dagen zijn en Poeh weet dat Knorretje er altijd voor hem zal zijn.' Haar stem bibbert gevaarlijk en ze probeert niet uit te schieten in een huilbui. Haar ogen branden nog na van eerder die ochtend.

'En ik zal er altijd voor jou zijn, ja. Maar nu hoop ik toch dat je me gaat vertellen wat er met Luuk aan de hand is, lukt dat?'

'Ja.' Ze staart in het niets en hoopt dat de woorden vanzelf zullen stromen. 'Mijn moeder stond gisteren voor mijn deur. Blijkbaar is papa opgenomen op de PAAZ-afdeling van het ziekenhuis. Helemaal in de war. Ik heb hem gisteravond laat gezien en ik schrok me echt dood. Het allerergste is dat hij blijkbaar al jarenlang medicijnen slikt en daar wist ik niks van af...'

'Juist. Hoe is het nu met hem? Wat zegt de arts?' Bryan ontwijkt haar blik en Sharon kijkt hem onderzoekend aan.

'Bryan? Ik had een andere reactie van je verwacht.'

'O ja, hoezo?' Bryan staat op en loopt naar de keuken. 'Wil je thee?'

'Niet alles is op te lossen met thee. Kom eens terug, Bryan. Je gaat me toch niet vertellen dat jij wel wist dat papa ziek is?'

Bryans ongemakkelijke kuchje zegt genoeg. 'Hoe kon je? Ik dacht dat jij en ik twee handen op één buik waren. Net zoals papa en ik eigenlijk! Dat mijn moeder nooit iets gezegd heeft dat kan ik nog plaatsen, maar jij?'

'Er komt nog net geen stoom uit je neus, Sharon. Doe eens even rustig.' Bryan doorzoekt zijn uitgebreide theecollectie en trekt er dan een doosje uit. 'Deze! *Relaxing tea*! Hopelijk helpt het.'

Sharon weet niet of ze hem een klap moet verkopen of hem zijn zegje moet laten doen.

Bryan is haar voor door haar stevig vast te pakken. 'Jij en ik zíjn twee handen op één buik. En jij bent je vaders oogappeltje. Hij wilde je beschermen, Shar. Oordeel niet zo fel en niet zo hard. Alles heeft een reden en alles en iedereen heeft een verhaal. En iedereen heeft recht op een stukje van zichzelf.'

Sharon zucht diep en maakt zich los uit zijn omhelzing. 'Misschien heb je wel gelijk. Maar het voelt gewoon vreemd dat hij het er niet met zijn bloedeigen dochter over heeft gehad, maar wel met haar beste vriend. Die voor een ontmoeting met zijn platonische beste vriendin trouwens woest aantrekkelijk parfum draagt.'

'Werkt het?' Bryan lacht en ruikt aan zijn pols. 'Destiné. Deze was in de aanbieding voor de kerst, dus ik heb ruim ingekocht. De vrouwenlijn heb ik voor jou uit het schap gevist, maar ja, dat had ik eigenlijk niet willen verklappen.' Hij slaat een hand voor zijn mond.

'Alsof het jou ooit gelukt is om je cadeaus voor mij geheim te houden. Maar het ruikt echt goed! Heb je hierna een date of zo?' Bryan bloost en ze prikt in zijn borstkas. 'Ja, dus.'

'Ja, dus, maar ik maak geen schijn van kans. Of beter gezegd: we maken geen schijn van kans. Maar hier is je thee, kom, we gaan op de bank zitten en ik vertel je over je vader.'

Sharon knikt. Hoe bijzonder is het dat Bryan haar van standje over-de-toeren weer in een rustigere gemoedstand heeft weten te krijgen, gewoon door zichzelf te zijn. Sharon installeert zich op de bank met de kop dampende thee in haar handen. 'Spaar me niet, Bryan en vertel me alles wat je weet over mijn pap.'

'Je weet hoeveel hij mij geholpen heeft met uit de kast komen. Met mezelf accepteren, dat soort dingen. Je vader is er goed in om mij op mijn gemak te stellen en dat deed hij door een oude plaat op te zetten en af en toe samen een goede joint te roken.'

'Een joint? Holy shit! Wat hij mij verbood, deed hij zelf?'

'Maak het niet groter dan dat het is. Je vader is gewoon een oude hippie. Niks mis mee. Ik vond het geweldig om met hem in zijn werkplaats te zitten en naar oude muziek te luisteren. Ik ben wat dat betreft ook gewoon een oude ziel in een jong lichaam, denk ik. Bij je vader was ik niet de jongen die worstelde met zijn geaardheid en het vinden van een plek in de wereld. Ik hoefde bij hem niet te voldoen aan de hoge verwachtingen van mijn ouders. Bij je vader voelde ik voor het eerst hoe het was om me vrij te voelen.'

'Ja, snap ik, als je stoned bent, voel je je vast zo vrij als een vogel.' Sharon schudt haar hoofd.

'Nee, daar ging het niet om. Zonder je pa zou ik nooit een joint hebben durven aanraken. Ik ben opgevoed in een strak keurslijf. Mijn weg was al uitgestippeld, nog net niet uitgehuwelijkt aan de dochter van de overburen. Je weet wel, die van de notaris.'

'Zij?' Sharon verslikt zich bijna in haar thee. 'Nuffig. Zij is echt de overtreffende trap van nuffigheid.'

'Geen idee wat dat betekent, maar ik snap waar je op doelt. Is de thee lekker?'

'Ja, kruidig vooral. Maar vertel verder.'

'Gelukkig, want die thee heb ik ook met pallets tegelijk ingeslagen.'

Sharon lacht. 'Jij...'

'Maar goed, lang verhaal kort. Ik zat die tijd niet goed in mijn vel. Je vader ook niet. De wereld begreep hem niet zo, dacht hij. En andersom begreep hij de wereld ook niet. Het hele idee van carrière maken, was niet aan hem besteed. En daarnaast had, ik bedoel heeft, je vader last van zware gevoelens over het leven. Zijn leven. Jij was, nee, jij bént zijn lichtpunt en dat vond hij dan weer een zware gedachte. Daar wilde hij jou niet mee opzadelen, juist omdat je vader altijd predikt dat iedereen verantwoordelijk is voor zijn eigen geluk. Je weet wel: valt je taart op de grond tijdens je verjaardagsfeestje, jammer dan, je bent nog steeds jarig.'

'Wat bedoel je met "zware gedachten"?' Sharon probeert door het verhaal van Bryan heen te lezen, wat zegt hij tussen de regels door? De kamer van Bryan lijkt opeens veel groter dan hij werkelijk is en ze voelt zich wegzakken in de bank. Het behang aan de muur met de grote bloemen erop is ineens niet meer romantisch en apart, maar angstaanjagend, als kronkelende tentakels. Ze sluit haar ogen.

'Waar ben je, Sharon?' Bryan tikt zachtjes tegen haar arm en ze kijkt hem aan zonder hem echt te zien. Ze kan hem moeilijk uitleggen dat zijn behang opeens beweegt.

'Ik ben hier. Het is gewoon opeens allemaal veel. Ik weet niet goed hoe ik het moet uitleggen, maar gisteren was mijn leven helemaal prima. Het enige waar ik mij druk om hoefde te maken was dat ik te veel kleren koop en dat ik te weinig gebruik maak van mijn fitnessabonnement. En dat de villadeal aan mijn neus voorbij is gegaan, maar ach, dat is niets vergeleken met dit allemaal! Het voelt alsof ik net te horen heb gekregen dat ik eigenlijk geadopteerd ben, of zo.'

Bryan slaakt een zucht. 'Nou, nu je er zelf over begint...'

Sharon springt op van de bank. 'Nee, dat meen je niet. Schei uit, hoor!' De tranen springen in haar ogen.

'Nee, natuurlijk niet, maffie, je hebt de ogen van je vader en precies je moeders neus, dat weet je donders goed. Ik probeerde de boel alleen een beetje te relativeren. Je bent niet geadopteerd, dus het valt allemaal reuze mee. Iedereen is wel eens in de war en dus ook je vader.' Hij trekt haar aan haar hand weer op de bank.

'Je gevoel voor humor is weergaloos, Bryan. Ik heb serieus een hartverzakking gekregen!' Haar ademhaling zit hoog in haar keel en het lijkt nu net alsof de bloemen op het behang haar uitlachen. 'Wat zit er in die thee, Bryan?'

'Iets rustgevends, dat zei ik je toch al?'

'Nou, ik voel me allesbehalve rustig.' Ze pakt een kussen van de bank en gooit het de kamer in.

'Doe maar, meid, gooi die woede van je af.' Bryan pakt ook een kussen en gooit het met zo veel geweld de kamer in dat Sharon zich afvraagt of het wel een goed idee is. 'Shit, net dat lelijke beeldje gemist!' Bryan kijkt haar grijzend aan nu.

Ze schieten samen in de lach. 'Heerlijk, toch!' Bryan staat op en raapt het kussen van de vloer. 'Nog eens?'

'Nee, vertel me verder over mijn vader. Zware gedachten, daar was je gebleven.' Ze zoekt wanhopig naar troost in de ogen van haar beste maatje. Hij had haar altijd kunnen troosten, dus nu vast ook.

'Je vader had last van de vallende bladeren. Daar hebben heel veel mensen last van, wist je dat?'

'Ik heb mijn vader nog nooit somber gezien. Nooit.' Ze schudt haar hoofd wild op neer alsof ze de waarheid eruit wil slingeren.

'Je ziet wat je wilt zien, denk ik.' Bryan wrijft over haar rug.

'Zag jij het wel dan?' Haar vraag komt er met angst en beven uit, het antwoord zou wel eens tegen kunnen vallen.

'Ik zag het, maar ik wist waar ik naar moest kijken. Ik herken heel veel van mezelf in jouw vader.'

'Wat? Ben ik dan zo afgestompt dat ik geen emoties aanvoel?' Ze staat op van de bank en kijkt Bryan recht in zijn ogen. 'Nee, Bryan. Zeg dat het niet waar is, alsjeblieft. Zeg me dat ik niet mijn moeder ben geworden!' Ze voelt zich misselijk. De bloemen op het behang lijken recht op haar af te komen. Ze deinst achteruit en Bryan grijpt haar beet.

'Nee. Jij bent de mooie lieve Sharon, de attente, altijd voor iedereen klaarstaande Sharon. Snap je niet dat iedereen jou heeft willen beschermen? Je vader, ik, en vooral je moeder!'

'Maar hoe heb ik kunnen missen dat jij je schijnbaar rot voelde? En mijn vader ook. Hallo, wat zegt dat over mij? En over het toneelstuk waarin ik heb rondgelopen zonder mijn tekst te kennen. Wat zegt dit over onze vriendschap?' Haar stem slaat over.

'Alles. Je bent de liefste vriendin die ik heb. Luister. Je hebt niks gemist, je was er voor mij, ook in mijn donkerste dagen. Maar je was er ook op tijden dat het goed ging. Maar je diepste gevoelens delen waar je zelf van schrikt, dat doet niemand makkelijk.'

Sharon ziet hoe Bryan tegenover haar staat en met alles in zijn lijf haar probeert te vertellen hoe belangrijk ze voor hem is, maar ze wil het niet horen. Het voelt als bedrog.

'Wilde mijn vader dood? Was hij zo somber? Hebben jullie samen plannen gemaakt?' Ze weet dat ze te ver gaat, veel te ver, maar ze kan zich niet beheersen.

'Goed, die thee geef ik je nooit meer, dat is duidelijk. Weet je, Sharon, het heeft geen zin om in deze toestand met je verder te praten. Je hoort wat ik zeg, maar je luistert niet. Wat wil je horen? Dat je vader jarenlang suïcidaal was? Nee, dat was hij zeker niet. Ik ook niet. Ik heb momenten gehad die minder waren. En jij hielp mij op jouw manier. Je vader hielp mij op zijn manier. Wij praten later verder. Het is tijd dat jij met je vader in gesprek gaat. Op een volwassen manier. Je lijkt nu net een kind van vier dat in de winkel ligt te rollen omdat het geen ijsje krijgt. Het gaat hier niet over ijsjes, het gaat over het leven. En praat met je moeder en open je ogen.' Zijn hele houding straalt gezag uit ook al is het duidelijk dat het hem moeite kost om haar de deur te wijzen.

Met grote ogen kijkt Sharon Bryan aan. Ze wist dat hij serieus kon zijn en de gesprekken die ze nachtenlang hadden gevoerd over het leven staan haar in het geheugen gegrift. Maar nooit in al die jaren van vriendschap had hij haar een standje gegeven. Tuurlijk, hielden ze elkaar vaker een spiegel voor en dat was ook goed, maar dit?

'Ik hoef die thee van je niet. En je parfum mag je ook houden.' Ze draait zich om en loopt weg. De deur laat ze harder dan nodig in het slot knallen. Of dat lekker voelt? Allesbehalve. Langzaam loopt ze naar de auto, wachtend op het moment waarop de deur die ze net dichtsloeg weer open zal gaan. Maar er gebeurt niks. Geen Bryan die haar terughaalt en haar tranen wegblaast. Ze is alleen met haar gedachten en haar voetstappen die een echo achterlaten in de straat. Zal ze hier ooit nog lopen of heeft ze een jarenlange vriendschap laten ontploffen? Haar hoofd bonkt hard, alsof een hamer haar hersens eruit wil beuken. Maar dat is onmogelijk want haar idiote actie bij Bryan thuis duidt op erg weinig verstand. Ja, ze had wel eens eerder ruzie gehad met Bryan, maar dat was bijna altijd na een paar minuten dodelijke stilte weer goed. Ze hadden elkaar maar aan hoeven kijken en de oorlog was voorbij geweest. Ze treuzelt bij het instappen van haar auto, het kan nog. Hij kan naar buiten komen… ze wacht en telt zachtjes voor zich uit. Ze weet dat het geen zin heeft, hij komt niet. Net zo goed als zij niet terug naar binnen gaat om het uit te praten. Hij heeft gelijk. Ze moet eerst met haar vader praten. En misschien moet hij eerst maar gewoon beter worden. Waarom heeft ze Bryan niet verteld over haar vader met zijn sleutel en de tijdmachine? Dan hadden ze samen kunnen gieren van het lachen. Bryan zou er vast een paar *Back to the Future*-grappen doorheen hebben gegooid. Ze stapt in en scheurt weg. Weg van Bryan en haar vader, weg van het nieuws dat ze nooit had willen horen.

Ze draait de zender van radio 1 weg, ze wil niks horen over de ontbossing en het grote klimaatprobleem. Ze heeft vandaag haar eigen problemen, problemen die blijkbaar al veel langer spelen maar altijd onder de oppervlakte hebben geleefd. Het topje van de ijsberg is nu bovengekomen. Ze zoekt net zo lang naar een zender met een liedje om mee te zingen. Bryan was daar een kei in, meeblèren totdat zijn strot het begaf. Ze denkt terug aan de liedjes waarop ze samen zongen, zij met een haarborstel in haar handen en hij met het uiteinde van de stofzuigerslang. Had ze het kunnen horen in de liedjes die hij uitkoos? Was hun relatie ongelijkwaardig geweest? Ging het altijd over haar problemen: de scheiding van haar ouders; het vreemdgaan van haar vriendje; dat soort dingen? Ze trapt het gaspedaal nog iets harder in, misschien kan het oplopen van de snelheidsmeter haar net ontdekte waarheid ongedaan maken. Ze hoort de stem van Bryan weer in haar hoofd: je vader heeft last van de vallende bladeren…

Tegelijkertijd voelt ze de hand van haar vader stevig om de hare geklemd. Hij had haar elke paddenstoel in het bos aangewezen. Hij had verhalen verteld over de kabouters die er woonden. Fuck it, ze had al die tijd in sprookjes geloofd. Járenlang. Ze haalt haar voet van het gaspedaal om gas terug te nemen. De straten zijn verlaten, in de steek gelaten. Net als zij. Ze kucht haar zelfmedelijden weg. Hier heeft niemand iets aan. Bryan heeft gelijk, ze lijkt wel een kind van vier. Het is tijd om de waarheid onder ogen te zien en dat kan alleen door haar vaders blik terug te vinden.

Het liedje op de radio herinnert haar eraan hoe ze hier samen met Bryan op meegezongen had, net na het bedrog van haar ex. Ze hadden een playlist gemaakt met alle liedjes over vreemdgaan en het had geholpen om ze een voor een af te spelen en tussendoor een teug van een glas wijn te nemen. Ze waren samen teut geweest maar het had de scherpe pijn en de eerste schok weggenomen. Het echte verdriet van zich verraden voelen kwam later pas, als een inbreker in de nacht.

Hadden de mensen om haar heen al die tijd hun mond gehouden over alles wat echt zwaar en ingewikkeld was? Speciaal om haar te sparen? Heeft iedereen inderdaad een donkere kerker met daarin in de verste diepte verborgen gedachten?

Ze was Bryans beste vriendin en de oogappel van haar vader. En toch was iedereen voor elkaar op de vlucht. Misschien niet eens voor elkaar, maar vooral voor de waarheid die pijn deed.

5

Tomas

Na zijn gebruikelijke 'bye' tegen Mascha, pakt Tomas zorgvuldig zijn spullen in. Zijn kleding voor de komende dagen en het allerbelangrijkste: zijn reisplan. Hij had zijn tong af moeten bijten om niet te vertellen dat hij naar Londen zou komen. Londen zou de plek zijn om te beginnen! De plek waar hij Maggie had ontmoet. De stad met de grote rode bussen en telefooncellen. De stad met tapijt in de pubs en waar het leven voorbij leek te razen. De grote billboards op Piccadilly Circus en met de grootste speelgoedwinkel die er maar bestond. Hij werd er gillend gek, maar Maggie keek altijd haar ogen uit. Voor haar doorstond hij de hoeveelheid prikkels die als ballen in een flipperkast door zijn hoofd joegen. Maar Londen was ook leven, en liefde. Londen was ook studeren tot hij erbij neerviel, ook al ging alles hem redelijk gemakkelijk af. Hij ademde natuurkundige formules en zijn nieuwsgierigheid om de wereld te begrijpen zag je in alles terug. Maggie zag dat. Ze had zelf niks met exacte wetenschappen, maar toch konden ze met elkaar praten over de schoonheid van het leven. Beiden waren nieuwsgierig. Ze had aan zijn lippen gehangen toen hij vertelde over zijn studententijd in Leiden en hoe trots hij was om door Leiden te lopen, door dezelfde straten als waar grote namen in de natuurkunde hadden gelopen. 'Weet je wel hoeveel formules hier in Leiden zijn bedacht die wereldwijd in alle studieboeken terugkomen?' Ze had hem aangekeken en gelachen. 'Ga jij ook een formule bedenken, Tomas? Ga je een formule bedenken waarin je onze aantrekkingskracht omzet in iets ingewikkelds?'

Ze had er niet ver naast gezeten, Tomas had patenten op zijn naam en de wereld lag aan zijn voeten. Imperial College was een prestigieuze universiteit en om daar te mogen promoveren was een eer. Zo zag Tomas dat niet, hij was daar niet voor de eer, maar voor een schatkamer aan meetmateriaal en inspiratie. Gelijkgestemden kwamen hier samen en niks was zo geweldig als diep de materie in te duiken met een Guinness in zijn hand. Maar alles werd anders met de komst van Maggie. Maggie liet zien dat de wereld groter was dan het doen van natuurkundige vondsten. Ze leerde hem hoe hij op een andere manier naar de wetten van de natuur kon kijken door zijn ongrijpbare tekens te vertalen in begrijpelijke taal. 'Waarom valt een pen, Tomas? En waarom brandt de zon niet eeuwig?' Ze had er teksten van gemaakt met mooie tekeningen erbij van vlinders en stralende sterren, dat was haar wereld. En langzaam trok ze hem zijn wereld uit. Of hij er spijt van had dat hij de kans op een baanbrekende ontdekking aan zijn neus voorbij had laten gaan? Amper. Ze had hem iets teruggegeven waar hij zonder haar nooit aan begonnen zou zijn: het verlangen naar avontuur. Het gevoel van uit je comfortzone stappen en hier ook van kunnen genieten, met mate natuurlijk. En prikkelvermijdend. Maggie begreep dat. Ze begreep hém. Hij hoort haar stem in de verte tegen hem praten en hij glimlacht. 'Je bent sexy met je halfgeleiders, maar je verleidt mijn zintuigen met je parfum. Je moet je afvragen waar de wereld meer behoefte aan heeft!' Had ze hem weggelokt uit de wereld van de wetenschap en de wereld van pracht en praal binnengepraat? Ze had hem geïntroduceerd bij een grote parfumlijn en het onmogelijke was gebeurd.

Hoewel je normaal geen parfumeur kunt worden zonder een lange zware opleiding hadden ze met Tomas de gok genomen. Mascha werd een op een aan hem gekoppeld als marketingassistent en personal coach. Tomas' aangeboren talent was verbluffend geweest, vergelijkbaar met de pianist Lucas Debargue die hij samen met Maggie had horen spelen in Carnegie Hall. Een man zonder diploma's en een echte autodidact met een prachtig levensverhaal. 'Dit kun jij ook, Tomas. Je hebt geen opleiding nodig om parfum te maken.' Hij had haar geloofd en het had hem vleugels gegeven.

Maggie was de eerste die hem leerde hoe hij relaties aan moest gaan die langer dan drie weken duurden. Met haar had hij continu als het ware op het randje van een hoog gebouw gelopen met grote kans om ervan af te vallen en dat beviel hem wel, de adrenaline die loskwam door met haar het avontuur aan te gaan voelde vreemd genoeg veilig en vertrouwd.

Vandaag zou hij het vliegtuig pakken en teruggaan in de tijd. Terug naar hun eerste ontmoeting, de eerste kus en het ongeloof van het hebben van een echte relatie! De warme sokken stopt hij als laatste in de koffer. Ze zijn uitgezocht door Maggie als cadeau aan hem, dus ze moeten mee. Zijn oog valt op het boek op haar nachtkastje. Misschien moest hij het tijdens de vliegreis nog eens lezen, proberen te ervaren wat Maggie had gevoeld bij al die romantische passages? Misschien zou hij na het bezoek aan Londen klaar zijn om het boek los te laten. Hij pakt het boek in zijn handen en tilt het omhoog tot vlak onder zijn neus. Hij sluit zijn ogen en filtert de geur van de bladzijden uit. Het papier, de inkt, de lijm, net zo lang totdat hij háár geur gevonden heeft. Vluchtig en misschien ook meer herinnering dan werkelijkheid, maar op een gekke manier geef het hem kracht. Vandaag tenminste. Vandaag is ze dicht bij hem en het lijkt bijna alsof ze goedkeurend in zijn koffer heeft gekeken. '*O, je neemt je mooie blauwe shirt mee. Past goed bij je ogen. Neem je echt maar vier onderbroeken mee?'* Ze klinkt giechelig. Ze was altijd giechelig wanneer ze op reis gingen, ze had vliegangst.

De geur van Maggie gevangen in de bladzijden heeft dit boek van grote waarde gemaakt. De maanden na haar dood had hij uit alle macht geprobeerd haar geur te vangen en te fixeren. Een onmogelijke opgave. Voorzichtig legt hij het boek in de koffer, hij ruikt nog eenmaal aan de brief en stopt deze dan weg in het boek. Via de mail had hij eerder deze week contact gezocht met een vooraanstaand onderzoeker aan University College London. Het was dan wel geen Imperial University, waar hij zijn doctorstitel had behaald, toch hadden ze iets waar hij meer over wilde weten. Ze hadden een poging gedaan om geur als onderdeel van cultureel erfgoed op te slaan en vast te leggen. Maggie zou het geweldig hebben gevonden en er duizend-en-een associaties bij gehad hebben. Ze zouden zeker uren samen hebben kunnen praten over de zin en onzin van het vastleggen van geuren. En hij weet wat ze gezegd zou hebben en hij hoort de toon van haar stem waarmee ze altijd sprak wanneer ze ergens vol van was. Haar activistenstem, haar ik verkoop-je-nog-een-kapotte-auto-voor-heel-veel-geld-stem. Wat hield hij van die stem waarin de opwinding doorklonk, waarin hij, als hij haar stem zou kunnen terugspoelen in de tijd, kon horen hoe ze geklonken moet hebben als kind. Wat had hij graag geweten hoe ze was als jong meisje, hoe ze was als puber.

'Tomas, je staat te dromen, dadelijk mis je je vliegtuig!' En daar was ze weer. Terug in de kamer, ze zou met liefde zijn koffer dragen en hem de deur uit werken. Toch neemt ze de tijd en gaat op het randje van zijn bed zitten. *'Hoe gaaf is dat, Tomas, het vastleggen van oude geuren? Niet alleen kunst en oude gebouwen, maar ook gewoon de geur van pepernoten! Zou de geur van pepernoten anders uitsterven?'* Weer die giechel van haar. *'Ik hoop dat de geur van spruitjes niet blijft hangen!'*

Nu moet hij ook lachen, wat heerlijk om dit weer samen te doen. Zal hij gewoon naar haar toe lopen en haar vastpakken? Hij doet een stapje vooruit en hij ziet dat ze opeens minder zichtbaar geworden is. Ze lijkt onderdeel van het dekbed te worden. Hij zet meteen weer een stap terug, hij mag haar niet wegjagen als een konijn in de koplampen. Ze lacht weer naar hem. '*Maar stop niet te veel tijd in het bewaren van oude geuren, maak een nieuwe geur. Dat is de deal. Je komt mij vanzelf tegen in Londen, ik zit in alles, zelfs in die smerige Guinness van je!*'

Het is druk op Schiphol en Tomas zoekt houvast bij de plekken die hij kent. De Starbucks waar hij vaak met Maggie had gezeten. Misschien moet hij maar snel gaan inchecken en zijn koffer afgeven bij de balie, gewoon naar de gate lopen en wachten tot het tijd is. Maar een gevoel van onmacht maakt zich van hem meester. Er loopt niemand naast hem die onafgebroken doorbabbelt. Er loopt niemand naast hem die het liefst al op Schiphol een souvenirtje zou kopen. Hij krijgt nauwelijks lucht en zijn hand plakt om het handvat van zijn koffer. De flipperkast in zijn hoofd heeft het drukker dan ooit. Het huilende jongetje op twee meter afstand van hem drijft hem bijna tot wanhoop. Tomas probeert weg te komen uit de drukte. Weg uit deze nachtmerrie en vooral weg uit deze verlammende eenzaamheid. Hij pakt zijn ticket uit zijn jaszak en checkt de vluchttijden nog een keer, er is niks aan veranderd sinds hij de laatste keer gekeken had. Wil hij dit echt? Blijkbaar, anders zou hij hier nu niet zijn. Tomas voelt een hand in de zijne, het voelt vertrouwd. Hij herkent de smalle vingers meteen, ze voelen koud aan, net zoals hij gewend is dat ze voelen. '*Kom, loop door, je moet je vlucht halen.*' Ze zet er stevig de pas in, zijn Maggie. En hij volgt haar, zoals hij haar altijd over naartoe gevolgd had, tot in die belachelijke speelgoedwinkel aan toe. '*Heb jij het nu weer over die winkel, Tomas?*' Ze lacht. '*Zoek je smoesjes om niet te gaan?*'

Hij blijft staan, zij ook. 'Ik wil hier blijven, Maggie, op dit moment en samen met jou, maar dan voor eeuwig.'

'Je wilt de tijd stilzetten?' Ze glimlacht niet meer.

'Ja. Dit is prima zo.' Hij zoekt wanhopig naar de blik in haar ogen om te zien of ze dit idee ook geweldig vindt. Die blik blijft uit, sterker nog, haar energie lijkt uit haar lichaam weg te stromen, hij omklemt haar hand iets steviger, maar ze lijkt alweer opgelost te zijn. Vaag kan hij haar woorden horen tussen de omroepberichten van de NS door.

'Je bent toch zo'n fan van Einstein? Wat was een van zijn leukste uitspraken, Tomas? Kom op, denk na, dat weet je wel.'

'Nee.' Zijn antwoord is nukkig, genoeg spelletjes nu. Het is allemaal al verwarrend genoeg.

'Het leven is als fietsen. Om je balans te houden moet je doorfietsen. Of een vliegtuig pakken...'

'Gaat het met je?' Een vreemde stem spreekt hem aan en Tomas kijkt in de ogen van een wat oudere vrouw. Ze neemt hem onderzoekend op en de warmte in haar ogen doet hem goed. Hij voelt een connectie die hij niet kan plaatsen. Het is vooral bijzonder omdat hij nooit goed is geweest in het lezen van mensen. Emoties voelen en begrijpen is zijn grootste uitdaging. Maggie had hem altijd helpen vertalen. Hij knippert met zijn ogen en zoekt naar woorden.

'Je was in jezelf aan het praten en dat kan natuurlijk, dat doe ik ook wel eens, maar je blik in je ogen was zo verdrietig. Ik kon niet langslopen zonder je aan te spreken.'

Tomas zegt niks en zoekt naar een aanknopingspunt. Kent hij haar ergens van?

'Waar ga je heen?' Ze probeert het nog een keer.

Tomas herpakt zich en schenkt zijn innemendste glimlach. 'Dank u wel voor uw interesse. Het gaat goed met mij. Ik had net even een zwak moment.' Dat moest genoeg zijn om haar af te wimpelen en was ook nog eens beleefd.

'Een zwak moment kennen we allemaal. Ik heb het ook niet zo op vliegvelden. Het zijn enorme kruispunten, nietwaar? Mensen gaan ergens heen, komen ergens vandaan en daartussenin zit mist. Daarom doet dat programma op televisie het vast ook zo goed, al die verhalen op vliegvelden…'

Tomas knikt instemmend. 'Maar ergens naartoe gaan is goed, toch?'

'Zolang het geen vluchten is wel, ja.' Ze kijkt hem nog eens goed aan. 'Ik moet gaan, mijn vlucht gaat zo, ik ben zo iemand die het hele vliegtuig laat wachten.' Ze knipoogt naar hem en hij steekt zijn hand naar haar uit. 'Dan wens ik u veel plezier met dat moment dadelijk. Een echte diva laat het vliegtuig wachten, toch?'

Ze lacht met haar hoofd in haar nek. Haar geur past bij haar uiterlijk, een zoete zweem met een kruidig tintje. Het beste wat hij sinds lange tijd geroken heeft en zeker sinds hij de kletsnatte broek van de krijsende kleuter in zich heeft opgenomen. Hij kan de parfum die ze draagt echter niet thuisbrengen, welke geurlijn zou hierachter zitten? Iets uit die geur heeft hij nodig, dat is zeker. Hij verzamelt de moed om haar te vragen welk geurtje ze draagt, maar ze is al verdwenen in de drukte. Zijn hoofd begint te bonken, het luikje waarachter de geur verstopt zit, wil niet opengaan en Tomas voelt zich er ongemakkelijk bij. Aan de andere kant is dit de eerste keer sinds het nieuws van Maggie en haar naderende dood dat hij weer op heeft kunnen gaan in de charme van een geur. Misschien heeft Maggie deze vrouw op hem afgestuurd?

Maggie met haar stomme Einstein-quotes, hij had er altijd om moeten lachen. Ze had er een sport van gemaakt om Einstein te vangen in quotes die voor de niet-natuurkundig ingestelde mens begrijpelijk waren. Ze had er een soort Johan Cruijff van gemaakt en Tomas had zich met hand en tand verzet tegen het vercommercialiseren van zijn held.

Er was echter een citaat van Einstein zelf waarmee Tomas op dit moment niet blij was. Het heldendom van Einstein was hiermee aan het wankelen geraakt.

'Death is a reality. Life ends definitely when the subject, by his actions, no longer affects his environment. He can no longer add an iota to the sum total of his experience.' Einstein kon dit zo wel zeggen, maar Maggie voegt nog steeds van alles toe aan zijn leven en aan het leven in het algemeen. Het gesprek in het hoofd van Tomas gaat nu alle kanten op. Wezenloos staart hij voor zich uit. Hij ziet mensen rennen om een trein te halen, hij ziet mensen voordringen bij een eettentje en hij hoort opnieuw de omroeper van de NS vertellen dat het verkeer rond Utrecht gestremd is met alle gevolgen van dien. Het jongetje met de volgeplaste broek komt langsgerend. Wat is dit? Treedt de chaos in zijn hoofd naar buiten zodat Tomas niet ontsnappen kan aan die enorme drukte? Of is het andersom, beïnvloedt de omgeving zijn gemoedstoestand? Maggie had hem er altijd voor beschermd. Ze zou gelachen hebben tegen de peuter en het kind zou in plaats van een klein rondrennend monstertje opeens een lief, lachend kindje zijn geworden met een hoog aaibaarheidsgehalte. Langzaam komt Tomas weer in beweging. De rij van de incheckbalie is lang en de sfeer is gespannen. Misschien komt het doordat een van de passagiers grote stennis maakt aan de balie. Tomas kijkt naar de jonge vrouw met haar zwarte kleding. Haar ogen staan verwilderd en ze lijkt zich onbewust van de impact op de rij wachtenden. Hij ziet hoe ze hard tegen de balie trapt en het op een krijsen zet. Tomas sluit zijn ogen. Hij hoeft niet te zien hoe andere passagiers deze uitspatting filmen en vast via allerlei socialemediakanalen delen. Hij is niet iemand die de ramptoerist wil uithangen.

De vrouw wordt uit de rij verwijderd en het is duidelijk dat zij het vliegtuig vandaag niet in zal komen. Twee bewakers hebben haar bij de arm vast en ze blijft schreeuwen. Ze komen rakelings langs Tomas gelopen en hij vangt haar blik. Hij huivert. De blik in haar ogen is onmiskenbare woede en haat. Had hij met kleine emoties moeite om ze te plaatsen, deze was niet te missen. Wanneer hij tien minuten later aan de balie staat en de baliemedewerkster om zijn papieren vraagt, legt hij ze neer. De aanblik van een van de vele stempels in zijn paspoort doen hem pijn. Wat was Maggie altijd trots geweest op die stempels. Ze had het zelfs voor elkaar gekregen om tijdens de paspoortcontrole in Amerika de norse man achter de balie te laten lachen. De man zat daar urenlang stempels te zetten en tegen chagrijnige passagiers aan te kijken, die allemaal een hekel hadden aan de scherpe controles op het vliegveld. Ze had de man aangekeken en naar hem gelachen. 'Wilt u er misschien iets liefs voor mij in schrijven?' Ze had haar paspoort naar hem toe geschoven en hem alleen maar aangekeken. De man was duidelijk verrast en zijn bijna mechanische manier van handelen werd onderbroken door Maggie. Hij deed het ook nog. En trots dat Maggie was op deze welkomstboodschap in haar document. Tomas was ook trots geweest, maar had wel aan Maggie gevraagd om dit nooit meer te doen. 'Je weet nooit hoe die Amerikanen reageren, voor hetzelfde geld had hij je in de boeien geslagen!' Daar had Maggie hartelijk om moeten lachen. 'Nee joh. Zijn dag is weer goed. Denk je eens in hoe het voor hem moet zijn om elke dag stempels te zetten.'

'Hebt u bagage om in te checken, meneer?'

Tomas knippert met zijn ogen alsof hij nu pas weer beseft waar hij is. 'Mijn bagage...' Hij kijkt naast zich, grijpt naar zijn koffer en beseft dan dat die er niet is.

6

Sharon

Sharon loopt de kamer van haar vader binnen, zoals ze nu al vijf dagen op rij heeft gedaan. Elke dag op hetzelfde tijdstip. De transformatie van haar vader ging snel, vandaag is zijn glimlach onmiskenbaar de lach die ze al jaren aanbidt. Zijn trouwe ogen laten zien dat de mist in zijn hoofd bijna is opgetrokken, waarschijnlijk doordat de medicatie langzaam is afgebouwd, waardoor hij scherper is.

'Pap!'

'Sharreke van me! Kom hier!' Hij loopt op haar af en ze voelt de warmte van zijn uitgestoken handen.

'Je bent er weer, papa!' Ze voelt opeens een vreselijke vermoeidheid opkomen, de zorgen om haar vader hadden hun tol geëist de laatste dagen. Het had niet geholpen dat Bryan taal nog teken had gegeven, al wist ze van haar vader dat hij wel op bezoek was geweest. 'Mannenpraat', zoals haar vader dat omschreven had. Haar moeder was – afgezien van hier en daar een nietszeggend appje – echt van de radar verdwenen.

'Ja, ik ben er weer en het spijt me dat ik je in de steek heb gelaten. Het zal niet meer gebeuren.' Ze voelt de ademhaling van haar vader liefde uitblazen in haar hals. Ze probeert de woorden die op haar tong liggen tegen te houden. Ze bouwt een dam om die woorden de toegang te versperren. De man is net weer op de been, ze mag haar vragen niet als een mitrailleur op hem afvuren, ook al had ze er nachten slecht van geslapen.

'Hoelang moet je hier nog blijven?' Ze maakt zich los uit zijn greep en kijkt de kamer rond, niet omdat er zo veel te zien is in deze troosteloze ziekenhuiskamer, maar omdat ze de directe confrontatie met haar vader nu niet aan wil. Ze verschuift zijn toilettas en haalt een slaphangende witte roos uit de vaas.

'In feite ben ik vrij om te gaan, maar ik vind het wel prettig om drie keer per dag mijn natje en mijn droogje te krijgen.' Hij glimlacht en Sharon vraagt zich af hoe vaak hij naar haar gelachen heeft terwijl hij in feite doodongelukkig was.

'Papa, ben je gelukkig?' Verdorie, de dam is doorgebroken en ze heeft geen zandzak meer om te stutten.

Haar vader knikt berustend. 'Ik snap dat je veel vragen hebt, meer dan dat ik antwoorden voor je heb. En ik weet ook dat jij je verraden voelt, heb ik gelijk of niet?' Hij neemt haar aandachtig op terwijl hij met zijn handen over haar armen wrijft.

Ze knikt, woorden krijgt ze niet meer uit haar kurkdroge mond.

'Ik had een terugval, Sharon.' Hij probeert haar hand te pakken, maar ze doet een stap achteruit.

'Ik wist niet eens dat je ziek was...' Er klinkt een groot verwijt in haar stem.

'Nee. Misschien omdat ik er zelf ook weinig bij stilstond, het was al zo lang onderdeel van mij en eigenlijk als een onzichtbare schaduw op de achtergrond geraakt. Tot vorige week. Het is snel gegaan en ik had het zelf niet eens in de gaten.'

Sharon aarzelt even en flapt er dan toch uit: 'Het voelt alsof jij dat deel van jezelf voor mij verborgen hebt gehouden. En dat voelt niet goed.' Ze wendt haar ogen af.

'Dat deel van mij is ook niet goed.'

'Maar dat deel hoort wel bij je...' Sharon voelt de strijdlust terugkomen. Voor het eerst in haar leven is ze boos op de belangrijkste man in haar leven. Jarenlang had ze met haar moeder gevochten over alles wat maar mogelijk was. Haar vader was de stille bondgenoot, de vredestichter. De man met de wijsheid in pacht. En nu? *Je loog tegen mij alsof ik een kind was.*

'Sharon, heb je die sleutel nog, die ik je gaf tijdens mijn...' Hij kijkt haar indringend aan, zijn stem klinkt zacht, wanhopig bijna.

'Wat wilde je goed gaan maken, papa? Waar wilde je naartoe geteleporteerd worden met die sleutel?'

'Ik heb best wat fouten goed te maken in mijn leven, Sharon. Vooral met je moeder... en ik denk dat ik daar in mijn mijmeringen in ben doorgeschoten. En je weet dat *Back to the Future* mijn lievelingsfilm is!' Voorzichtig polst hij haar, is er een opening of blijft ze hem afwijzen?

Sharon zucht. 'Je hebt de boel goed op stelten gezet.' Ze haalt de sleutel uit haar tasje en wil hem haar vader aanreiken.

'Ik wil je wat vragen, Sharon. Ik was bezig met mijn levenswerk.' Hij pauzeert even en het lijkt alsof hij zich afvraagt of hij dit wel aan zijn dochter mag vragen.

'Ja?' Ze probeert het ongeduld niet in haar stem te laten doorklinken.

'Ik heb een loods gehuurd, maar ik moet eruit. Ik wil vragen of jij de spullen die er liggen veilig wil stellen. Het is niet veel, misschien kan Bryan mee.' Hij neemt haar voorzichtig op.

'Is dit een lijmpoging tussen mij en Bryan?' Boosheid vlamt op in haar ogen.

'Nee. Hebben jullie ruzie dan?' Zijn stem klinkt mierzoet en Sharon moet erom lachen.

'Hoeveel is het, pap? Past het in mijn auto en waar moet het heen?'

'Ik denk dat het wel past. Maar zou je het zolang bij jou willen bewaren?' Hij kijkt haar hoopvol aan en Sharon kan niet weigeren.

'Tuurlijk, pap, jij en mama hebben ook jarenlang al mijn zooi op zolder bewaard.' Langzaam voelt ze haar woede wegebben.

'Ho, dit is geen zooi, dit is kunst. Mijn levenswerk zoals ik net zei.' Hij zwaait met zijn vingertje en Sharon lacht. Dit is hun spelletje. Ze hadden vaak discussies gevoerd over kunst en ze had het geweldig gevonden.

'Hoe heet je kunstwerk dan?'

Hij schraapt zijn keel en denkt diep na. 'De reconstructie van het leven.' Hij kijkt nu zo serieus dat Sharon ervan schrikt.

'Ik neem aan dat ik geen ledematen of zo aantref in die loods van je?'

Haar vader lacht. 'Nee, die zul je er niet vinden, denk ik. Weet ik eigenlijk niet. Ik ben pas begonnen. Beter gezegd, ik wilde net gaan beginnen maar toen sloegen mijn hersenen op tilt.' Hij maakt een draaiend gebaar met zijn vinger en Sharon pakt zijn hand vast. 'Je bent niet gek, pap. Prettig gestoord, dat wel.'

Hij drukt een kus op haar hand en duwt hem dan tegen zijn wang. 'Dit voelt zo fijn, jou zo dicht bij mij.'

'Ja, dit voelt fijn. Dit is wie wij zijn, pap. Dicht bij elkaar.'

'Probeer je alsjeblieft je moeder ook wat dichter naar jou toe te halen, koukleum?'

'Ze is vertrokken, pap. Ze heeft jou hier alleen achtergelaten! En daarnaast laat ze amper iets horen. Zij is diegene die altijd afstand neemt.' Sharon fluistert de woorden en voelt de pijn van gemis in haar lijf.

'Ze moet opladen. En misschien waren wij wel altijd te close met elkaar waardoor ze dacht dat er geen ruimte meer voor haar was.'

'Zij eist juist altijd alle ruimte op. Haar leven is niet het mijne. Ik wil zijn zoals jij, vrij! Jij doet je ding en je volgt je hart.' Ze speelt met zijn knoestige vingers, ze lijken op de verweerde bast van een eikenboom. Ze zoekt zijn ogen en ze ziet de jongen in hem terug over wie dat gekke mens Lotte het ooit had.

'Mijn vrijheid heeft een prijs en die heb je me deze week zien betalen. Misschien is je moeder bang dat je door in mijn voetstappen te stappen een verkeerde keuze zou maken.'

'Nee, ze denkt maar aan één ding en dat is aan status.' De boosheid die ze jegens haar vader voelde is overgeslagen naar haar moeder. Haar vader merkt de omslag ook.

'Dat zie je dan fout. Ze denkt maar aan één ding en dat is dat het jou aan niks ontbreekt.'

'Ken je dat liedje van Bette Midler? Over een hart dat bang is om te breken en daarom nooit leert om te dansen. Dat is het met mama, ze durft geen risico's te nemen in het leven, ze durft niet eens te dromen omdat ze bang is om wakker te worden.'

'Dat zeg je mooi, maar je moeder heeft risico's genoeg genomen in het leven, ze heeft ooit ja tegen mij gezegd.' Hij geeft haar een knipoog.

'Je bent terug, dat merk ik.' Sharon voelt de opluchting door haar lijf stromen.

'Ja, ik ben er weer en ik laat het nooit meer zover komen. Ga jij naar huis, Sharon, en haal mijn kunstwerk bij jou naar binnen. Ik popel om het straks samen af te maken.' Hij kust haar op haar kruin en ze voelt dat hij moe is.

Ze knikt. 'Is goed, pap.' Ze loopt de ziekenhuiskamer uit en voelt de sleutel in haar zak branden. Ze is moe. Emotioneel uitgeput en het liefste zou ze naar huis gaan en zich opkrullen op de bank, toch weet ze dat ze haar vaders verzoek moet inwilligen. De avond is al ingevallen en ze huivert. Wanneer ze de ziekenhuisgang uit is en de lift wil pakken hoort ze een bekende stem. Bryan. Ze staat als aan de grond genageld. Ze kijkt op en hun blikken kruisen. Dit is een allesbepalend moment.

Bryan lijkt als in slow motion op haar af te lopen. Ze bewegen naar elkaar en grijpen elkaar dan vast.

'Meisje, toch.' Dat is alles wat hij zegt en het is voldoende.

'Ga je met mij mee, Bryan? Ik moet papa's kunstwerk ophalen maar ik wil niet alleen. Het schijnt zijn levenswerk te zijn en ik weet niet welke verrassingen ik nu nog meer ga tegenkomen.' Ze heeft hem nodig nu.

Bryan maakt een buiging. 'Ik sta tot uwer volledige beschikking. Ik ga morgen wel naar je pa, of we gaan samen. Hij zal wel opgelucht zijn dat we weer vriendjes zijn.'

Sharon knijpt hem zachtjes in zijn arm. 'Hij is niet de enige. Ik voelde me praktisch wees de afgelopen dagen.'

'Ik ben te adopteren!' Bryan doet nu de perfecte imitatie van een zielige asielhond na en Sharon geeft hem een aai over zijn hoofd.

'Vooruit, op naar het kunstwerk van pap.' Ze steekt haar arm door de zijne en samen lopen ze naar buiten. Iets van haar moeheid is verdwenen, met Bryan aan haar zijde kan ze meer hebben en lijkt de mist opeens minder dicht.

'Geef me je sleutels maar, dan rij ik.' Hij geeft haar een por en Sharon vist ze uit haar jaszak. 'En jouw auto dan?'

'Die haal ik morgen wel op. Ik neem aan dat ik straks op je bank mag crashen?'

'Natuurlijk. Je mag zelfs een slaapshirt van me aan.'

'En je slofjes?' Hij legt zijn hoofd steels op haar schouder en knippert met zijn ogen.

'Je bent echt een mafkees soms!' Ze geeft hem een por in zijn zij.

Bryan zet de stoel naar achteren en Sharon stelt haar navigatie in. 'Dat navigatiemens heeft echt een rotstem. Ik snap niet dat ze mij nooit hebben gevraagd...' Bryan lijkt geen last te hebben van de mist en ongeveer tien minuten later staan ze voor een obscuur bedrijventerrein. Hij zet de motor uit en kijkt Sharon aan. 'Goed, dit is niet mijn ding. Jij loopt voorop, ik heb geen zin in een bijtende rottweiler in mijn been.'

'Jij zit vol vooroordelen en voor een man had ik meer van je verwacht.' Sharon stapt de auto uit.

'Kom op, dit is geen plek voor ons op dit tijdstip en vooral niet in deze mist.' Bryan schakelt de zaklampfunctie op zijn telefoon in en probeert de boel te verlichten. Ze lopen een paar passen en een grote nachtlamp schakelt zich in. 'Mooi, meer licht.'

Sharon probeert niet te laten merken dat ze dit ook niet helemaal gezellig vindt. 'Even kijken, nummer 15.' Ze lopen naar een klein schuurtje met nummer 15 erop.

'Ik ben benieuwd, Shar! Dit kende ik ook niet van je vader.'

'Deze garageboxen worden gesloopt, dus alles moet leeg. Het zou in mijn auto passen, zei pap.'

Wanneer ze de deur heeft opengemaakt kijken ze in een kleine ruimte van niet groter dan drie bij drie. Het is er donker en Bryan zoekt naar een lichtknop. Die is er niet. Weer laat hij zijn zaklamp schijnen en achter tegen de muur zien ze koffers staan. 'Koffers?' Sharon snapt het niet. 'Zijn die van mijn vader? Is hij dakloos geworden of zo? Hoe komt hij aan zo veel koffers?'

Bryan loopt naar de koffers toe en bekijkt ze. 'Nee, deze zijn niet van je vader. Kijk maar.' Bryan heeft een brief van een van de koffers gepakt. 'Hij heeft ze gekocht op een veiling voor 1000 euro.'

'Waarom?' Sharons gezicht is een groot vraagteken geworden.

'Daar komen we vast nog achter, maar één ding weet ik al wel: dit past nooit in die auto van je.'

Nadat Sharon en Bryan de auto hebben leeggehaald lijkt de woonkamer van Sharon op een kofferwinkel. Ze staat met haar handen in haar zij naar de chaos te kijken. 'Wie koopt er nu voor zo'n enorm bedrag aan vergeten koffers op een veiling?'

'Luuk! Ik vind het wel wat hebben, lekker rommelen in andermans leven. En gewoon kijken wat erin zit en wat het opbrengt! Misschien had je vader geld nodig?'

'Lijkt me erg onlogisch, dan ga je niet voor duizend euro aan koffers kopen waar waarschijnlijk alleen vuile onderbroeken in zitten.'

'Zullen we gewoon eens kijken wat erin zit? Heb je een kladblok, dan hou ik de score bij. Ik denk dat je vader er met winst uit gaat, wedden?'

'Jij bent echt te erg. Mijn vader kennende, denk ik dat hij inderdaad wilde rommelen in levens van anderen. Hun verhaal vertellen aan de hand van vieze onderbroeken.'

'Getver. Heb jij schoonmaakhandschoenen? Lijkt me wel zo fijn wanneer we gaan *golddiggen.*'

'Nee, jij wel dan?' Sharon kijkt hem geamuseerd aan.

'Kind, ik moet jou echt eens wat manieren bijbrengen als het om het bestieren van de huishouding gaat.' Bryan rolt met zijn ogen en zet zijn handen in zijn heup. Beiden gieren het uit van het lachen. De vermoeidheid heeft plaatsgemaakt voor nieuwsgierigheid, maar is op de achtergrond wel aanwezig om op het juiste moment weer toe te slaan.

'Bestieren van de huishouding, dat stamt uit de oudheid of zo, Bryan!'

'Dat waren nog eens tijden. Toen waren de mannen nog van staal en de boten van hout.' Bryan heeft duidelijk gevoel voor drama en zijn oogopslag is fenomenaal te noemen.

'Ja, Bryan. Vroeger toen veters nog in je schoenen zaten in plaats van in je...' Ze trekt aan de bovenkant van zijn slip die boven zijn jeans uitsteekt.

'Juist, ja. Maar het werkt wel!' Hij geeft haar een knipoog en dan pakt hij de eerste koffer vast. 'Raden, wat zou hierin zitten?' Hij wrijft over een knalrode Samsonite-reiskoffer.

'Jongen, je draaft echt door. Ga je nu de psychologie achter een koffer doorgronden?'

'Jazeker, een koffer zegt meer over een persoon dan je zou denken. Mijn koffer lijkt totaal niet op die van jou, bijvoorbeeld.'

'Dat is dus wel zo, want die hebben wij samen drie jaar terug in een aanbieding gekocht.' Ze geeft hem een klap op zijn schouder.

'Ja, twee koffers voor de prijs van een, zo'n aanbieding mag je niet laten lopen. Maar goed, ter zake. Ik denk dat deze koffer van een vrouw is. Die vrouw weet wat ze wil, gaat vaak een weekendje weg, ik denk met haar lover. Ze is geordend, kijk maar, de koffer heeft handige vakjes voor je documenten.' Hij wrijft met zijn vingers langs de koffer en Sharon heeft nu buikpijn van het lachen. Hij rolt de koffer op en neer. 'En... soepele wieltjes. Ik denk dat we te maken hebben met een flexibel vrouwtje en dito inhoud. De koffer is overigens op zichzelf al een euro of tweehonderd waard.'

'Goed, Mister Smart-ass, wat zit er in die koffer dan? Noem drie items en ik ben voor altijd onder de indruk van je.'

'Ben je dan voortaan mijn groupie?' Er speelt een glimlach om zijn mond.

'Wat jij wil...'

'Goed. Er zit een toilettasje in, waarschijnlijk van het merk Samsonite zelf, zwart met kwastjes aan de voorkant. Ze houdt van stijl en afstemming. Daarnaast zeker rode lipstick van Chanel. Dito parfum. En lingerie. Stijlvol doch pikant. En tampons, voor het geval dat.'

'Mijn hemel! Je bent erg. Vreselijk erg!' Ze ritst de koffer open en begint hard te lachen. 'Psychologie van de koude grond, Bryan!' Ze haalt er een paar onderbroeken van de HEMA uit en houdt ze omhoog. 'Gelukkig ongedragen. Toilettas? Alles ligt er gewoon in gegooid. Volgens mij geen make-up, wel een deo. Op natuurbasis. En... een tablet!'

Bryan schrijft driftig mee zonder onder de indruk te zijn van zijn nederlaag. 'Mooi. Tablet kan zo op Marktplaats. Koffer ook. Die onderbroeken kun je wellicht wassen en hergebruiken.'

'Ik snap het nog steeds niet, wat wilde mijn vader hiermee? Uit deze koffers is geen verhaal te maken, toch? Of wil hij ze terugbrengen naar de eigenaar?'

'Sharon, mijn kind.' Bryan legt zijn hand op haar arm. 'In alles zit een verhaal. Je moet het willen zien.' Deze serieuze toon laat haar weer lachen. 'Maar het zou mooi zijn als we koffers met hun eigenaar kunnen herenigen.'

'We doen er nog een en nu mag ik!' Sharon trekt een koffer van de stapel. Ze moet flink kracht zetten. Deze koffer is opvallender dan de rode Samsonite.

'Deze koffer is al veel op reis geweest. Vast van een man, want er staan vooral veel nerd-achtige stickers op. De camelkleur straalt rust uit en de verweerdheid van de koffer laat zien dat de man niet om waarde geeft. Misschien is hij een hacker of zo?'

'Ja, ga door. Wat zit erin?'

'Sandalen! Een laptop, denk ik. En een camera. En een surfplank, maar dat past niet, maar goed, iets surfachtigs.'

'Een surfende nerd op sandalen met een camera om zijn nek. Mensen, we gaan het zien, doe open die kofferrrrrrr.' Bryan heeft een borstel vast en doet alsof hij door een microfoon praat. 'Ik zie kansen, Shar, dit is echt RTL4-werk! Wat denk je, is de inhoud meer of minder dan 200 euro?'

'Meer!' Sharon klikt de koffer open en kijkt naar een keurig gevouwen smoking. Een deftige toilettas met scheerapparaat. Zwarte slips, waar Bryan goedkeurend naar knikt. Verder inderdaad een laptop en zwarte sportschoenen. Ze haalt de schoenen eruit en houdt ze in de lucht. 'Dit lijkt een beetje op surfschoenen, toch?'

Bryan begint hard te lachen en pakt de schoenen van haar over. 'Dit, mijn schat, zijn Balenciaga's. Sportschoenen van pak 'm beet zeshonderd euro. Ik hoop zo dat dit mijn maat is!' Hij trekt zijn schoenen uit en probeert ze aan. 'Al moet ik mijn tenen tijdelijk amputeren, deze zijn van mij!'

Sharon kreunt. 'Ik ga mijn vader vragen wat hij ermee wil, dit koffergedoe. Misschien wil hij gewoon de eigenaren terugvinden.'

'Wat doen we? Verder met de rest of is het even mooi geweest?' Bryan trekt de schoenen uit en wrijft over zijn tenen.

'Ik begin moe te worden. Morgen verder?'

'Alleen deze nog!' Bryan pakt er een interessante koffer uit. Hij opent de koffer en er vallen wat spullen uit. Een brief glijdt weg onder de kast in de kamer.

Deel 2

7

Tomas

Tomas trekt zijn witte jas aan en stapt de meetkamer binnen. Het is nog vroeg in de ochtend en hij is blij dat geen enkele collega vanmorgen het idee had om ook voor zeven uur te beginnen. De meetopstelling laat zien dat het nog wel even duurt voordat het juiste aantal metingen is gedaan. De meeste collega's lopen al weken gestrest rond omdat er problemen zijn met de chip die geleverd moet gaan worden aan een grote klant, Tomas niet. Hij weet dat er ergere dingen zijn in de wereld dan het ontploffen van de transistor.

De wereld hier in het lab is veilig en niemand valt hem hier lastig, behalve Mascha dan, die blijft hem bellen en hij blijft haar afwijzen. Zelfs zijn verdriet om Maggie is hier niet aanwezig, althans niet in de hevigheid zoals hij die thuis ervaarde wanneer hij alleen in bed lag. Hier is ook geen zus die zich zorgen om hem maakt. Hier zijn alleen collega's die klagen over de koffie uit de automaat. Niemand hier weet iets van zijn achtergrond en als ze dat al doen dan praten ze er niet over. Alleen de dame van personeelszaken had haar wenkbrauwen gefronst bij het arbeidsvoorwaardengesprek. Tomas kon haar gedachten bijna raden. En inderdaad, ze vroeg of hij de Tomas van de parfum was. Hij had iets gemompeld en zijn ogen neergeslagen. *Niet weer!* De media hadden de eerste paar weken na zijn vertrek uit de parfumwereld veel aandacht aan hem besteed, maar de storm was nu gaan liggen. Na het verlies van zijn koffer op het vliegveld voelde het alsof een deel van hem nu voorgoed geamputeerd was. Zijn koffer was het laatste beetje wat hem aan Maggie deed denken. Erger nog, het boek met haar geur zat erin. Het had geen zin meer gehad om aan haar laatste wens te voldoen, het was onmogelijk geworden.

Via een oude studievriend in Londen kreeg hij een vacature doorgestuurd voor een functie bij een Nederlands bedrijf gespecialiseerd in radiofrequentietransistors. Hoewel het hem in eerste instantie niks leek om terug te keren in de wereld van de chips en natuurkundige wetmatigheden, voelde de wereld van de parfum nog minder aantrekkelijk. Parfum was Maggie. Maar er was geen Maggie meer. Niemand die hem nog kon aanzwengelen zoals zij dat had gedaan. Hij wilde geen verdriet meer voelen, dus de optie om zich te verstoppen in de bètawereld leek hem goed. Geen collega's die zouden praten over gevoelens en rouwverwerking, behalve dan de secretaresse die af en toe een praatje kwam maken. Maar ook haar wist hij op bijna charmante wijze te pareren.

Terwijl hij naar de metingen op het scherm kijkt om te zien hoeveel stroom en spanning de transistors aankunnen voordat ze kapotgaan, voelt hij zijn telefoon trillen in zijn broekzak. Er komt een sms'je binnen.

Ik denk dat ik je koffer gevonden heb. Groet, Sharon

Op zijn beeldscherm verschijnt een zwarte plek. De meting laat zien dat de transistor is overleden. Een vlakke lijn.

Zijn hartslag is op dit moment allesbehalve vlak en hij zoekt naar woorden. Hij moet iets terugtikken maar zijn vingers weigeren dienst.

Ja?

Meer dan dit krijgt hij er niet uit.

Tomas staart naar zijn monitor en weet dat hij de meting zal moeten herhalen om de fout op te sporen. Hij weet ook dat hij meer moet typen naar de Sharon van het bericht.

Zoals ik net sms'te, ik denk dat ik uw koffer gevonden heb. Uw naam staat erop.

Ja.

Honderden vragen buitelen over elkaar heen in zijn hoofd maar hij krijgt ze niet als vraag geformuleerd.

Zullen we dan een afspraak maken zodat ik u de koffer kan teruggeven?

Ja.

'Kom op, Tomas, reageer!' Tomas is opgestaan van zijn stoel en loopt naar het raam. Hij heeft lucht nodig! Een half jaar na het verlies van zijn koffer is de koffer nu terug? Althans, bijna.

Misschien overval ik u ermee?

Ja, sorry. Wanneer kunnen we afspreken? Ik kom de koffer graag ophalen. Vandaag nog?

Langzaam komt zijn brein weer in beweging. Een scherpe geur komt zijn neus binnen maar hij weet hem niet te plaatsen.

Ik zal mijn adres doorsturen, is dat goed? Ik ben vandaag de hele dag thuis.

Ja, dat is goed. Tot straks.

Tomas trekt zijn witte jas uit en loopt met grote passen de meetkamer uit. In de lange saaie gang komt hij een van zijn collega's tegen. Rob. Rob is aardig en weet altijd een mop te verpesten waardoor dat bijna weer grappig is. 'Rob, ik moet weg. Kun jij naar de metingen kijken?'

Rob knikt. 'Gaat het goed, Tomas?'

'Ja. Maar ik moet weg. Ik neem de dag vrij.' Tomas pakt zijn jas en loopt naar buiten. Met zijn handen op zijn knieën blijft hij op de parkeerplaats staan en probeert tot rust te komen. Naast de auto van Rob is alleen de zijne te zien. '*Pole position*' zou Max Verstappen zeggen. De lucht is nog vol van de nevel en de geur van het asfalt dringt zijn neus binnen. Hij sluit zijn ogen en probeert de geur van Hyde Park naar boven te halen, de geur van de jasmijnvelden en de geur van de liefde zoals hij die voelde op de momenten dat het leven zo mooi was dat het bijna pijn deed. In al die geuren zat Maggie. Het duizelt hem. De parkeerplaats raakt voller. Collega's stappen uit en steken hun hand omhoog. Tomas zwaait terug en loopt dan naar zijn auto. Weg hier. *Waarheen maakt niet uit...*

'Tuurlijk weet je wel waar je heen moet, Tomas. Volg mij maar.' Maggie zit naast hem, haar voeten op het dashboard. Zo had ze naast hem gezeten tijdens hun roadtrip door Engeland. Hij had haar enkelbandje erg schattig gevonden en haar teenring boven verwachting sexy. 'Je lijkt wel een hippie.'

Tomas knippert met zijn ogen, na maanden afwezigheid is ze terug. *'Je gaat je koffer halen en dan vlieg je naar Londen. Je blijft toch niet hier werken? Goed betaald dat wel, maar saai!'* Ze haalt haar neus op. *'Parfum! Kom op, Tomas, verover de wereld.'*

Tomas trapt het gaspedaal in en hij kijkt ook hoe het rijp op de takken van de bomen langzaam naar beneden valt. Hij wil niet met Maggie praten nu, hij wil niet naar Londen. Hij wil die saaie natuurkundige blijven en zijn hart beschermen tegen alles wat pijn doet. Moet hij die koffer wel gaan halen? Waarom sms't een vrouw hem zo achterlijk vroeg? Hoe komt ze eigenlijk aan zijn nummer? Of aan zijn koffer?

Om het dreunen in zijn hoofd te stoppen noemt hij alle natuurkundige wetten op die hij maar kan bedenken, te beginnen bij de letter A. Zo loopt hij het hele alfabet af. Maggie had het sexy gevonden wanneer hij ze achter elkaar opzei. 'Elk maand mag je mij een wet uitleggen.' Het had hem laten lachen. 'Je valt in slaap bij mijn natuurkundelessen.' Dat vond ze prachtig. 'Mooi, dan geef je me les wanneer ik niet kan slapen.' Hij had niet gedacht dat ze het echt meende, maar ze had volgehouden. Elke maand had hij haar een wet uitgelegd en ze had gefascineerd geluisterd. Ze vond de wet van Beer-Lambert bijzonder grappig. Ze had hem liggend vanuit bed aangekeken en gevraagd of hij de formule daarvan op haar rug kon tekenen. Hij glimlacht bij deze herinnering. Die wetten interesseerden haar niets maar het tekenen op haar rug liet haar spinnen als een kleine kat. 'Nog eens, ik heb dat eerste teken niet helemaal goed gevoeld.' En dat deed hij, net zo lang totdat ze sliep, of tot op het moment waarop hij dacht dat ze sliep en hij een lamme arm had. Hij was op haar rug blijven tekenen tot op het allerlaatste moment, tot het moment waarop de kleinste aanraking haar ingevallen lijf pijn deed en hij bang was dat ze doormidden zou breken. Hij had haar nog willen vertellen over de wet van Ohm, over Stokes…hij had haar de wereld willen geven.

8

Sharon

Het was ongetwijfeld een van de mooiste dagen van Bryans leven geweest. Al maanden waren ze bezig verhalen rond de koffers te construeren, maar ze hadden nooit verwacht de koffer van een beroemdheid tegen te komen. Bryan was in extase geweest toen ze in een van de koffers een paspoortkopie hadden gevonden met de naam van de Nederlandse parfumgod erop. 'Tomas Verhaegen!' had Bryan geroepen. 'Je moet hem bellen. Direct. En vraag hem meteen of hij weer een nieuwe geur in de maak heeft, want zijn recentste vraagt om meer.' Ze had hem hoofdschuddend aangekeken. Bryan was een parfumverslaafde, niet alleen vanwege de geur maar ook vanwege de verpakking. 'Prachtig toch die nieuwe reclame van Dior Sauvage? In mij schuilt ook een Johnny Depp, heerlijk die eyeliner, dat wil ik ook wel!'

Sharon had erom moeten lachen. 'Ik verbaas me vooral over de hoeveelheid geld die omgaat in die wereld en al die reclames lijken wel halve bioscoopfilms zonder inhoud.'

Dat was een discussie waard geweest en Bryan had haar uitgelegd wat de metaforen achter de reclames waren, ook al was hij teleurgesteld dat de reclames vooral op de heteroman gericht waren. 'Shar, weet je wel dat dit de eerste keer is dat meneer Depp zijn gezicht heeft geleend voor een parfumreclame?'

Ze had moeten lachen. 'Misschien hebben ze hem er genoeg voor betaald dit keer?'

'Niet alles heeft met geld te maken, Sharon. Ik denk dat hij gevoeld heeft dat deze lijn bij hem past. Zelfverzekerd en elegant. Authentiek ook. Zo helemaal Johnny.' Bryan ruikt aan zijn eigen pols. 'Ik kan uren aan mezelf ruiken, weet je dat?'

'Je bent hartstikke gek!' Sharon had hem liefdevol geknuffeld. 'Je bent net zo gek als mijn vader met zijn koffers.'

Uiteindelijk had ze toch naar hem geluisterd. Het was niet de eerste koffer waarvan ze de identiteit van de eigenaar hadden kunnen achterhalen. Maar wel de eerste waar zo'n persoonlijke brief in zat, verstopt in een boek. Na twee dagen non-stop googelen en rondbellen in de parfumwereld had iemand haar eindelijk Tomas' mobiele nummer willen geven. En dat alleen omdat ze had gezegd dat er een zeer persoonlijke brief in de koffer zat die de eigenaar ongetwijfeld graag terug wilde. Vanmorgen had ze al haar moed bijeengeraapt en hem ge-sms't. En nu stuurde hij door dat hij onderweg was en er over ongeveer een uurtje zou zijn. Moest ze hem de koffer gewoon geven of zou hij er uitleg bij willen hebben? Uitleg die ze zelf niet eens had. Haar vader had koffers gekocht en haar de opdracht gegeven om de levens van mensen te reconstrueren en hun eigenaren te vinden. En dus heeft ze door Tomas' spullen zitten wroeten en een brief van zijn overleden vrouw gelezen. Simpel, toch? Ze wrijft onrustig in haar handen en luistert met een half oor naar het nieuws op de radio. De stem van de radioman klinkt rustig en warm. Langzaam komt ze in beweging en loopt langs de stapels koffers; de geleverde bewijslast dat haar vader compleet gek geworden was.

Bryan had haar toevertrouwd dat haar vader de koffertic had gekregen toen hij het oude koffertje van Sharon had gevonden op zijn rommelzolder. Haar oude 'IJsland-koffertje'.

Bij haar vader waren allemaal mooie herinneringen naar boven gekomen en dat had hem doen besluiten om 'iets' met koffers te gaan doen. Toen ze met Bryan had gemijmerd over de IJsland-reis, had het ook iets met haar gedaan. Het leek wel alsof de reis nooit had plaatsgevonden, wat waren ze toen gelukkig als gezin. Het noorderlicht was sprookjesachtig mooi, al had ze het toen best wel een beetje eng gevonden. De groene schijn deed haar denken aan de boze stiefmoeder van Sneeuwwitje. Het was haar moeder die de boze droom had weggejaagd. Bryan had haar gevraagd waar haar vader was tijdens haar boze dromen en ze was hem het antwoord schuldig gebleven. Het had haar aan het denken gezet en ze was tot het pijnlijke besef gekomen dat ze veel van de mooie herinneringen aan haar moeder had uitgewist.

Ook hier wist Bryan een antwoord op. 'Ik denk dat je een zondebok nodig had om de scheiding een plek te geven.'

Ze had er niks van willen weten en had het onzin gevonden. Ze was zestien toen haar ouders gingen scheiden en ze had er nu toch al overheen moeten zijn. Bryan had haar aangekeken en gezegd dat ze er volgens hem nog steeds niet overheen was. Ze had haar tong uitgestoken en gevraagd wat hij ook alweer gestudeerd had. En toen was het gesprek uit de hand gelopen. Sharon glimlacht bij de herinnering. Hij had gezegd dat ze pas volgende week het recht had om kattig te zijn, omdat ze dan pas ongesteld moest worden. Hij had nog gelijk gehad ook, hij kende haar bijna beter dan zij zichzelf. Hij had niet opgegeven en had er bij haar op aangedrongen om het contact met haar moeder te herstellen. Dat was minder makkelijk gedaan dan gezegd, want haar moeder hield de boot af. Ze had uiteindelijk toegestemd om een keer samen te gaan lunchen, maar die afspraak was er nog niet van gekomen. Misschien had haar moeder gewoon tijd nodig, net als zij, eigenlijk.

De opname van haar vader had alles in haar leven aan het wankelen gebracht. Het was alsof ze terug in de tijd geslingerd werd tot in haar pubertijd, waar ze zo drastisch op zoek was geweest naar haar eigen identiteit. De ankerpunten in haar leven waren losgerukt en haar hele leven leek een grote mindfuck te zijn.

Sharon vloekt een keer binnensmonds, de lunch met haar moeder moet ze nog regelen. Ze kleedt zich om en draait haar haren losjes in een knot. Geen lipstick vandaag, dat past niet bij haar stemming. Sharon zucht en kijkt naar zichzelf in de spiegel. De ogen van haar vader met de neus van haar moeder. Ze vormt haar wimpers met de zwarte mascara en kijkt hoe ze voller en sensueler geworden zijn. Een laagje vernis over de buitenkant. Ze lacht schamper. De puurheid en de echtheid van de wereld lijken verdwenen te zijn omdat de werkelijkheid zich verstopt achter lapmiddelen. Ze denkt aan de verschillende lagen behang die ze ooit op de zolder van haar vader van de muur had gekrabd, ze was er melancholisch van geworden, waardoor ze na een uur arbeid niks meer voor elkaar had gekregen.

Haar vader was naast haar komen zitten en was meteen in zijn kunstenaarsmodus geschoten. Hij had met zijn handen over de muren gewreven, liefkozend bijna. 'In deze kamer is er ruziegemaakt, zijn er tranen gelaten, hebben gesprekken plaatsgevonden die beter niet gevoerd hadden kunnen worden en in deze kamer hebben mensen seks met elkaar gehad.'

Sharon had er hard om moeten lachen en met haar ogen gedraaid. Hij was opgesprongen en pas twee uur later was hij teruggekeerd met in zijn hand een boodschappentas vol met spullen.

'Alleen schoonmaken is niet genoeg, Sharon. Deze kamer heeft een energetische reiniging nodig.' Luuk had zijn tas leeggehaald en Sharon had met grote interesse toegekeken hoe hij de zolder met half afgetrokken behang voorzag van een windgong. In elke hoek van de kamer kwamen schaaltjes met zout te staan. Zou dat de dag zijn geweest dat hij, toen zij eenmaal naar huis was, het IJsland-koffertje had aangetroffen? Was de koffergekte die dag begonnen?

Later had ze naslagwerk gedaan naar haar vaders hysterie en was ze erachter gekomen dat het energetisch laten reinigen van huizen helemaal hot was. Ze had het meteen in haar makelaarsofferten laten opnemen. Het had haar verbaasd hoeveel klanten voor een kleine honderd euro extra hun huis energetisch hadden willen laten reinigen. Haar moeder had haar meteen opslag gegeven. 'Je bent ingesprongen op een gat in de markt. Mooi. Weer een stap voor op de concurrentie.' Ze had haar moeder gevraagd of ze hier werkelijk ook in geloofde en haar moeder had smakelijk moeten lachen. Nee, dus.

Ze schrikt van de deurbel. Zou de kofferman er nu al zijn?

9

Tomas

'Je draagt de parfum van mijn concurrent.' Hij ziet dat ze haar hand onwillekeurig naar haar neus haalt. Hij ziet haar aarzelen, leunend tegen de deurpost. Hij vangt een blik op van haar appartement. Licht en verzorgd. Net zoals de vrouw tegenover hem.

'Geen idee wat ik vanmorgen heb opgedaan. Ik ben geen kenner. Ik ben net zo slecht met parfums als met wijn. Als het etiket er maar smakelijk uitziet dan ben ik verkocht.' Sharon trekt haar wenkbrauwen vragend omhoog, terwijl ze haar pols nu in de lucht houdt.

'Bloemiger kan bijna niet. Het hart van de romige jasmijn, met daarin verwerkt de fonkelende groene, fruitige noten van ylangylang.' Hij lijkt even na te denken en praat dan verder. 'Verder zit er natuurlijk de oranjebloesem in en het toetje is de tuberoos uit Grasse.' Tomas voelt zich opeens verlegen worden. Hij hoopt niet dat ze denkt dat hij hier staat op te scheppen. 'Je parfum past overigens niet bij je deodorant.' Hij lacht en zijn hand gaat door zijn haren. 'Sorry, het is eigenlijk niet mijn gewoonte om mensen te besnuffelen. Je geur riep iets op bij me, vandaar.'

'Weet je dat ik niet eens weet welke geur ik draag? En ik ben blij met je uitleg want een beetje griezelig is het wel. De druppel angstzweet heb je dan vast ook geroken?'

'Nee. Wel je wasmiddel.' Hij steekt zijn hand uit. 'Ik ben Tomas en jij hebt mijn koffer?' Hij komt meteen to the point. Haar hand voelt zacht aan.

'En ik ben Sharon en ja, ik heb jouw koffer. Wil je binnenkomen of doen we alleen de overdracht hier vanaf de drempel?'

'Ik kan wel even binnenkomen.' Hij loopt haar achterna de woonkamer in en hij kijkt peinzend rond. Sharon onderbreekt schijnbaar zijn gedachten met de vraag of hij koffie wil.

'Liever thee, als je dat hebt?' Hij gaat op de bank zitten en hij wrijft met zijn hand over de stof.

'Ja, ik heb wel thee. In allerlei smaken, heb je een voorkeur? Ik heb speciale mannenthee!'

'Aan je lach te zien is het een hele speciale thee, doe maar dan.' Hij is benieuwd naar het verhaal achter die glimlach.

'Gekregen van een vriend van me. Hij klaagt dat ik alleen maar vrouwenthee in huis heb, onzin natuurlijk. Niks zo genderneutraal als thee, denk ik. Maar goed, hij heeft thee gekocht met de naam: Fought with tigers and bears. Ideaal voor na een zware work-out of na een vechtpartij met een beer.' Ze kijkt naar het label op het theezakje en schudt haar hoofd. 'Marketing is alles of niet?'

Tomas lacht, maar in zijn buik borrelt iets zwaars omhoog. Het duurt even voordat het water kookt en hij ziet Sharon zoeken naar een theezeefje. 'Zakjes thee zijn een stuk makkelijker, of niet?'

Ze haalt hem weer uit zijn gedachten. Met een dienblad met twee dampende mokken met de tekst IK HAAT KERST erop loopt ze naar de kleine robuuste tafel in de zithoek. 'Sorry voor de mokken, het zijn de enige schone. Ik kreeg ze van dezelfde vriend als van wie ik de thee kreeg.' Ze bijt op haar lip.

Tomas pakt een van de mokken vast en kijkt er belangstellend naar. 'Interessante man, die vriend van je. Wonen jullie samen?'

Sharon moet lachen om zijn vraag. 'Hemel, nee. Ik zou gek worden, hij crasht af en toe hier op de bank of in mijn bed, net hoe het uitkomt.' Ze slaat een hand voor haar mond, haar uitleg klinkt net zo fout als de mokken eruitzien.

'Maar goed, je vriend heeft een hekel aan kerst.' Tomas wil zijn lach verbergen.

'Eigenlijk ben ik degene die een beetje antikerst is en daarom gaf hij mij dit setje mokken vorig jaar op kerstavond. Ze drinken gewoon fijn.'

'Ach, kerst is inderdaad vaak een rottijd.' Hij ruikt aan de thee en haalt dan het thee-ei eruit. 'De thee ruikt lekker.'

'Ja. Het is trouwens een vriend, niet míjn vriend.'

'O?' Tomas haalt zijn wenkbrauwen op en twijfelt of hij moet reageren. Te veel informatie waar hij eigenlijk niks mee kan of zou moeten willen. Hij kwam hier voor zijn koffer en niet voor relatiedetails of kersthatende mokken. De dame tegenover hem ziet er lief uit en hij kan zich niet voorstellen dat zij de belichaming van antikerst is. Aan de andere kant duikt deze Sharon blijkbaar te pas en te onpas de koffer in met een berenvechter die niet haar vriend is. Hij zucht een keer diep en denkt aan de computer die hij vanmorgen achterliet. Die storing moest hij nog oplossen deze week.

'Je koffer. Ik zal hem even voor je halen. Ik moet me wel verontschuldigen. Ik heb... ik heb de brief gelezen die erin zat. Het spijt me. Ik heb lang getwijfeld of ik niet gewoon zou liegen, maar daar ben ik slecht in en dan zou Pinocchio jaloers zijn geworden op het formaat van mijn neus. Geen goede eigenschap voor een makelaar, ik weet het.' Ze staat al ratelend op van de stoel.

Hij kan geen touw aan haar verhaal vastknopen. Ze staart hem aan. Hij kucht. 'Sorry. Jij geeft erg veel informatie in combinatie met gezichtsuitdrukkingen die ik niet aan elkaar kan relateren en dan sla ik dicht. Ik ben te veel een bètaman.' Of gewoon een autist, denkt hij erachteraan zonder de woorden hardop uit te spreken. Daarvoor kennen ze elkaar nog niet goed genoeg, al heeft Sharon nogal wat stappen overgeslagen in deze kennismaking. Feitelijk zou de kennismaking niet eens nodig zijn als hij gewoon onbeleefd recht op zijn doel was afgegaan: de koffer. Iets had hem daarvan weerhouden. Misschien de stem van Maggie ergens in zijn achterhoofd: '*Drink thee op nieuwe plaatsen en met nieuwe mensen. Altijd leuk!*' De herinnering aan hun theedrinkmomenten op vreemde plekken en met nog vreemdere mensen laat zijn mondhoeken omhoogkrullen en de kuiltjes in zijn wangen worden zichtbaar. Hoe had Maggie zijn kuiltjes ook alweer genoemd? Zijn sexyste wapen!

Hij richt zijn aandacht weer op Sharon, die verder uitweidt over de makelaardij. Hij heeft de kern van haar verhaal gemist, maar aangezien hij toch niet van plan is binnenkort een huis te kopen, maakt het vast niet veel uit. Al zou Maggie het daar niet mee eens zijn. 'In alles wat mensen zeggen zit een boodschap, probeer te luisteren en te filteren.' Ja, was hij maar een filterzakje voor de thee of koffie dan was zijn leven een stuk makkelijker geweest.

'Sorry, ik verveel je met mijn gepraat. Je bent hier ook niet om een huis te kopen. Je komt voor je koffer.' Ze lacht hem toe en Tomas twijfelt direct of hij zijn gedachten per ongeluk hardop heeft uitgesproken. Zo niet, dan kan Sharon blijkbaar goed gezichten lezen.

'*Voor mij was je ook altijd een open boek, Tomas.*' Weer spreekt Maggie hem toe en Tomas staat op. Twee vrouwen die tegelijk tegen hem praten kan niet goed zijn. 'De koffer, ja. Hoe kwam je daar ook alweer aan?' Tomas richt zijn gedachten weer op Sharon.

'Loop even mee. Misschien helpt dat in mijn uitleg.' Hij volgt haar naar een kamer vol koffers. Tomas fluit tussen zijn tanden. 'Dat zijn heel veel koffers. Ga je 25 keer de wereld rond met een stel vriendinnen?'

Sharon zucht. 'Nee, mijn vader heeft al deze koffers op een kofferveiling gekocht. Hij wil er een kunstwerk van maken...'

'O?' Zijn interesse is oprecht gewekt.

'Mijn vader is kunstenaar en heeft aparte ideeën. Hij wilde aan de hand van de inhoud van de koffers de levens van de eigenaren van de koffers reconstrueren.' Ze heft haar handen omhoog alsof ze denkt dat de hemel haar bij zal staan in deze redelijk vreemde verklaring.

'Interessant. Hoe ver is hij met zijn werk?'

'Nou, dat is het probleem. Hij is blijven hangen bij stap 1, denk ik. Het regelen van deze koffers. En daarna is hij ingestort en nu komt hij bij van een depressie.' Ze lijkt na te denken over haar zojuist uitgesproken woorden.

'Ik begrijp het. Daar hebben kunstenaars vaker last van, schijnt. Het moet vreselijk zijn om zo veel geniale ideeën in je hoofd te hebben en ze niet te kunnen uitvoeren. Soms ontploft je hoofd, denk ik, door al die invallen.'

Sharon begint te lachen. 'Ja, invallen die dan doorslaan in een aanval.' Ze slaat een hand voor haar mond.

Tomas negeert haar. Ze hoeft zich niet te schamen voor haar uitspraak. 'En nu? Jij bewaart ze totdat hij weer aan het werk kan?' Tomas loopt naar zijn eigen koffer toe en wrijft over het stof van de koffer. Hij knikt goedkeurend bij het zien van de Distel die er nog aan hangt.

'Mijn vader heeft gevraagd of ik zijn werk overneem...'

'En jij hebt ja gezegd.'

Het is geen vraag maar een simpele constatering alsof een ander antwoord onmogelijk zou kunnen zijn. En misschien was dat ook zo. Zieke mensen weiger je nooit iets, toch? Net zoals hij Maggie niks kon weigeren.

'Ja, ik heb ja gezegd. En ik heb een aantal koffers doorzocht en kwam niet veel verder dan vieze onderbroeken en dat soort dingen. Ik heb een aantal van de eigenaren teruggevonden, onder wie jij.' Sharon kucht een keer en zoekt dan naar woorden. 'Ik heb in je koffer gekeken. Ik bedoel, voordat ik wist dat hij van jou was en jij ernaar op zoek was.'

Hij ziet hoe ongemakkelijk ze zich voelt. Wat moet hij nu doen? Haar geruststellen, zeggen dat het niet erg is? Een grapje maken? Het valt Tomas op hoe fragiel ze is, ondanks haar lengte. Sterk doch breekbaar. Haar jukbeenderen hebben geen make-up nodig, zo prachtig zijn ze gevormd. Hij probeert zijn ogen niet te veel van haar te laten proeven. Hij schrikt van zijn eigen gedachten. 'En wat vond je in mijn koffer?' Hij kijkt haar nu recht in haar ogen aan en hij ziet dat ze probeert te vluchten.

'Het was zeker interessanter dan vuile onderbroeken, maar natuurlijk even privé. Het spijt me.' Ze perst er een glimlach uit.

'Er zaten geen juwelen in mijn koffer. Alleen herinneringen. Ik ben blij dat je me mijn koffer terug wil geven.' Hij grijpt naar zijn portemonnee in zijn achterzak.

Afwerend steekt ze haar hand omhoog. 'Ik ben blij dat de koffer terug is bij zijn baasje.' Ze lacht en hij kan niet anders dan met haar meelachen.

'Het is wat met die wensen van onze dierbaren. Ik weet er alles van.' Hij voelt dat hij te veel gezegd heeft, maar op een of andere manier is het ook prettig om zijn hart te luchten bij een vreemde. 'Het was misschien beter geweest wanneer jij de koffer niet gevonden had, want nu moet ik een andere wens inwilligen. Net zo ingewikkeld als die van je vader.' Nu moest hij de parfum gaan maken en zou alle pijn die hij zorgvuldig had ingepakt weer uitgepakt gaan worden.

'Nou, dan help ik jou en jij helpt mij!' Ze kijkt hem met haar donkere ogen aan waaruit hij niet kan lezen wat ze nu denkt.

De uitroep van Sharon blijft hangen in de ruimte en beiden blijven stokstijf staan. Dit is een onomkeerbaar moment en dat is aan alles te voelen. De energie in de kamer is veranderd, maar hij weet nog waarin. Noem het intuïtie. Het voelt niet slecht. Hij ziet de vertwijfeling in haar ogen, maar Tomas weet dat hij ja gaat zeggen en dan kan ze niet meer terug. En hij ook niet. De vragen die nu nog voor beiden onbeantwoord zijn, zullen gaandeweg wel beantwoord worden.

Tomas doet twee stappen achteruit, kijkt naar de koffer en dan naar Sharon. 'Als je dat echt meent, dan zul jij jouw eigen koffer moeten pakken.'

10

Sharon

Het vliegtuig zit niet vol en Sharon haalt opgelucht adem. Ze houdt niet van vliegen en al helemaal niet wanneer het vliegende gevaarte vol zit met dronken Engelsen. Dat lijkt mee te vallen. Tomas heeft weinig tot niks gezegd, wat hij toeschrijft aan keelpijn en een plotselinge heesheid. Ze kijkt hem van opzij aan, hij is zeker niet onaantrekkelijk. Na de overdracht van de koffer een week geleden, hadden ze een paar appjes uitgewisseld over de vliegtijden en andere praktische afspraken en daar was het bij gebleven. Sharon had de hele week op het punt gestaan om af te zeggen, maar had besloten om toch door te zetten. Ze moest weg van huis en Londen zou een mooie afleiding zijn van alles wat er zich de afgelopen maanden had afgespeeld. Ze kijkt nog even opzij naar Tomas. Hij tuurt naar buiten ook al is er behalve de startbaan weinig te zien. Haar gedachten dwalen weer af naar haar thuisfront. Niemand had haar tegengehouden om dit bizarre avontuur aan te gaan. Bryan niet. Maar van hem had ze niks anders verwacht, hij was het liefste meegegaan om parfum los te peuteren bij Tomas. En haar vader? Die had het idee alleen maar toegejuicht en meteen van de gelegenheid gebruikgemaakt om tijdelijk in haar woning te logeren omdat hij vandaar uit verder kon met de koffers. Ze zucht diep.

'Je stoelleuning alsjeblieft omhoog.' De stewardess tikt haar aan en Sharon kijkt op.

'Sorry. Ja, natuurlijk.' Ze drukt op de knop en de stoelleuning veert omhoog. Veel plaats voor haar benen heeft ze hier niet. Tomas nog minder, misschien moet ze hem de plek aan het gangpad aanbieden. De stewardess loopt op haar hakken verder langs de rijen, haar panty nog helemaal heel en geen spataders op haar benen te bekennen. Ook zitten haar haren onberispelijk in een knot. Sharon denkt aan haar moeder. Haar moeder is altijd de koningin van het vliegtuig. Haar moeder is de koningin van alles, zelfs de perfecte gescheiden moeder, althans, dat was ze heel veel jaren. Haar moeder had weinig tot niks gevraagd over Sharons plotselinge plan om naar Londen te gaan. Zakelijk gezien kon haar moeder dat ook niet want Sharon had zo veel overuren dat ze met gemak een sabbatical van een half jaar zou kunnen nemen. Maar als moeder had ze misschien vraagtekens moeten zetten bij dit rare plan om met een wildvreemde man op pad te gaan... en waarom eigenlijk?

De motoren van het vliegtuig draaien zich warm en de wielen zetten zich in beweging. Sharon heeft het idee dat de G-krachten haar nu al naar achteren slingeren, al weet ze dat dit onzin is. Tomas knikt haar toe, hopelijk kan hij haar achterlijke vliegangstideeën niet van haar gezicht aflezen. En daar gaan ze, het vliegtuig maakt vaart en niet veel later ziet Sharon Schiphol steeds kleiner worden. De lampen springen weer aan. Ze tikt Tomas aan. Hij draait zich naar haar toe en kijkt haar vragend aan. Zijn ogen zijn diepbruin en om zijn mond ligt een kleine glimlach, net genoeg om de kuiltjes in zijn wangen zichtbaar te maken.

'Waarom heb jij mij meegevraagd?' Ze focust zich nu op haar prangende nieuwsgierigheid in plaats van op zijn kuiltjes. Bovendien had Bryan erop aangedrongen om hem het hemd van het lijf te vragen. Bryan had geopperd dat Tomas mogelijk op zoek was naar een muze en dat Sharon dit misschien wel was.

Het vliegtuig zakt een stukje omlaag en Sharon onderdrukt een gilletje. Iedereen zou haar voor gek verklaren, dit was nog niet eens als lichte turbulentie te benoemen. Gelukkig begint er een baby heel hard te huilen. Afleiding.

Tomas probeert de stem die hij tijdelijk niet meer heeft in beweging te krijgen, maar zelfs het fluisteren laat zijn aderen in zijn nek opzwellen. Het kost hem te veel moeite. Sharon graaft in haar tas een Fishersman's Friend op. 'Hier.'

Hij steekt het snoepje dankbaar in zijn mond. Net zoals hij daarvoor al een paar keelpastilles in zijn mond heeft gestoken, een slechte adem zal hij nu zeker niet meer hebben. Tomas haalt zijn boardingpass tevoorschijn en zoekt een pen in zijn rugzakje. Sharon kijkt wat hij aan het doen is en beseft dat hij het antwoord op haar vraag aan het opschrijven is. Hij geeft haar het papiertje.

Omdat ik niet alleen durf. Of wil. Of beide. En jij ruikt naar mijn overleden vriendin.

Sharon staart naar de woorden en dan naar hem. Dit moet ze even verwerken. Ze voelt kippenvel op haar armen en wrijft de haartjes tot bedaren.

Hij pakt het papiertje terug en streept de laatste zin door. Dan grijnst hij naar haar. Hij schraapt zijn keel en er komen een paar woorden uit. 'Via WhatsApp zit er een delete-optie op, hier niet. Ik ben autistisch en zeg soms dingen die niet zo gepast zijn. Sorry.'

Sharon knikt. 'Ik vind het inderdaad wat vreemd. Een beetje eng zelfs.' Ze sluit haar ogen en doet ze weer open. In haar hoofd is een gevecht gaande, misschien moest ze in Londen rechtsomkeert maken? Tomas kijkt haar met verschrikte ogen aan. Ook in zijn hoofd maken de radertjes overuren. Opeens heeft ze met hem te doen. 'Niet wrijven in een vlek, Tomas, dan maak je hem alleen maar groter.' Sharons stem klinkt zacht. 'Leg het me uit. Alles. En als dat minder erg klinkt dan het boek van Patrick Süskind, je weet wel, *Het parfum*, dan ga ik met je mee. Zo niet, dan klaag ik je misschien toch maar aan.'

Tomas begint te lachen. Althans, hij doet een poging, want lachen zonder stem is erg lastig. 'Ik ben geen moordenaar, Sharon...'

Sharon moet ook lachen. 'Nee, dat weet ik. En ik weet eigenlijk ook niet meer waar het boek over ging, ooit gelezen voor Duits, althans, een poging gedaan. Volgens mij heb ik mezelf gered met een samenvatting van een samenvatting.'

'Gun me even wat tijd, mij en mijn stem en dan vertel ik je alles.'

Sharon knikt. 'Dat zal ik doen.' Ze doet haar ogen dicht en ook al is dit een vlucht van niks, ze hoopt dat ze snel zullen landen op Heathrow. Ze is moe van alles wat er zich de afgelopen tijd in Nederland heeft afgespeeld.

Het afscheid van haar vader was apart geweest. Hij had haar geknuffeld en daarna met vochtige ogen aangekeken. 'Ga maar uitzoeken wat jij wilt in dit leven, kleintje. Ik ga met de rest van de koffers aan de slag.' Ze had geknikt en hem over zijn arm gewreven. 'Doe jij nu maar rustig, pap, vind eerst jezelf maar terug.' Hij had zijn ogen neergeslagen en ze wist dat hij vond dat haar woorden een waarheid vertelden waar hij niet omheen kon. Maar Luuk hield niet van rustig aan doen, het was vaak alles of niets voor hem. 'Mezelf terugvinden... ik weet niet eens waar ik moet beginnen.' Daar had ze geen antwoord op gehad, behalve hem stevig in haar armen te nemen. Het had haar week gemaakt vanbinnen. De rollen waren omgedraaid, hoe vaak had hij haar getroost en de monsters onder haar bed weggejaagd? Ze kon zijn demonen niet verjagen, al zou ze met liefde alle monsters in haar vaders leven verpulveren. Maar zij kende ze niet. Wat kwelde haar vader zo? Haar luchtige flierefluitende vader. Hij was ouder geworden, ongemerkt was dat gegaan. En ze was er bang van geworden, de tijd geeft en neemt. Mooie momenten, maar ook het besef dat je moest koesteren wat je had. Sharon wilde vooruit in haar leven, weten wat het leven haar nog brengen zou. Ze was iemand die het leven bekeek alsof ze op een van de mooiste bergweggetjes van de wereld reed en zich over het stuur moest buigen om te zien welk volgend uitzicht haar de adem zou benemen. Maar voor het eerst stond dat ook gelijk aan een ander besef: dat er een moment zou komen dat het na de bocht op zou houden, dat er niks meer was. Een doodlopend pad voor haar vader en haar moeder. Een afgrond. Dan zou ze afscheid nemen en alleen verder moeten.

'Gaat het?'

De hand van Tomas op die van haar doet haar opschrikken uit haar gedachten. Gelukkig maar, want ze was te ver weg in deze negatieve denkspiraal.

'Ik was even heel ver weg.' Ze slaat haar ogen neer.

'We zijn er bijna. Zie je dat?' Hij wijst door het raam naar buiten. Ze kijkt naar een donkere lucht. Misschien heeft ze met haar gedachten het vliegtuig de hel in geloodst?

'Dames en heren, hier spreekt de gezaghebber uit de cockpit. We moeten een extra rondje vliegen totdat we groen licht hebben om te landen. U hebt gemerkt dat er ietwat turbulentie was tijdens de vlucht. Het weer boven Londen is op dit moment onstuimig en we vliegen een onweersbui in. Dat is geen probleem. De sterke zijwind zal zorgen voor een iets minder soepelere landing dan dat u van ons gewend bent, maar landen zullen we. Ik verzoek u om uw stoelriemen vast te maken en de verdere aanwijzingen van het personeel op te volgen.'

Sharon knijpt haar handen in de reling van haar stoel en doet haar ogen dicht. Hier houdt ze dus echt niet van. Ze heeft haar kaken stijf op elkaar geklemd.

In de verte hoort ze de stem van Tomas. 'Mag ik?' Hij wacht niet op haar antwoord en pakt haar hand vast. En op een rare manier voelt dit fijn. 'Je weet dat ik natuurkundige ben of niet, Sharon?' Ze knikt, nog steeds met haar ogen dicht. 'Ik kan je verzekeren dat er niks gaat gebeuren met ons of dit vliegtuig. Deze kisten zijn erop gebouwd. Die extra zijwind geeft misschien wat horten en stoten maar niet meer dan wanneer je helemaal achter in de stadsbus gaat zitten.'

'Je stem is terug.' Ze opent haar ogen en kijkt hem aan. Zijn ogen staan rustig. Dat is fijn.

'Mijn stem is terug.'

'Vertel me jouw verhaal, Tomas, wil je?'

Hij schraapt zijn keel en knikt dan. 'Ik zie Londen niet zoals jij het ziet, ik zie Londen anders dan de meeste mensen. Eigenlijk zie ik de wereld anders als de meesten. Jij gaat af op kleuren, op sfeer, op alles wat je ziet. Waarschijnlijk worden je ogen getrokken door de winkels met uitverkoopbordjes...' Ze glimlacht bij zijn woorden, hij heeft gelijk. Ze knikt hem toe en hij gaat verder.

'Mijn sterkste orgaan is mijn reuk. Ik ruik Londen en besluit dan of het ergens prettig is of niet. Daarna ga ik pas kijken en ervaren. Ik raak overprikkeld wanneer de geuren door elkaar heen dansen in een ritme dat niet klopt. Die M&M-winkel, daar kan ik niet naar binnen. Die grote speelgoedwinkel is een hel, te veel prikkels voor mijn zintuigen.'

'En hier in dit vliegtuig?' Sharon kijkt om zich heen en probeert door Tomas' ogen naar de mengelmoes aan mensen en dus geuren te kijken.

'Hier zit ik naast jou en dat voelt goed en rustig. Ondanks de onrust in jouw lijf.'

'Waar ruik ik naar dan?' Geïntrigeerd is ze, benieuwd naar zijn antwoord. Hopelijk verwijst dat niet ook naar zijn overleden vriendin.

Hij komt dichterbij met zijn hoofd en ruikt aan haar haren. Niet op een vervelende, opdringerige manier, maar subtiel en zacht.

'Rozemarijn. Je brengt mij naar de tuinen van het palazzo aan het

Italiaanse Comomeer. Ik kom daar tot rust. Jij en rozemarijn zijn de perfecte mix.'

'Dus geuren brengen jou naar een bepaalde plek?'

'Zoiets. Maar goed, die rozemarijn van jou heeft iets krachtigs. De rozemarijnplant is sterk maar doet iets wat heel veel mensen zou helpen: hij vermindert stress.'

'Dan had ik nu graag een plantenbak vol rozemarijn hier in dit vliegtuig gehad. Mijn hart gaat als een dolle tekeer.' Ze lacht en ze voelt tegelijkertijd haar hartslag een rustiger tempo aannemen. Haar hand ligt nog steeds in de zijne en dat mag nog wel even zo blijven.

'Beste dames en heren, we hebben toestemming gekregen om te landen. Er zijn opklaringen te zien en Londen zal zo meteen zijn mooiste kant weer laten zien. Bedankt dat u met ons meevloog.'

Sharon voelt dat het vliegtuig de daling heeft ingezet. De baby begint weer te huilen, waarschijnlijk last van zijn oortjes. Ze knijpt in de hand van Tomas en hij knijpt zachtjes terug.

'De rest van het verhaal volgt als we op de grond staan, oké?'

'Dat is prima. Bedankt voor je morele steun hier.'

'Geen probleem. Bedankt voor jouw onbezonnen vertrouwen in dit avontuur.' De melodie in zijn stem met dat kleine laagje heesheid wat er nog zit, is mooi in balans.

Ze lacht. 'Bedankt me later maar. Eerst maar zien wat we onderweg tegen gaan komen.'

11

Tomas

Tomas kijkt toe hoe Sharon allerlei berichten beantwoordt op haar telefoon. Ze laat hem de berichtjes van Bryan zien. Achter elkaar komen ze binnen alsof ze hebben staan popelen tot op het moment dat Sharon haar telefoon weer aanzet bij de landing. Tomas is blij met de afleiding die Sharon hem geeft zodat hij niet meteen het Londen-gevoel weer hoeft te voelen zoals hij altijd deed wanneer Maggie hier door het vliegveld huppelde. Bijna op de automatische piloot loopt Tomas naar de bagageband met Sharon achter hem aan. Hij kijkt naar de mensen die allemaal staan te wachten op hun eigen koffer. Sharon volgt zijn blik en moet grinniken. Tomas kijkt haar vragend aan.

'Zo, meneer de filosoof.' Ze begint nu nog harder te lachen en waarschijnlijk komt alle spanning van de afgelopen dagen er nu uit. 'Ik vroeg me af of koffers net als honden op hun baasjes gaan lijken of is het andersom? Gaan baasjes op hun honden lijken?'

Tomas fronst zijn wenkbrauwen en staart naar de bagageband. 'Daar!' Sharon wijst naar haar eigen koffertje met de paars-gele sticker van Pinkpop. 'Weet je dat die sticker nep is, Tomas? Ik ben nog nooit op Pinkpop geweest, maar ach, mijn koffer is altijd snel overal uitvisbaar.

Tomas hengelt haar koffer van de band en speurt dan naar zijn eigen koffer. Sharon komt naast hem staan en kijkt mee hoe steeds meer koffers bij de juiste eigenaren belanden. Tomas voelt de onrust in zich toenemen en loopt ijsberend langs de band. Zijn handen wrijven door zijn haren waardoor ze nu alle kanten op staan. Hij merkt dat Sharon naar hem kijkt. Zou ze zijn haren te lang vinden? Maggie had dat altijd zo leuk gevonden, zijn haren net iets te lang.

'Je ziet eruit of je zo door het gat van de bagageband wilt kruipen.' De stem van Sharon haalt hem weer naar het nu.

Tomas laat zich op de rand van de band zakken en gaat zitten met zijn hoofd in zijn handen. 'Dit moet een teken zijn of niet? Geen koffer. Alweer! Misschien moet het gewoon niet zo zijn, ik in Londen. Misschien moet ik gewoon terug naar huis.'

Sharon gaat naast hem zitten en legt kort haar hand op de zijne.

'We kunnen ons even melden en dan vinden ze je koffer echt wel weer. Zo veel zat er niet in, toch? Je mag mijn tandpasta wel lenen.' Haar poging tot grapje vindt geen gehoor. Prompt staat Tomas op en loopt een paar keer op en neer.

'Misschien kunnen we hier op het bankje gaan zitten, dan wachten we gewoon nog even, wie weet zit je koffer bij de volgende lading?' Ze probeert hem met haar ogen moed in te praten, maar hij laat zich niet bedaren. Weet ze dan niet dat die koffer voor hem van wereldbelang is?

'De koffer zat vol met geuren. Herinneringen. Ik had ze nodig, allemaal!' Hij blijft besluiteloos staan voor het bankje waarop Sharon is gaan zitten.

Ze klopt op de lege plek naast haar. 'Kom, lucht je hart.'

Hij gaat naast haar zitten en probeert de pijn die hij voelt voor haar te verbergen. Het gevoel van absolute wanhoop, iets verloren te zijn wat niet meer terug te halen was. Nooit meer. Hij schraapt zijn keel en ook zijn moed bij elkaar.

'Haar naam is Maggie. Of was. Ik weet nooit hoe je dat zegt. Ze is overleden en ze was mijn geliefde. Is mijn geliefde. Ze heeft me gevraagd om mijn nieuwe parfum aan haar op te dragen, ze wilde dat ik doorging met het maken van parfums.' De woorden komen eruit gerold zonder aarzeling. Dat zijn stem vermoeid en gepijnigd klinkt heeft niks met zijn keelpijn te maken. Sharon blijkt hem aankijken en dat moedigt hem aan om door te gaan met zijn verhaal. Een verhaal waarvan het boek duidelijk nog lang niet dichtgeslagen is. Er komt een verliefd stel langsgelopen, ze stoppen in het midden van de bagagehal en kussen elkaar. Hij knijpt haar in haar billen en dan lopen ze verder. Tomas zucht en haalt zijn neus op. 'De geur van liefde liep net voorbij. Ontluikend en nog pril. Haar parfum overdadig en nerveus.'

Hij gaat pas verder met praten op het moment dat de jonge geliefden uit het zicht verdwenen zijn, alsof hij zijn verhaal niet wil delen met de rest van de wereld. Hij kijkt Sharon aan en vraagt met zijn ogen om geduld te hebben. Ze knikt alsof ze alles wat hij voelt begrijpt. 'Maar ik was na haar dood tot niks meer in staat. Het was mijn zus die me er doorheen heeft gesleept, al had ze zelf ook veel verdriet. Zij en Maggie waren twee handen op één buik. Kun jij het je voorstellen dat het leven gewoon zinloos voelt en is doordat diegene van wie je zielsveel houdt er niet meer is?'

Sharon knikt. 'Dat moet vreselijk zijn.'

'Dat was het ook en dat is het nog steeds. Weet je wat ze me gevraagd heeft?' Hij wacht niet op haar antwoord en vervolgt zijn verhaal. Hij voelt een klein beetje boosheid in zijn eigen stem. Was de vraag van Maggie onredelijk geweest? Hij stopt die gedachte weg. Nee, zo was ze niet. Onredelijkheid en Maggie gingen niet samen.

'Ze wilde dat ik al mijn herinneringen aan haar en onze liefde in mijn nieuwe geur zou stoppen! Ze weet hoe ik te werk ga, ze ging heel vaak mee wanneer ik aan een nieuwe geur werkte. Ik sloot mij niet op in het lab maar ik trok erop uit. Ik probeerde de geur te vangen op de plekken waar ik me goed voelde. Ze wil dus dat ik terugga naar al die plekken waar ik met haar was…'

Sharon schraapt haar keel en hij ziet hoe ze probeert de knot wol in haar hoofd te ontrafelen. Zou ze het buitengewoon romantisch vinden of juist bizar? Voordat Sharon iets kan zeggen gaat hij verder. 'Ik moet terug naar de plekken in Londen die voor haar bijzonder waren. Hyde Park, naar West End en zelfs een bezoekje aan de Brooklyn Bridge in New York. Plekken waar ik niet heen wil zonder haar. Ze stuurt me de wereld over.'

'Ik denk dat ze altijd bij je is, of niet, Tomas? Zo werkt dat toch? Je draagt iemand mee in je hart.'

'Ja, als een soort kwelgeest!' Hij verheft zijn stem.

'Het boek in je koffer?' Haar stem is zacht en Tomas vraagt zich af wat ze denkt op dit moment.

'Ja, dat was haar lievelingsboek. Ze heeft gehuild bij de film en ik vond haar prachtig op dat moment. Zo lief en breekbaar en zo vol gevoel. Het boek lag altijd op haar nachtkastje, als een soort constante herinnering aan ware liefde. Ik denk dat ze iets voor mij heeft willen nalaten, geïnspireerd door dat verdomde boek! En nu is het weg! Ik heb het nodig, Sharon. Dat boek.'

'We kopen een ander exemplaar.' Hij schudt zijn hoofd, hij heeft het boek in zijn koffer nodig als een tastbare herinnering aan haar. De geur van haar vingertoppen en het zout van haar tranen die ze ongetwijfeld heeft laten gaan. Hij schuift haar oplossing inderdaad aan de kant. 'Nee. Dat heeft geen zin.'

'Ik weet welk boek er in je koffer zat, Tomas. Ik heb het zelf ook. Wist je dat er ook een deel twee verschenen is? Misschien moet je dat eens lezen.'

Hij staat op en kijkt radeloos om zich heen. 'Ik weet niet goed wat ik hier nog doe. Ik ben hier nog helemaal niet klaar voor. De pijn voelt nog zo hevig. Een open wond die niet wil helen.'

Stilte overheerst en Sharon lijkt te zoeken naar woorden. Op dat moment springt de bagageband weer aan en met een doffe plof valt de koffer van Tomas op de band. Hij loopt er langzaam naartoe en kijkt hoe de koffer dichterbij komt. Omdat hij niet meer in staat lijkt te bewegen, is het Sharon die de koffer van de band haalt.

'Heb je al een naam voor die nieuwe parfum van je?'

Tomas knikt langzaam. 'Maggie wil dat ik de geur Persist noem.'

Sharon klakt met haar tong. 'Mooi. Engels voor doorgaan, toch?' Ze loopt voor hem uit naar de douane. Vast in de hoop dat hij haar zal volgen, wat hij ook doet.

Tomas hoort Maggie hem zachtjes iets toefluisteren. '*Hyde Park, Tomas, weet je nog?*'

12

Sharon

'Ik kijk nu recht in jouw neusgaten, weet je dat?' Sharon lacht naar de man aan de andere kant van haar schermpje.

'Ik heb haast. Heb zo een date!' Bryan loopt in zijn blote bast door het huis en blijft tegen Sharon praten en houdt zijn iPad zo ongelukkig vast dat ze inderdaad in zijn neusgaten kijkt. 'Kijk even mee wat ik aan zal trekken! Tanga? Of een wetlookboxer?' Hij houdt een paar onderbroeken voor de camera en Sharon houdt het niet meer van het lachen.

'Ik zou gillend wegrennen, Bryan, echt!'

Hij laat zich op zijn bed zakken en zucht. 'Ja, jullie vrouwen hebben het makkelijker, je benen scheren is genoeg.'

'Je bent nogal wat van plan.' Haar mondhoeken krullen. 'Hoe heet hij?'

'Goof en hij is gewoon leuk. En dan bedoel ik écht leuk! Het lijkt gewoon alsof alles klopt.' Sharon ziet een gelukzalige glimlach op het gezicht van Bryan.

'Je hebt het flink te pakken van de man die jou binnenkort in je slip zal zien.'

'Ik hoop anders dat mijn slip snel uitgaat.'

'Je kunt nu wel zo stoer praten, maar zo ben jij niet, Bryan. Dat weet je zelf ook.' Sharon klakt met haar tong.

'Je kent me te goed. Maar vertel hoe is het daar? Waar ben je nu?'

Sharon houdt haar telefoon omhoog en laat Bryan de kamer zien. 'We hebben een appartement in Bayswater. Echt zo'n heerlijk typisch Engelse maisonnette. Zie je mijn sprei op het bed? En die heerlijk zachte vloerbedekking. Ik hou ervan!'

'Ik zou badslippers aandoen, je loopt echt van alles op door die ranzige vloerbedekking, ik snap die Engelsen echt niet. Wie eet er nu fish-and-chips! Het enige wat leuk is aan Engeland is Hugh Grant!'

Sharon stuitert op haar bed op en neer. 'Precies! En waar staat ons appartement? Vlak bij Notting Hill. Ik wil zo graag die boekwinkel zien waar Julia Roberts toen stond! Alles hier is mooi, de huizen in al die kleurtjes! Maar goed, nu eerst even bijkomen en dan gaan we dadelijk iets eten ergens.'

'Gaat hij betalen? Zo ja, dan kan ik je The Ledbury aanraden. Culinair genieten en anders gewoon pubvoedsel. Wegspoelen met veel Guinness.' Hij geeft haar een knipoog en opeens mist ze hem.

'Was je maar hier, Bryan!'

'Nee, meisje, het is tijd dat je op eigen benen gaat staan!' Hij spreekt haar vaderlijk toe en grijpt dan in de la van zijn kledingkast. 'Wat denk je van deze?' Hij houdt een lapje stof voor haar neus en ze schudt haar hoofd. Ze blaast hem een kushand toe en verbreekt de verbinding.

Misschien haar vader nog een berichtje sturen? Ze bedenkt zich en stuurt in plaats daarvan haar moeder een appje.

> Mam, ik ben goed aangekomen. Ik was benieuwd hoe het met jou gaat?

Ze wacht om te zien of er een reactie komt, maar die blijft uit. Ze hoort Tomas in de andere slaapkamer rommelen. Hij heeft schijnbaar net een douche genomen en Sharon laat het gesprek dat ze op het vliegveld gevoerd hebben nog eens door haar hoofd gaan. Ze denkt aan de parfumopdracht die Maggie aan Tomas heeft meegegeven en worstelt ermee. Opnieuw tikt ze een berichtje naar haar moeder.

> Mam? Wat zou jij doen wanneer iemand van wie je houdt jou een laatste wens in je schoenen schuift?

Er komt geen reactie en Sharon gaat in de stoffen stoel bij het raam zitten en tuurt naar buiten, kijkend naar niks, alsof ze mediteert.

Een zachte klop op haar kamerdeur doet haar opschrikken. 'Ja?'

'Zullen we een hapje gaan eten?' Het is Tomas, die zijn hoofd om het hoekje steekt.

'Ja, ik heb wel trek gekregen, was de tijd uit het oog verloren.' Ze kijkt verbaasd naar buiten. 'Het is al donker.'

'Ik dacht dat je sliep, het was zo stil hier.'

Ze haalt haar schouders op. 'Misschien was dat ook zo. Even lekker weggedroomd.'

'Gewoon je gedachten laten stromen? Vertel me straks maar waar ze je naartoe hebben gebracht. Maar waar heb je zin in? Er zitten hier veel Griekse restaurants of wil je hartje Londen in?'

'Ik zou zo graag langs de boekhandel van Notting Hill lopen...'

Tomas lacht. 'Jij bent zeker iemand die ook souvenirtjes koopt of heb ik het mis?'

Ze voelt dat ze bloost. Geen culturele hoogstandjes voor haar inderdaad, het liefst heerlijk struinen langs allerlei prullaria en het verstand op nul.

'Je bent mooi met die blosjes op je wangen.' Het is een vaststelling, niet zozeer een compliment.

Sharon staat op van het bed. 'Ik fris me even op en dan gaan we. Eerst wat eten en dan op zoek naar jouw herinneringen?'

Sharon ziet een kleine verandering in de blik van Tomas. Noem het afstand of een zekere mate van gereserveerdheid. Wat zou hij denken nu?

Niet lang daarna lopen ze door de straten van Portobello Road; het hart van Notting Hill. 'Mooi, hè, Tomas, die huizen hier? Ik voel me net Julia Roberts nu. Alles hier ademt een bepaalde sfeer uit, ik kan het niet omschrijven.' Tomas komt achter haar staan en doet zijn handen voor haar ogen. 'Probeer het nu eens. Beschrijf eens wat je voelt door alleen maar te ruiken.'

Een moment lang kan ze niet denken, laat staan ruiken. Ze voelt zijn aanwezigheid zo vlak bij haar. Hij vraagt haar op een andere manier naar deze plek te kijken. Los van het uiterlijke vertoon, hij vraagt haar af te dalen naar de kern van deze straat. 'Ik ruik wafels, denk ik.'

Tomas begint te lachen en laat zijn handen zakken. 'We hadden iets verder door moeten lopen inderdaad, we staan nu bijna voor The Hummingbird Bakery met zijn onbetaalbare muffins. Wil je er een?'

'Nee, ik hou mijn honger liever nog even op.' Ze loopt verder en maakt een foto van de etalage. 'Bryan zou nu staan te kwijlen, hij is gek op muffins. Het liefste zou hij meedoen aan *Heel Holland Bakt*.' Onwillekeurig gaan haar gedachten uit naar Bryan en zijn date. 'Hij heeft een date vanavond.'

'Spannend.' Tomas kijkt naar boven alsof hij op zoek is naar de sterren. 'Ruik nog eens, Maggie.' Hij slaat een hand voor zijn mond. Sharon doet net alsof hij zijn verspreking niet heeft gehoord en steekt haar neus de lucht in.

'Ik ruik nagellakremover, denk ik.'

Tomas kijkt haar verbluft aan. 'Je maakt een grapje!'

'Ja, joh, echt geen idee. Vertel me wat ik moet ruiken!'

'Deze plek hier ruikt naar nostalgie en het Engelse woord voor "zegeningen"; *blessings*. En misschien hoop. Zie je die bloesem daar? Dat is van de magnolia. Fris en transparant.' Hij loopt naar een van de bomen toe en breekt er een twijg van af. 'Ruik.'

Ze ruikt eraan en kijkt hem aan. 'Leer me te ruiken.'

'Anijs. Maar dat ruik je alleen wanneer je de tak breekt. De geur is echt enorm sterk. In combinatie met de bloesem echt prachtig!'

'Komt de magnolia ook in je nieuwe parfum?' Ze plukt een van de bloemen eraf en ruikt aan de knop. Ze streelt de zachte blaadjes en stopt de bloem dan in haar handtas.

'Nee.' Zijn antwoord is opeens kortaf. 'Ik ben hier nooit met Maggie geweest en heb hier dus geen herinneringen.' Ze wil iets zeggen maar hij heft zijn hand. 'Morgen ga ik daarmee beginnen, ik heb al onze plekjes op een kaart aangemerkt, met een paar dagen heb ik ze allemaal gehad.'

Ze is blij dat ze de afspraak hebben gemaakt dat hij de eerste paar dagen alleen op zoek gaat naar zijn herinneringen aan Maggie. Ze had zich een inbreker in de nacht gevoeld, bang om de bewoners die in diepe slaap zijn wakker te maken, bang voor de gevolgen…

Hij slaakt een zucht. 'Ik weet dat ik niet altijd even vriendelijk ben, maar hier terug zijn in Londen is niet makkelijk voor me. De lucht hangt vol met mijn verdriet. En om eerlijk te zijn is het fijn om vandaag nog niet terug te zijn op de plekken van mijn herinneringen.'

'Weet je wat apart is? Ik ben hier ook nog nooit geweest en toch herinnert mij deze plek aan heel veel dingen. Net moest ik aan Bryan denken vanwege de muffins. En nu daar verderop door die reus van een kerel die loopt met zijn houthakkershemd aan, denk ik aan mijn vader. In het vliegtuig neuriede iemand een liedje van Elton John en toen dacht ik aan mijn oma. Ze is er al een hele tijd niet meer, maar zij was dat liedje...'

'Wat wil je daarmee zeggen?'

'Dat herinneringen overal zijn. Je kunt jezelf er niet voor verstoppen want ze vinden toch wel een weg je hart in. Maar volgens mij is het omgekeerde ook waar; je kunt ze niet opzoeken. Althans, niet op een wanhopige manier. Maar dat is mijn mening en die telt niet, want ik dacht dat het naar nagellakremover rook.'

Tomas lacht. 'Ja, en je zei dat jij je honger ging ophouden, zoiets raars heb ik nog nooit gehoord.' Dan gaat hij op zachtere toon verder. 'Ik kan dat wel, Sharon. Ik heb een soort ladekast in mijn hoofd en trek pas een lade open wanneer ik dat wil of er klaar voor ben. Een soort ouderwetse kruidenierskast en achter elk vakje zit iets, variërend van groot geluk tot intens verdriet.'

Ze haalt diep adem. 'Dat kan, iedereen is anders. Het voelt wel een beetje als een keurslijf dan, als de ultieme beheersing. Altijd gespannen staan lijkt me niet fijn.'

Tomas haalt zijn schouders op en wijst dan naar een van de steegjes. 'Daar eens kijken of we iets te eten vinden?' Ze lopen het straatje in en Sharon lacht.

'The Ledbury. Wacht, even een foto maken voor Bryan.'

'Wil je daar eten?' Zijn ogen lachen haar toe.

'Nee, echt niet. Laten we die Griek daar nemen, oké? Ik heb zin in ouzo gekregen, komt vast door die magnoliatak van daarnet, anijs, toch?' Ze geeft hem een knipoog.

Het eten is lekker en binnen is het gezellig druk. Het gesprek gaat alle kanten op en af toe kijken ze om beurten op hun telefoon. Sharon houdt haar telefoon omhoog. 'Die Bryan straalt helemaal.'

'We hadden Bryan mee moeten nemen of niet?'

Ze hoort iets in zijn stem wat ze niet helemaal kan duiden. *Ja, we hadden Bryan mee moeten nemen, kon hij gezellig met jouw Maggie praten.* Ze schrikt van haar eigen gedachten.

Na het eten lopen ze zonder met elkaar te praten terug naar het appartement. De sterren fonkelen fel vanavond, ook al is het lastig om naar boven te kijken vanwege de hoge gebouwen. Tomas opent de deur van hun onderkomen en in de gemeenschappelijke zitkamer blijven ze staan. Het is Sharon die als eerste praat. 'Ik denk dat ik morgen nog steeds naar knoflook ruik.'

'Ja, dat denk ik ook. Zeg, het is al laat, ik duik erin. Welterusten, Sharon.' Hij raakt haar rug vluchtig aan maar ontwijkt haar ogen.

Sharon knikt. 'Slaap lekker, Tomas.'

Ze loopt haar slaapkamer binnen en schopt haar schoenen uit. Haar kleine teen doet pijn en terwijl ze haar voet masseert voelt ze hoe moe ze is. Londen kan nogal overweldigend zijn. Met haar sokken nog aan loopt ze over het vloerkleed wat heerlijk zacht en warm aanvoelt. Ze trekt haar kleren uit en haar pyjama aan. Bryan noemt het altijd haar anti-sekspyjama want zelfs een man uit het klooster zou nog niet opgewonden raken van haar grijze fleece pakje met sterren erop. Ze stapt glimlachend de badkamer in en schrikt wanneer Tomas met een ontbloot bovenlijf en alleen zijn spijkerbroek aan zijn tanden staat te poetsen. Ze wil weglopen maar hij gebaart haar om vooral ook haar tanden te poetsen. Hij maakt plaats aan de wasbak. Hij heeft een aparte tandenpoetshouding en Sharon kijkt hoe hij zijn blote linkervoet in het vloerkleed bijna omkrult, met één hand heeft hij de wasbak vast. Ze doet tandpasta op haar eigen borstel en poetst haar tanden. Het voelt raar en intiem om met een relatief vreemde samen tanden te poetsen. Tomas is klaar en droogt zijn gezicht af, wast zijn handen en staat haar dan uitgebreid te bekijken.

'Kwun je het zwien?' Ze is niet helemaal verstaanbaar en haalt daarom de borstel uit haar mond. 'Of heb ik iets van je aan?'

‘Nee, zoiets draag ik niet.’ Hij lacht en loopt hoofdschuddend terug zijn slaapkamer in. Zou hij de deur afsluiten? Zo ja, dan doet zij het ook. Ze hoort geen klik.

13

Tomas

'Dus waar gaan we heen, Tomas?' Haar stem fluistert in zijn oor en hij glimlacht. Maggie is er weer! De afleiding doet hem goed want de geluiden uit de slaapkamer van Sharon hadden hem beziggehouden. Hij had haar zacht horen praten met waarschijnlijk Bryan. Haar gegiechel had hem in een diepe put van eenzaamheid getrokken. En bijna had hij zijn koffer gepakt en de benen genomen, weg van hier. Maggie was hem voor geweest.

'Kom, je weet het wel. Naar de Theems.'

Langzaam komt Tomas overeind van het bed en zakt weg in de vloerbedekking. Zijn voeten voelen de zachtheid en de warmte en een kleine huivering gaat door zijn lijf. Hoe vaak was hij uit bed geslopen toen Maggie naast hem lag? Hij had in stilte naar haar gekeken en de verleiding was groot om weer naast dat warme, mooie, zorgeloze lichaam te kruipen, maar de roep van buiten was groter geweest. Hij moest op ontdekking, hij moest zijn brein en creativiteit de ruimte geven. Later had Maggie hem toevertrouwd dat ze zich slapende had gehouden om hem zijn vrijheid te gunnen. Hoe had ze het verwoord? Dat hij een soort straathond was, haar vagebond, op zoek naar omver gerolde prullenbakken. Hij had moeten lachen om haar vooroordelen en uitgelegd dat Londen 's nachts juist prachtig rook. En daar hadden ze weer een discussie te pakken. Volgens Maggie kon iets niet prachtig ruiken, wel lekker.

'Ga ruiken! Zoek jouw prachtige Londen-geur!'

Hij trekt zijn kleren aan, stapt in zijn sneakers en verlaat zachtjes het appartement. Vannacht is Londen van hem! Maggies stem is niet meer te horen en Tomas haalt zijn schouders op. Hij kijkt omhoog en ziet een lichtje branden voor het raam van Sharon. Zou ze wakker zijn geworden?

Hij kijkt weg en loopt met zijn handen in zijn zakken door de straten van Londen. De lantaarnlampen zijn als sterren in de donkere steegjes. De steegjes waar de echte verhalen te vinden zijn. De steegjes waar Maggie nooit doorheen durfde te lopen en waar hij zich juist opperbest voelt. Geen commercie, maar het pure Londen. Van de daklozen tot de straatratten. Van rauwe geuren in onbewerkte vorm. Dat was het wat Maggie later aan zijn creaties had toegevoegd; haar sprankjes hoop en de ogen van een kind wanneer de pakjes van de Sint voor de deur waren gezet. Maggie...

Een scherpe windvlaag raast door de knopen van zijn jas en treft hem diep. Precies daar op de plek waar het grote gat zit. Het grote gat van verlies. Hij haalt zijn handen uit zijn zakken en steekt zijn kraag omhoog. Hier is hij veilig. Tomas loopt verder zonder echt op te letten waar hij loopt of waar hij heen gaat. Dwalen voelt heerlijk vertrouwd. Maggie had van dat dwalen niks begrepen, volgens haar moest je altijd een doel hebben. En haar doel was meestal een boekwinkeltje. Tijdens zijn nachtelijke dwalingen was hij wel eens op een winkeltje gestuit, verborgen in de krochten van Londen. Daar had hij Maggie natuurlijk de volgende ochtend attent op gemaakt. Hij kon de etalage beschrijven en het metselwerk maar wist de weg niet meer terug te herleiden. Woest was ze en voor straf moest hij voor een vers ontbijt zorgen. Alles had hij ervoor over om haar te verrassen met heerlijke scones.

Voor hem doemt de Tower Bridge op. Er is zelfs op dat uur nog verkeer te zien, al lijkt de snelheid zich te hebben aangepast aan de nacht. De rivier roept hem en hij daalt af naar de Theems. Op een bankje zit een verliefd stelletje verstopt onder een deken. Hij slikt een paar keer en loopt langzaam verder. Hij zoekt naar zijn eigen bankje en gaat zitten. Zijn dwaling had dus onbewust toch een doel gehad. Het bankje waar hij zo vaak met Maggie had gezeten, mijmerend over hun toekomst. Over hun bruiloft en een leven vol kinderen. Op dit bankje had ze haar 87ste verjaardag willen vieren, samen met hun toekomstige kroost en nakomelingen. Ze wilde twee jongetjes en een meisje. Hij had het allemaal prima gevonden. Maar nu zit hij hier alleen en dat doet verdomd veel pijn.

Het klotsen van het water biedt hem geborgenheid. Zijn vingers zoeken naar de zijkant van het hout en hij voelt de letter M die hij er ooit in gekrast heeft. Maggie had naast hem gezeten en hem uitgedaagd om over zijn eigen morele grenzen heen te stappen. 'Vereeuwig mij, Tomas.' Hij had er moeite mee gehad om in het bankje te krassen, maar de liefde won het van zijn moraal. Zijn vinger blijft de inkeping volgen net zo lang totdat zijn hart een rustiger tempo heeft aangenomen en het felle verdriet langzaam wegebt.

'Goed zo, Tomas. Je kunt het.' De stem van Maggie in zijn oor, alsof ze naast hem zit. Haar kennende zou ze opgaan in de lampjes rondom de Tower Bridge, net voordat hij kon opgaan in haar.

14

Sharon

Met een zachte klop op haar kamerdeur had hij haar laten weten dat hij op pad ging en dat hij haar vanavond zou zien tijdens het eten. Geen ontbijt samen dus. Dat was overigens ook de afspraak die ze hadden gemaakt. De eerste paar dagen zouden ze apart van elkaar doorbrengen, zodat Tomas alleen op zijn herinneringen kon jagen. Maar stiekem had ze gehoopt dat hij haar toch zou meevragen.

Sharon kijkt op haar telefoon om te zien hoe laat het is. Half acht pas. Zuchtend laat ze zich achterover zakken in haar kussens. Ze had heerlijk geslapen ondanks de intensieve dag van gisteren. Het had haar enige moeite gekost om in slaap te komen en te wennen aan de geluiden van Londen. Opeens moet ze aan haar vader denken, hij had de gave om zodra hij een kussen zag in slaap te vallen. Haar moeder was daar altijd jaloers op geweest. Toch was het haar moeder die meer uren maakte, haar vader was vaak na drie uurtjes slaap alweer klaarwakker en bezig met het uitdenken van allerlei creatieve uitingen. Iets waarover haar moeder zich dan weer ongerust maakte. Zij had hem 's avonds vaak 'zielenrust' toegewenst, in plaats van welterusten.

Sharon gaat weer rechtop zitten en vraagt zich af waar de herinneringen aan haar ouders als stel opeens vandaan komen. Het is al zo lang geleden dat ze samen waren. Vooral de bezorgdheid van haar moeder ziet ze opeens vol terug in beeld, Sharon schudt haar hoofd. Hoe kan ze dat vergeten zijn, die bezorgdheid van haar moeder? Ze pakt haar telefoon en tikt een berichtje naar haar moeder.

Mam, hoe ging dat citaat van Tolstoj ook alweer? Over zielenrust? Jij zei dat altijd tegen papa, toch?

Er komt bijna meteen een berichtje terug, dat is Sharon niet meer gewend en ze is benieuwd wat haar moeder terugschrijft. Is het hier nu vroeger of later dan in Nederland?

Hier moet ik om lachen, hoe kom je daar nu bij? 'De mens heeft zijn verstand gekregen om zich te bevrijden van wat zijn zielenrust verstoort.'

Ja, dat bedoelde ik! En wat zei papa dan?

'De vrouw, weet je, is een onuitputtelijk thema: hoe men er ook op studeert, men vindt altijd wat nieuws.' Maar dan op zijn eigenwijze Luuk-manier, je weet wel, met zijn stem alsof hij een rede staat te houden voor een miljoenenpubliek. Hoe is het in Londen?

Ik heb nog niet veel gezien. Misschien kunnen jij en ik hier ook eens samen naartoe gaan? Ik trakteer op een high tea.

Ze kijkt naar het duimpje en een hartje dat haar moeder terugstuurt. Ze ziet het knipperende hartje van haar moeder op het scherm. Een stille traan rolt over haar wang. Kan het zijn dat ze vergeten was hoe warm en lief haar moeder was? Of is? Had ze tijdens de scheiding onbewust partij gekozen voor haar vader en was het daarom belangrijk om haar moeder als zakelijk en steriel te zien? Sharon zucht. Over zielenrust gesproken!

De FaceTime-oproep op haar telefoon haalt Sharon uit haar mijmeringen. Ze kijkt in het lachende gezicht van Bryan. 'Hallo, Londen, hier *The Netherlands calling.*' Hij ziet er klaarwakker uit. Dat is ze niet van hem gewend, hij is van de hele lange schoonheidsslaapjes.

'Hoe was je date, Bryan?'

'Als een jonge god. Geloof me, hij mag dan een boer uit Friesland zijn, vanbinnen is hij net een latin lover.'

Sharon gooit haar handen in de lucht. 'Goof? Boer?'

Bryan kantelt zijn telefoon en een grote mannenhand vastzittend aan een enorm gespierde arm en dito schouder en daaraan een kop met een enorme bos wilde blonde krullen lacht zijn tanden bloot naar haar. Om zijn nek hangt een ketting met een haaientand. Sharon wuift terug en kijkt dan weer in het gezicht van Bryan. 'Is hij mooi of is hij mooi?'

'Je doet nu net alsof je de grootste vis uit de oceaan gevangen hebt, maar goed. Ja, mooi. Aardappels?'

'Nee, koeien.'

'Moet hij nu dan niet aan het melken zijn?'

'Ik zeg hier even niks op, Shar.' Bryan lacht zijn tanden bloot en Goof steekt nog eens zijn duim omhoog.

Sharon laat zich kreunend achterovervallen. 'Veel plezier, jongens. Praat me later maar een keer bij.' Ze verbreekt de verbinding en kijkt peinzend uit het raam.

De dag ligt aan haar voeten, maar ze heeft geen zin om ook maar een stap te verzetten. Rust zal haar goeddoen na maanden bikkelen op het werk en de stress rondom haar vader. Sharon rekt zich uit en stapt uit bed. Goedkeurend loopt ze langs het rekje met boeken in haar kamer. Hier kan ze voorlopig mee vooruit. Misschien straks ergens een koffie scoren en wat eten om dan weer terug te gaan naar de kamer met de heerlijke vloerbedekking. Misschien kan ze ook nog een bad nemen nu Tomas er toch niet is. Londen was zo gek nog niet.

De uren vliegen voorbij en Sharon gaat alleen naar buiten om een broodje te kopen. Thee kan ze op de kamer zelf maken. Deze zelfgekozen quarantaine voelt heerlijk aan. Vanuit de luie stoel van het appartement krabbelt ze alle gevoelens die in haar opkomen op papier.

Er komt een berichtje van Tomas binnen waardoor ze opkijkt van haar tekenvel.

> Waar in Londen ben jij nu? Misschien kunnen we afspreken?

Zou hij haar missen?

> Ik ben gewoon 'thuis'. Kon geen afscheid nemen van de vloerbedekking.

Hij lijkt na te denken over de woorden die hij terugtypt. Ongeduldig tikt Sharon met haar vingertoppen op de tafel.

> Dat had ik niet achter je gezocht. Ik had minstens de m&m-winkel verwacht.

Ze moet lachen om zijn berichtje.

Ik zal eerlijk tegen je zijn. Ik ben, zoals Bryan dat noemt, geografisch niet de sterkste. Ik verdwaal zelfs met een tomtom aan. En aan de andere kant, dit voelt als een soort rust die ik heel hard nodig heb. Maar waar ben jij dan? Heb je gevonden wat je zocht?

Aha, dus aan jou hebben vrouwen dat stereotype te danken! Praten we straks verder? Zal ik iets te eten meenemen voor ons? Is er iets wat je niet lust? Al kan ik me dat nauwelijks voorstellen.

Spruitjes en oesters. Maar dat laatste kan gelogen zijn, want die heb ik nog nooit op. Maar ze lijken me vies. En dankzij jou begin ik honger te krijgen.

Tot straks dan.

Hij weet haar een uurtje of twee later te verrassen met een heerlijke Chinese maaltijd. De tafel staat vol met bakjes en het water loopt haar in de mond.

'Citroenkip, varkensrolletjes en pekingeend, extra knapperig!' Tomas heeft de tafel gedekt. 'En speciaal voor jou de beroemde *fortune cookies*.' Sharon grijpt naar de cookies, maar hij houdt haar tegen. 'Pas na het eten openmaken. Ik heb er een paar extra gevraagd voor je.'

'Lief van je.'

'Eerst maar kijken wat erop staat. In gebrekkig Engels, meestal.'

Ook Tomas heeft schijnbaar honger want de bakjes zijn even later bijna allemaal leeg. De rode wijn die hij heeft ingeschonken vloeit rijkelijk en hun gesprek gaat alle kanten op. Geen kruisverhoor, geen 'hoe was je dag', niks wat dichtbij komt, niks persoonlijks en toch voelt het vertrouwd.

Wanneer Sharon haar laatste hap genomen heeft, geeft Tomas haar de cookies aan. 'Ik zag je wel kijken...' Hij geeft haar een knipoog en die knipoog doet iets met haar. Ze weet alleen nog niet precies wat. Kan het aan de wijn liggen dat ze zich een beetje warm voelt vanbinnen?

Sharon maakt het koekje open en rolt er een papiertje uit. Ze fronst haar wenkbrauwen en probeert het gebroken Engels te ontcijferen. 'Loop niet te hard, het geluk loopt dikwijls achter je.' Ze spreekt de woorden met een grappig accent uit en Tomas moet lachen.

'Heerlijk, hè, die wijsheden. Lees die andere ook eens voor?'

'Ja, doe ik, maar deze stop ik even in mijn herinneringenzakje, leuk voor thuis.' Ze pakt haar tas en haalt het zakje eruit en stopt het papiertje erbij.

Ze pakt de volgende uit en moet lachen. 'Deze is echt heel diep! Geluk is vijfmaal achter elkaar groen licht.'

Tomas lacht met haar mee. 'Neem je die ook mee naar huis?'

Sharon schudt haar hoofd. 'Nee, niet bijzonder genoeg.'

De volgende dagen verlopen ongeveer hetzelfde. Sharon blijft in het appartement en gaat alleen naar buiten om een sandwich te halen en deze binnen op te peuzelen. Door haar rust te nemen voelt ze pas hoe moe ze is. Tomas is gedurende de dag bij haar doordat hij af en toe een foto stuurt. Soms zijn de berichtjes plagend en op die momenten voelt ze de warmte weer door haar lijf stromen.

Zal ik dan maar een t-shirt voor je kopen met de opdruk: I was in londen? En dan een plaatje van de Eiffeltoren erop, je zou het niet eens merken, toch?

Morgen ga ik op pad, echt.

Ze weet dat ze moet, want iedereen, ook haar moeder, is zich enorm zorgen aan het maken. Bryan bleef maar doorgaan over Victoria's Secret en dat ze daar echt naar binnen moest.

Zou je dan misschien met mij mee willen naar Hyde Park?

Sharon denkt voor het eerst na over haar antwoord.

Heb jij je herinneringen bij elkaar dan?

Drie avonden lang hadden ze samen gegeten en hij had geen woord gewisseld over zijn zoektocht en zij had er niet over durven beginnen.

Het is te zwaar. Alleen is het te zwaar.

Ze voelt de pijn in zijn antwoord.

Ik ben er voor je en ga mee.

Ze voelt haar hartslag sneller gaan met elke letter die ze tikt.

In de avond, wanneer Tomas haar verrast met een Indiase maaltijd, lijkt hij bijna verlegen te zijn. Ze durft niet te vragen naar het plan van morgen en hij begint er zelf ook niet over.

'Zullen we een fles wijn opentrekken? En gewoon de wereld even vergeten, Tomas?'

Hij knikt.

15

Tomas

Hoewel hij dronken moet zijn van een hele fles wijn, kan Tomas niet slapen. Het was een heerlijke avond geweest met Sharon aangeschoten naast hem. Ze was zelfs dicht tegen hem aan gekropen en had onsamenhangende verhalen verteld over vroeger. Hoe ze was als kind en wat de scheiding van haar ouders met haar had gedaan. Het had hem geraakt en hij had een paar tranen uit haar gezicht geveegd. Het had zo ontzettend vertrouwd gevoeld.

Een schuldgevoel klimt vanuit zijn onderbuik omhoog en stokt in zijn keel. *Ben je Maggie nu al vergeten?*

Tomas trekt zijn jas aan en loopt naar buiten. Hij weet dat hij naar hun bankje zal gaan. Misschien zou hij er in slaap vallen en morgenvroeg verdwaasd wakker worden. Misschien ook niet.

'Het is te koud, Tomas. Ga terug naar binnen.'

'Nee, Maggie, ik luister niet naar je. Ik kom naar je toe.'

Een zuchtje wind streelt zijn wang. *'Jij bent nog steeds zo koppig als een ezel.'*

'Maar wel jouw koppige ezel…'

Het bankje is bezet en Tomas vloekt in zichzelf. Een oudere dame kijkt in stilte naar het donkere water en Tomas wil haar niet storen. Hij steekt zijn handen weer in zijn zakken en draait zich om. Weg van hier. Een stem met een prachtig Engels accent haalt hem terug uit zijn gedachten. *'Would you sit with me?'* Hij draait zich om en de oudere dame kijkt hem aan. Haar blik kan hij niet thuisbrengen. Een smalle mond en ogen die droefenis lijken uit te stralen. Rimpels van het leven zichtbaar in haar gezicht. Haar geur kan hij niet meteen benoemen. Een vleugje verdriet, maar nog met een hint van de grandeur van vroeger. Hij loopt naar haar toe. Ze kijkt hem niet meer aan, haar ogen zijn gevangen door het water. Hij waardeert haar kaarsrechte, bijna statige houding. Ze past precies in het decor hier met de Tower Bridge gemaakt van duizend ton staal boven de rivier. Dan ziet hij dat ze huilt, ze dept haar tranen zonder schaamte. Hij opent zijn mond om haar iets te vragen, om haar te troosten. Maar ze heft haar hand op en ze weerhoudt hem ervan om het moment binnen te vallen. *'Just sit with me.'*

En dat doet hij. Voor hoelang weet hij niet. Misschien is hij ingedommeld, want wanneer hij opkijkt is de mevrouw weg. Hij huivert en uit zijn rugzak pakt hij zijn sjaal. Een gelukskoekje valt op de grond, vast van de buit van gisteren. Hij pakt het op en breekt het open. Hij moet met zijn telefoon bijschijnen om te lezen wat er staat. Even schrikt hij.

'A beautiful, smart and loving person will come into your life.'

Hij rolt het papiertje op en gooit het samen met het koekje in de prullenbak.

Dan loopt hij langzaam terug naar het appartement. Morgen zou hij Sharon meenemen zijn wereld in en hij wist niet of hij hier goed aan zou doen.

16

Sharon

Een zachte klop op haar deur laat Sharon weer terug op aarde komen, even weet ze niet waar ze is en welke dag het is. 'Binnen...' Haar stem klinkt rauw en ze kucht de wijn van de vorige avond weg.

Tomas staat aangekleed voor haar neus en hij kijkt haar grijzend aan. 'Koppijn?'

Ze wuift zijn opmerking weg. 'Nee, joh, ben wel wat gewend.' Ze kijkt haar slaapkamer rond en ziet dat ze er een bende van heeft gemaakt. Tomas volgt haar blik en knikt haar veelbetekenend toe. 'Wat?' Ze gooit haar handen in de lucht.

'Je bent enorm grappig wanneer je dronken bent. Vooral je persiflage op de Spice Girls!'

Ze begraaft haar hoofd onder haar kussen. Hij moet zijn best doen om haar gemompel te verstaan. 'Was het zo erg?' Ze komt weer omhoog en Tomas kijkt met interesse naar haar ontplofte kapsel.

'Ik heb honger, hoe snel kun jij jezelf en je kapsel weer toonbaar hebben?'

'Kwartiertje, max.' Ze springt haar bed uit en beseft dan pas dat ze niet veel meer aanheeft. Waar is haar grijze pyjama gebleven?

Tomas wijst naar haar pyjama over de deur van de kledingkast. 'Je bent trouwens echt enorm slecht in strippoker.'

Sharon kreunt. 'Vertel me dat je dit verzint.' Haar ogen kijken hem smekend aan. Ze trekt haar T-shirt iets verder omlaag zodat er minder van haar blote benen te zien is. Fronsend kijkt ze naar de ene sok die ze nog aanheeft.

Tomas laat zijn blik nog eens over haar lichaam gaan en draait zich dan om. 'Ja, ik heb het verzonnen. Over een kwartier dan?'

Ze wil zich niet laten kennen en hoewel het lastig is om te douchen in deze Engelse badkamer waar ze twee kranen moet mengen, staat ze in minder dan twintig minuten dan toch klaar. Haar hoofd bonkt een klein beetje maar dat komt waarschijnlijk meer door de snelheid van het opstaan dan door de wijn.

Ze stapt de woonkamer in en Tomas staat peinzend uit het raam te kijken. Ze wil hem niet storen en aan de andere kant wil ze niks liever weten dan wat er nu in dat hoofd omgaat. Hij draait zich om. 'Je draagt je Chanel weer. Gabrielle.'

'Ik mag haar wel, ja.' Ze grinnikt. *'Shall we?'*

Ze stappen naar buiten en ademen de Londense ochtend in; een mengeling van hoop en een belofte in combinatie met verse wafels. 'Mike's Cafe, doen?' Sharon wijst naar een leuk cafeetje in een roze kleur. Het cafeetje stond op haar lijstje om nog heen te gaan.

'Ik vind alles best.' Tomas houdt de deur voor haar open en ze stapt naar binnen.

Ze wrijft in haar handen. 'Dit gaat helemaal goed komen! De geur van koffie doet wonderen.'

Ze gaan zitten aan een net beschikbaar gekomen tafeltje aan het raam. 'Deze straat is zo mooi. Blij dat we hier zitten, dit is toch een ander Londen dan het Piccadilly Circus.' Sharon kijkt de straat in en voelt de rust door haar aderen stromen.

'Ja, geen M&M-winkel hier. Dit is de straat van de romantiek en van de dromen.'

'Het verbaast me dat je hier niet met Maggie bent geweest.' Ze kijkt hem met een open blik aan maar haar hart klopt angstig. Dit kon wel eens een verkeerde opmerking zijn geweest op een nuchtere maag.

Een ober die plots aan de tafel staat redt Tomas van het geven van een antwoord. Hij neemt hun bestelling op en Tomas kijkt Sharon met grote ogen aan. 'Dat meen je niet! Jij gaat voor een *full English breakfast*? Met witte bonen in tomatensaus!' Hij maakt een misprijzend gebaar. 'Barbaars, echt!'

Sharon lacht. 'Ik kijk er al naar uit sinds ik wist dat ik met je mee zou gaan!'

Wanneer de ober haar bord brengt blijft Tomas met een mengeling van ongeloof en walging naar haar eten kijken. 'Sorry, blijf zo zitten, ik maak even een foto.'

'Je doet je best maar.' Sharon steekt haar duim omhoog en lacht breeduit. 'Dat van jou ziet ook lekker uit, hoor.' Ze klakt goedkeurend met haar tong bij het zien van een pannenkoekje belegd met vers fruit en iets te veel poedersuiker. 'Nu maak ik een foto van jou!'

Tomas lacht ook breeduit en Sharon ziet dat zijn ogen stralen. Sharon appt de foto door naar Tomas en krijgt haar foto van Tomas binnen. 'Die stuur ik naar mijn ouders en Bryan.'

Ze krijgt meteen een antwoord van haar moeder terug en ze laat het berichtje aan Tomas lezen. Tomas kijkt naar de profielfoto van haar moeder.

'Ik heb dit bij weinig mensen, maar bij jouw moeder krijg ik meteen een goed gevoel. Maar misschien komt dat wel alleen omdat jij zo veel op haar lijkt.'

Sharon verslikt zich bijna in haar glas jus. 'Ik lijk op haar?'

'Ja. Een warme uitstraling.' Voor hem is de kous af.

Warm? Sharon pakt nog een stukje toast van haar bord.

'Misschien kun je deze foto naar je zus sturen?' Sharon laat de foto zien die ze net van hem nam.

Tomas knikt. 'Het is goed voor haar om me te zien lachen. Even los van mij zijn. Ze maakt zich altijd zo veel zorgen om me terwijl ze zelf ook genoeg verdriet heeft om Maggie.' *Weer die blik.*

'Juist, Maggie, ja. Vandaag gaan we jullie herinneringen vangen, toch? Hyde Park.' Sharon prikt in haar worstje en neemt een hap. Het eten smaakt opeens minder lekker dan dat waar ze zich op verheugd had. Ze kijkt rond of ze de ober ziet. 'Zullen we gaan, Tomas? Hyde Park zoeken, met de metro, toch?'

Hij knikt. 'Ik ga afrekenen. Wacht maar even.' Hij loopt naar de bar en Sharon trekt haar jas aan. Hij staat weer naast haar en samen lopen ze naar buiten. 'We kopen zo'n extra Oyster card voor jou, daarmee kunnen we heel Londen rond. Ik hou van de metro, jij niet?' Hij wacht niet op haar antwoord en loopt vastberaden de hellende straat af. 'Daar kunnen we naar binnen.' Sharon volgt zwijgzaam.

De muffe metrowind komt hun door de tunnel tegemoet, vergezeld door de typische geur van ondergronds zijn. Sharon tikt Tomas aan die bezig is met het kopen van het ticket. 'Waar ruikt het hier naar, Tomas?'

Tomas trekt haar mee naar het midden van het gangpad. 'Ogen dicht, Sharon en ruik.' Ze doet haar ogen dicht, maar toch komt hij achter haar staan en dekt haar ogen af. Het voelt veilig wanneer hij dat doet, moet ze toegeven.

'Ik weet het niet, Tomas. Daarom vroeg ik het jou. Neem me mee jouw Londen in.' Met zijn mond vlak bij haar oor begint hij te praten en laat zijn handen langzaam van haar ogen verdwijnen. Hij wappert de lucht naar zich toe. 'Deze geur walmt je tegemoet, een mix van houtskool, urine, daklozen onder een krant en de geur van voorbijrennende forenzen. Dat in combinatie met de metro's die langs komen razen, maken de geur bijna ondefinieerbaar. Hij heeft iets magisch en iets smoezeligs tegelijk. Hij is Guinness en Harry Potter ineen. Hij heeft iets traditioneels, zoals alles waar de Britten zich aan vasthouden en iets avontuurlijks tegelijkertijd. Hij is als die rare vloerbedekking in de badkamer in van die Engelse cottages...'

'Hoe doe je dit, Tomas? Ik vind het bijna lekker ruiken hier nu.' Ze kijkt hem vol bewondering aan.

'Ja, dit is wat ik kan. Maar vraag me niet om een appartement in te richten, geen gevoel voor stijl en kleur.' Hij maakt zichzelf er met een grapje van af. 'Kom, we nemen de roltrap naar het andere spoor en dan gaan we echt op pad.'

De metro die ze nemen zit stampvol en Tomas en Sharon moeten zich vastgrijpen aan dezelfde paal. Een dikkere man staat met zijn elleboog in Sharons zij te porren en Sharon probeert hem te ontwijken. Tomas wisselt van plek en schermt haar met zijn lichaam af. Ze schenkt hem een glimlach en hij lacht terug. Hij begint weer in haar oor te fluisteren, net zoals toen hij geen stem had. 'We komen zo langs het metrostation Embankment. Zoals op alle metrostations, klinkt hier als de deuren opengaan het beroemde "*Mind the gap*". Maar de stem is hier net even anders. Jarenlang werden daarvoor oude bandopnamen gebruikt, maar een paar jaar geleden is alles gedigitaliseerd en werden de stemmen vervangen. Het was kerst toen een verdrietige mevrouw bij het loket van Embankment stond. "Waar is de stem gebleven?" Ze was in tranen uitgebarsten en de twee loketbediendes hadden er niks van gesnapt.'

De metro stopt en mensen stappen in en uit. Tomas wacht met zijn verhaal en wanneer de metro weer in beweging komt gaat hij verder. 'Ze vertelden haar dat ze nu meerdere stemmen hadden aangeschaft, maar de vrouw had met haar hoofd geschud en gezegd: "Jullie snappen het niet! Ik kom hier elke dag, terwijl ik niet met de metro hoef. Ik kom hier om naar de stem van mijn man te luisteren, het is de enige plek waar ik hem nog kan horen. Jullie hebben zijn stem weggehaald."'

Sharon voelt de tranen in haar ogen schieten. 'Dat meen je!'

Tomas lacht verlegen. 'Ja. Maar het is goed gekomen. Waarschijnlijk zat er iemand zoals jij achter het loket. Zij begreep hoe belangrijk het was voor de weduwe. Voor haar was het niet zomaar een omroepbericht, maar de stem van een geliefde. Een sprankje hoop. Een warme deken. Hemel en aarde zijn bewogen om de stem van haar man terug te halen.'

'Ik ben er stil van. Maar zijn stem is dus terug?'

'Ja, zijn stem is terug. Hoe bijzonder moet dat zijn geweest voor zijn vrouw.'

'Kunnen we daarheen? Nadat we in Hyde Park zijn geweest?'

Tomas knikt. 'Natuurlijk.' De manier waarop hij haar nu aankijkt, kan ze niet plaatsen, ze weet alleen dat ze het er warm van krijgt. De metro maakt een bocht en Sharon verliest bijna haar evenwicht, de man naast haar kijkt haar boos aan. Hij mompelt iets en ze verstaat nog net de charmante woorden '*piss off*'. Wanneer de metro dan nog een zwieper maakt, is het Tomas die haar vastpakt. 'Ik heb je.' *Ik heb je...*

'Dromertje! We zijn er. Dit is onze halte.' Tomas pakt haar bij haar hand en Sharon vraagt zich af of ze overkomt als een klein kind in de grote stad. Hier in Londen is ze op zijn terrein. De stad van Maggie! Tuurlijk, Sharon is wel eens vaker in Londen geweest al is dat ondertussen jaren terug. Hoewel ze onder de indruk was van de stad, had hij haar niet zo kunnen betoveren zoals bijvoorbeeld Wenen had gedaan. Of Parijs!

'Hyde Park Corner. We staan hier op een kruispunt waar zes straten samenkomen.' Hij wijst ze allemaal aan en begint dan te lopen. Sharon volgt. Ze lopen het park in en Sharon voelt zich omgeven door een oase van rust. Het groen hangt in prachtige lagen om haar heen, de treurwilgen lijken niet te treuren maar staan in hun kracht om mensen te verleiden met hun hangende slierten.

'Ik hou van treurwilgen!' Ze maakt een huppeltje en geneert zich dan. 'Sorry, ik liet me even gaan.'

Tomas lacht. 'Huppel rustig verder!'

Ze houdt haar pas in en komt naast hem lopen. 'Hier kwam je... kwamen jullie dus vaak?'

Tomas buigt zijn hoofd. 'Ja. Elke donderdagmiddag. In de weekends probeerden we de drukte te vermijden, althans, ik. Ik kwam hier ook vaak alleen om te studeren. Ik nam mijn boeken mee en ging op een bankje zitten. De geuren hier hadden altijd een magische uitwerking op me.'

'Wat ruik je hier dan?' Misschien zou hij weer dat spelletje met haar spelen en zijn handen voor haar ogen doen, maar hij zucht alleen maar. 'Te veel. Het ruikt hier nu vooral naar gemis.'

'Sorry.' Ze raakt zijn arm kort aan.

'Nee, geeft niet. Ik wil naar het bankje lopen waar ik de mooiste herinneringen heb samen met Maggie.'

'En dan?'

'Weet ik niet. Ik kijk wel wat er gaat gebeuren.' Zwijgend lopen ze verder.

Tomas draait zich om en neemt een ander pad. Ze volgt.

'Sorry, ik nam de verkeerde weg.' Hij kijkt haar niet aan en Sharon bijt op haar lip.

Het voelt raar om in de voetstappen van een gedeeld verleden te stappen. Hoe mooi het ook is om te zien hoe diep de liefde zit en daardoor ook de pijn. De verwevenheid tussen liefde en verlies is te zien in zijn ogen.

Sharon neemt een paar foto's van de omgeving en stuurt ze naar Bryan. Ze krijgt een appje terug van Bryan.

Wat vind je nu van Goof?

Mooie krullen. Pas je een beetje op?

Hopelijk zou Bryan hiermee genoeg weten en zich niet weer vol overgave in een relatie storten en te snel willen gaan. Wat dat betreft was hij af en toe net een op hol geslagen racepaard.

Ja, mam.

Ze klikt zijn berichtje weg en kijkt hoe Tomas naar een bankje loopt. De manier waarop hij nadenkt over elke stap maakt duidelijk dat hij terug in zijn verleden is. Hier was hij samen met Maggie. Sharon doet een stap achteruit, ze wil niet inbreken. Ze voelt zich een voyeur. Voor het bankje blijft hij staan, roerloos in het moment. Sharon voelt haar hoofd bonzen. Ze maakt een foto van de achterkant van de man die op het punt staat om weer samen te komen met zijn geliefde. Eigenlijk is het wel mooi om plekken te hebben om naar terug te keren. Ze denkt terug aan het verhaal van Tomas over de stem van de man in de metro, het had haar diep geraakt. En dit tafereel nu voor haar, raakt haar weer. Ze doet nog een paar passen naar achteren en tikt een berichtje naar haar moeder.

Wat zijn de plekken, mam, waar jij de mooiste herinneringen aan hebt?

Ze ziet dat haar moeder iets typt, maar er blijkbaar lang over na moet denken.

Sharon wil haar telefoon wegstoppen, maar dan ziet ze dat haar moeder nog iets typt.

Ik heb het boek van Tomas erbij gepakt, de Engelse versie en misschien is dit een antwoord op je vraag?

Ze heeft een foto gemaakt van een stukje tekst, onderstreept nog wel. Sharon gruwelt even. Ezelsoren en strepen in boeken zijn wat haar betreft echt een doodzonde.

Ze was een vrouw met een miljoen gelukkige herinneringen, die wist hoe het was om ware liefde te ervaren en die klaar was om meer leven te ervaren, meer liefde en nieuwe herinneringen te maken.

Sharon leest de zin een paar keer opnieuw.

Was dat wat je had met papa? Ware liefde?

Ze krijgt kippenvel over haar lichaam, waarom is het zo belangrijk voor haar om te horen dat de liefde tussen haar ouders ooit had bestaan?

Of dit, Sharon. Dit is echt prachtig!

Weer een foto en een onderstreepte zin.

Wat er ook voor haar lag, ze wist dat ze open zou staan voor de toekomst en naar de stem van haar hart zou luisteren. Intussen zou ze gewoon leven.

Is dat wat haar moeder gedaan had al die jaren? 'Gewoon doorleven?' Had ze verdriet gehad van de scheiding?

Ze ziet hoe Tomas is gaan zitten, voorzichtig. Zijn lange benen over elkaar heen geslagen, zijn arm losjes over de bank, alsof hij met iemand zit te praten. Dan stopt hij zijn hand in zijn zak en haalt er iets uit. Hij bukt zich voorover en legt zijn hand op de grond. Sharon houdt haar adem in. Vanuit het niets komt er een eekhoorntje aangelopen, schichtig dat wel. Even gaat het diertje op zijn achterpootjes staan en steekt zijn neusje in de lucht. Dan loopt het beestje naar de uitgestoken platte hand van Tomas toe. Ook al kijkt Tomas naar beneden en kan Sharon zijn gezicht niet goed zien, ze weet dat hij lacht. En ze weet dat hij huilt. Ze moet zelf haar best doen om haar tranen te bedwingen. Is het Maggie die het eekhoorntje stuurt? Ze huivert. Op welke manieren zou Maggie zich nog meer laten zien deze dagen? Ze is overal, maar wie was ze eigenlijk? Sharon sluit haar ogen en slaat het beeld op. Dit moment is te mooi. Dit moment moet ze bewaren.

Tomas is opgestaan en gooit nog een paar laatste nootjes op de grond. Een tweede eekhoorn laat zich nu zien. Hij komt op haar afgelopen, snel stopt ze haar telefoon weg. 'Dat was mooi, Tomas.'

'Zeker. En ik heb 'm.'

'Je hebt wat?'

'De geur. Althans, het ingrediënt.'

'Wil je me daar iets over vertellen? Wil je me over Maggie vertellen? Ze was bij je net of niet?'

'Later, oké? Mijn hoofd zit nu in een ingewikkeld mengproces.' Hij lacht. De droefheid is verdwenen.

17

Tomas

Na het bezoek aan Hyde Park wilde hij terug naar huis. De geur zat in zijn hoofd en hij moest ermee aan de slag. Hij dacht een teleurgestelde blik in de ogen van Sharon te zien, maar durfde er niet naar te vragen.

'Morgen laat ik je een andere plek zien, oké?' *Misschien vraag ik je ook nog mee naar New York.* Deze gedachten had hij snel weer teruggestopt.

Ze had geknikt. Hij had haar voorgesteld anders zelf nog even Londen in te duiken, maar ze had geweigerd. 'Ik ga met je mee terug, samen uit, samen thuis.'

Haar simpele woorden hadden hem geraakt. 'Nee, we blijven nog even. Ik laat je iets anders zien. Dat is ook hier in het park.' Haar glimlach sprak boekdelen en hij wist dat hij de juiste keuze had gemaakt. 'En daarna gaan we lunchen, tenminste als je nog honger hebt na je witte bonen in tomatensaus?'

'Ja, hoor, ik begin weer trek te krijgen.' Ze lacht en Tomas begrijpt niet hoe dat slanke lichaam zo veel eten kan verstouwen.

Ze lopen verder door het park. 'Ik zou hier elke dag naartoe gaan, als ik hier zou wonen.' Sharon kijkt haar ogen uit.

'Londen heeft nog heel veel meer mooie plekken.'

'Wat is jouw favoriete plek?'

Even denkt hij na over het antwoord. 'Dat was thuis. In ons appartement. Het was eigenlijk een kelder onder een woning. Klein maar knus. Vlak bij Covent Garden. Hoewel ik niet van drukte hou, was Covent Garden voor mij een thuis. Een smeltkroes van geuren en muziek. Een soort dorpje midden in de grote stad. Op elke hoek een straatmuzikant, ik moet zeggen dat ik ook echt van dat soort muziek hou. En ja, daar gaan we ook naartoe. Maar niet vandaag.' Hij moet lachen om de vragende ogen van Sharon. 'Jij was toch ook al eerder in Londen geweest? Dan heb je Covent Garden vast gezien, dat kan niet anders.'

Sharon knikt. 'Vast wel. Maar ik was zo druk met in Londen zijn, dat ik Londen heb gemist, als je begrijpt wat ik bedoel.'

'Ik denk dat ik je snap. Maar, luister, als we morgen naar Covent Garden gaan dan laat ik je de Seven Dials zien. Een kruispunt met zeven mooie straatjes met als hoogtepunt Neal's Yard. Dat is echt prachtig!' Zijn ogen schitteren. 'Maggie was gek op Neal's Yard, al liep ze er altijd voorbij. Goed verstopt die plek.'

'Kun je daar ook eten?'

'Ja, likkebaard!'

Sharon maakt een snuivend geluid en hij ziet dat ze de omgeving in zich opneemt. 'Waar zijn we nu? Mooi hier.'

'Nog steeds in Hyde Park. Dit is de plek die ik je wilde laten zien. Je vader zou dit prachtig vinden, dat weet ik zeker. De symboliek is magnifiek.'

Sharon volgt zijn blik naar een fontein en een mooie brug. 'Vertel me wat ik zie, wat is dit?'

Hij trekt haar mee naar een bankje en gaat zitten. Sharon gaat naast hem zitten en volgt zijn hand. 'Kijk, je ziet drie bruggen, daar, daar en daar. Allemaal plekken waar je het water over kunt steken om recht naar het hart van de fontein te gaan. Deze fontein is een eerbetoon aan

Lady Di. Het ontwerp weerspiegelt haar leven. Kijk, het water stroomt vanaf het hoogste punt daar in twee richtingen, zie je dat? Het bubbelt en het kolkt voordat het samenkomt op de bodem. Juist de openheid van het ontwerp symboliseert het karakter van de prinses. Zij was ook open en speels. Maar misschien verlangde ze naar innerlijke rust, of in elk geval om met rust gelaten te worden...'

'Prachtig. Denk je dat haar kinderen hier nog wel eens komen?'

Tomas ziet dat ze over haar armen wrijft. 'Heb je het koud?'

'Nee, kippenvel.'

'Ik weet niet of haar kinderen hier nog komen. Ik denk dat ze hun eigen manieren hebben om hun moeder te gedenken. Londen heeft meer plekken die opgedragen zijn aan de prinses van Wales. Zo is er in Kensington Gardens een speeltuin gebouwd met een Peter Pan-achtig piratenschip. Ze hield van kinderen en vooral van de fantasie van kinderen.'

'Denk je dat ze een lieve moeder was?' Sharons stem klinkt zacht.

'Ik denk van wel. Ik hoop van wel. Ik hou helemaal niet van de Britse tabloids, de roddelpers, maar ik ben wel fan van Lady Di. Ze stak boven alles en iedereen uit. Ik denk dat er zelfs in de smerigste metrolijn bloemetjes zouden gaan groeien wanneer zij langs zou komen.' Hij knipoogt naar haar. 'En verder heb ik niks met het koningshuis. Hier niet en ook niet in Nederland.'

Ze staan op en Sharon kijkt nog een keer naar de mooie fontein. '*Goodbye England's rose...*'

'Voel je het ook nu, Sharon? Dat Londen zo veel meer is dan een wereldstad? De historie en de verhalen hier zijn prachtig!'

'Ja. Ik voel het. Was Maggie een soort Lady Di? Wat voor bloem was Maggie voor jou?'

Hij wrijft door zijn haren. 'Ze was als de jasmijn. Fragiel en breekbaar. De basis van alles. De basis van mijn vermogen om lief te hebben.

Om de wereld te aanschouwen vanuit liefde, niet vanuit de ratio, niet vanuit een foldertje met de top tien bezienswaardigheden. Ze liet me zien dat er zo veel meer was en werd mijn muze.'

'Dat is mooi.'

'Ja, dat is mooi. Maar ik wankel nu op mijn eigen benen door het leven verder. Mank, onderuitgeschopt en mijn gevoel voor richting kwijt. In mijn hoofd hoor ik steeds opnieuw haar wens...' Hij twijfelt even, moet hij met Sharon delen wat Maggie hem heeft gevraagd? In feite weet ze het al, toch? Maar niet in detail...

'Ze wil dat ik alles wat ons ons maakte in een geur stop.'

Sharon is even stil. 'Ze probeert nog steeds je muze te zijn.'

'En dat is ze ook nog steeds.'

18

Sharon

Ze waren niet meer gaan lunchen, maar hadden een sandwich voor onderweg gekocht en de snelste weg naar huis genomen. Terug in het appartement was Tomas meteen aan het werk gegaan. Hoewel ze nieuwsgierig was naar wat hij aan het doen was, had ze hem gelaten. Hij zou wel weer tot leven komen tegen de tijd dat het donker werd. Misschien moest zij vandaag maar voor het eten zorgen.

Sharon had Bryan ingeschakeld om na te denken over het eten. Per app doet hij een paar suggesties.

Gewoon, fish-and-chips en dan lekker elkaars vingers aflikken.

Bah. Is het weer zover, Bryan?

Ja. Geil.

Ze had hoofdschuddend haar telefoon weggelegd en was op bed gaan liggen. Ze kreeg weinig hoogte van Tomas, maar dat was juist wat haar zo aansprak in hem. Dat en het gevoel dat ze kreeg wanneer hij haar leerde om geuren te herkennen. Een diepe zucht ontsnapt haar en ze beseft dat het niet slim is om voor deze man te vallen. Oneerlijke concurrentie met Maggie, ze zou nooit zijn hart winnen. Was Bryan er maar om urenlang te debatteren over haar gevoelens voor Tomas. Maar die zat nu vast de vingers of iets anders van Goof af te likken. Ze glimlacht. Dan staat ze op en loopt naar de kamer van Tomas. Hij hangt voorovergebogen over een stapel papieren en heeft niet in de gaten dat ze er staat. Ze kucht zachtjes en dan kijkt hij op. Zijn ogen donkerder dan ooit. En ze voelt de passie voor het werk van deze man afspatten. Voor het eerst snapt ze de opdracht die Maggie hem gegeven heeft. Dit hoort bij hem.

'Lukt het?' Ze fluistert de woorden bijna.

'Ja. Nog even. Ik ben niet leuk nu, Sharon. Ik kan maar één ding tegelijk. Het lijkt wel een soort trance en dat gevoel heb ik lang niet meer gehad. Ik ben zo bang om het kwijt te raken.'

Langzaam loopt ze naar hem toe en legt haar handen op zijn schouders. 'Ga er dan maar mee door. Niet stoppen.' Ze voelt dat zijn schouders zich ontspannen, net als zijn blik.

Een glimlach om zijn mond laat haar hart even bonzen. 'Dan moet je me nu echt alleen laten, want zo kan ik niet werken.'

De avond was omgevlogen en Tomas was alleen voor de maaltijd bij haar komen zitten. Daarna verdween hij weer naar zijn kamer. Sharon had het prima gevonden en was in een boek gedoken en daarna als een blok in slaap gevallen. Het was opnieuw Tomas die haar in de ochtend had gewekt. Ondanks de donkere kringen onder zijn ogen, zag hij er wakker uit. Opnieuw had hij haar tien minuten gegeven en ze had er vijftien van gemaakt om aangekleed en wel samen de deur uit te lopen voor het ontbijt. Ze was benieuwd wat de dag hun zou brengen. Haar ontbijt was zo mogelijk nog uitgebreider dan de dag daarvoor en hij had met een nog grotere glimlach naar haar gekeken. Toen ze weer buiten stonden was Sharon blij om de frisse lucht te voelen. Ze werd er vrolijk van.

'Lopen we vanaf hier naar Covent Garden?' Ze kijkt hem gespannen aan. Kan hij de trip door *memory lane* vandaag aan? Wilde hij zijn oude appartement terugzien?

Tomas moet hard lachen. 'Lopen doen we hier niet. We pakken de metro en dan zijn we er zo. Lopen zou je alleen maar blaren opleveren. We gaan eerst nog even langs Hyde Park en daar pakken we de andere lijn naar Covent Garden.'

'Dan doen we dat. Komen we dan langs "de stem?"' Ze hoopt dat ze niet te wanhopig overkomt. Of te sentimenteel.

'Jij met je stem. Daar komen we echt nog. Nu eerst maar terug naar de metro.' Hij loopt weer voorop, in gedachten verzonken.

De metrorit is kort en op haar verzoek stappen ze nog even uit bij het park. 'Ik wil de geur hier nog even opsnuiven, Tomas.'

Hij vindt het prima. Ze lopen een stuk het park in. Hij stopt bij een kleurrijke bloemstruik. Hij bukt en ruikt aan een van de rozen. 'Kom eens, Sharon.'

Ze hurkt naast hem en kijkt naar de bloem die hij vanuit de knop tussen zijn vingers houdt. 'Wat is dit voor een bloem, Tomas?'

Hij lacht. 'De Rosa "Hyde Park". Prachtig omdat de roos niet is wat ze lijkt. Kijk! In de knop heeft deze roos een zachte perzikkleur die bij het opengaan verbleekt en lichtroze wordt. De geur is echt geweldig, ruik je dat?'

Ze komt dichterbij en ruikt. 'Weet je dat ik vooral bang ben dat er een bij uit gevlogen komt? Ik ben als de dood voor alles wat zwart-geel gestreept is!'

'Dat meen je niet! Ze zijn zo ontzettend nuttig! Ik heb zelfs een tijdlang een hommel als huisdier gehad.' Hij lacht zo hard dat ze niet weet of hij nu de spot met haar drijft.

'Ik vind ze gewoon eng. Maar deze roos is wel heel erg bijzonder. Dit moet een grote geurexplosie voor je zijn, of niet?'

'Ik ben vooral stinkend jaloers wanneer ik hier loop. Dit is het domein van Maurizio Cerizza. Hij heeft al 140 parfums op zijn naam staan, wat dat betreft ben ik nog een piepkuiken. Maurizo nam Hyde Park als bron van inspiratie voor zijn Hyde Park parfum onder het label van Hugh Parsons.'

'Label? Zoals bij een platenmaatschappij?' Ze trekt haar wenkbrauwen omhoog.

'Ja, zo zou je het kunnen zien.' Hij laat de bloem los en komt overeind.

'Maar waarom ben je jaloers?'

'Probeer te ruiken, Sharon, en te denken in parfum. De geur die Maurizo ontwikkeld heeft steunt op het hart van Hyde Park, een mengeling van de Damascusroos en de jasmijn, gemengd met de geurnoten van zoete vijgen. Hij heeft er een stevige mannengeur van gemaakt met een romige musk die lang blijft hangen. Die man kan zo spelen met ingrediënten en laagjes; zijn geuren hebben echt diepgang.'

'Bestaat er ook een vrouwengeur gebaseerd op Hyde Park?'

'Nee.'

'Dan maak jij die toch?'

Hij lacht. 'Zo makkelijk is dat niet. Zullen we gaan?'

'Je wisselt net zo snel van onderwerp als de wolken boven ons hoofd overdrijven. Ik denk dat het weer gaat omslaan.'

'In Engeland regent het altijd, hè? Dus we hebben eigenlijk geluk.'

Ze lopen terug naar de metro en onderweg begint het inderdaad te miezeren. Sharon steekt haar kin in de lucht. 'Heerlijk!' De miezer gaat over in druppels en er blijft er een hangen aan haar kin.

Tomas veegt hem af. 'Je bent me er eentje, Sharon.'

'Hoe is die parfum van jou eigenlijk ontstaan? Bryan is gek op je geurlijn.'

'En jij?' Hij pareert haar vraag en is gulzig benieuwd naar haar antwoord, dat ziet ze aan zijn ogen.

'Zoals ik al zei, ik heb er geen verstand van. Maar ik moet zeggen dat wanneer Bryan de geur draagt, ik wel de neiging krijg om hem te bespringen. Dus als dat je idee achter de geur was…'

Tomas lacht. 'Kom, we moeten deze lijn hebben, stap in.'

Weer staan ze in de metro en weer is hij volgepakt met mensen. 'Daar kun je zitten, Sharon. Ik blijf wel staan.' Met tegenzin neemt ze plaats, ze vond het fijner om hem dicht bij haar te hebben. Ze kijkt hoe hij zich vasthoudt aan de hendel van de metro. Zijn benen stevig op de grond.

De metro maakt af en toe een stop en Sharon probeert de gekleurde lijnen op de wand van het rijtuig te ontcijferen. 'Na Leicester Square moeten we eruit.' Hij heeft haar blik gevolgd. De plaats naast haar komt vrij en hij neemt de plek in. 'De geurlijn van Destiné is een van de eerste geuren die ik ontwikkeld heb, meteen een schot in de roos, om het zo maar te zeggen. Er is veel geld in de marketingcampagne gestoken. Een parfum kan nog zo goed zijn, timing is alles en een bulk geld voor de marketing helpt ook.'

'Er gaat echt een wereld voor me open.'

'Dat snap ik. Zonder Maggie was ik nooit zo ver gekomen. Zij was de stuwende kracht en deed alle onderhandelingen. Ik deed alleen waar ik van hield en dat is parfum maken. Mijn pad was eigenlijk al uitgestippeld met mijn doctorstitel in de natuurkunde, een dikke baan bij een grote chipfabrikant. In december een dertiende maand, dat soort dingen. En ik vond het heerlijk, hoor, om diep de natuurkunde in te duiken, maar mijn passie om iets te creëren wat mensen in vervoering zou brengen was groter. Ik durfde niet, Sharon. De beren op de weg kwamen in groepen van twintig uit een touringcar gestapt, ze bleven komen. En wat deed Maggie? Ze was in staat om die beren te temmen. Stuk voor stuk te dresseren. Dat is wat ze voor mij gedaan heeft.'

'Niet alleen voor jou, Tomas. Voor heel veel mensen die genieten van jouw geuren.'

'Ze ging dood en de beren kwamen terug. Groter en bozer dan ooit. Ik weet oprecht niet of ik het kan. Haar wens nakomen.'

Hij valt stil en kijkt naar buiten. Er is niks te zien behalve het voorbijrazende zwart van de metrotunnel.

Sharon legt kort haar hand op zijn been, geen idee waarom. 'Je hield van haar. Dus kun je het.' Ze kijkt hem resoluut aan. De woorden die in haar hoofd ronddansen brengt ze tot zwijgen. *Het is nog te vroeg. Hij is nog niet in staat om je hulp aan te nemen, Sharon.*

'Voor jou is alles simpel of niet?' Hij kijkt haar indringend aan en weer gaan de haartjes op haar armen rechtop staan als dressuurpaarden.

'Meestal wel. Mijn grootste uitdaging is wat ik dadelijk als lunch neem.' Ze geeft hem een knipoog. 'Maar kunnen we daarna naar Harrods? Kijken of ze jouw geur daar hebben, ik wil hem kopen!'

'Je bent ook iemand zonder richtingsgevoel moet ik je zeggen.' Hij rolt met zijn ogen maar Sharon ziet dat hij lacht. *Mooi.*

19

Tomas

Hoe bijzonder is het om met Sharon door Londen te lopen, het leek wel een schoolreisje voor haar. Steeds wanneer ze iets tegenkwam waarvan ze onder de indruk was, nam ze het op een of andere manier mee. Een steentje van de grond. Of als foto op haar telefoon.

Haar eeuwige honger die niet te stillen leek met witte bonen in tomatensaus en een overdaad aan taartjes en scones bleef hem verbazen. En dan nu op weg naar Covent Garden. Het liefst zou hij in de metro blijven staan, dicht bij Sharon. Tomas hield van haar geur en haar onbevangenheid.

'Tomas, je moet eruit.' De stem van Maggie doet hem eerder opschrikken dan de stop van de metro zelf. Zijn benen voelen opeens loodzwaar aan en het zweet breekt hem uit. Dit is zijn halte, dit was zijn uitgang naar thuis. Hier had Maggie hem zo vaak bij de uitgang staan opwachten en dan liepen ze samen hand in hand verder.

'Gaat het?'

De stem van Sharon haalt hem weer naar het nu. Hij kan alleen maar knikken en omdat hij haar niet ongerust wil maken had hij er een glimlach uit geperst. 'We zijn er!'

Samen waren ze naar buiten gelopen. 'En nu, waar gaan we heen? Jouw oude straat?'

Hij wilde dat ze ophield met vragen, maar hij kon het niet over zijn hart verkrijgen om haar af te snauwen. Een groep toeristen staat te overleggen over waar ze heen willen gaan en Tomas kan de geurexplosie niet inkaderen. Hij trekt Sharon mee aan de mouw van haar jasje. 'Kom, die kant op.'

'Je loopt verkeerd, Tomas.'

Voor het eerst zou hij willen dat Maggie erbuiten bleef. Ja, hij wist dat hij verkeerd liep. Maar hij kon het niet. Met een grote omweg liet hij zijn oude appartement links liggen. Hij herkende van een afstand de mooie grote ramen. De ramen met zo veel lichtinval. De ramen waarachter ze plannen hadden gemaakt als buiten de regen op de straat klaterde. De ramen waarachter hij haar had vastgepakt toen de eerste zonnestraal van de ochtend hen had gewekt. Ramen waarvandaan nog zoveel moois te zien was, maar niet zonder haar.

'Kijk, Tomas, daar is het gezellig! Zullen we daar eerst even stoppen voor iets lekkers? Een vroege lunch?' Ze had hem onderzoekend aangekeken en misschien had ze zijn terughoudendheid gevoeld. Het liefst zou hij vragen of ze hem even vast zou willen houden. Gewoon, als troost. Maar hij durfde niet. Zijn keel voelt kurkdroog en zijn handen klam van het zweet. 'Ja, iets drinken lijkt me goed. En jij mag iets eten.' Weer een glimlach. Ze had onzeker teruggelachen. En opeens voelde hij haar hand in de zijne. Hij had het zo gelaten. Samen liepen ze het straatje in met de pubs. Ze was op zoek naar het perfecte plekje, dat zag hij aan de manier waarop ze keek en waarop ze liep. Twijfelend bijna. En toen had hij haar losgelaten. Abrupt.

'Sharon, sorry. Ik moet weg. Kun jij een taxi terug naar huis nemen? Op mijn kosten natuurlijk.' Hij had haar antwoord niet afgewacht en was vertrokken. Weg van hier en van al die pijn.

20

Sharon

'Nee, Bryan, dit is echt niet grappig. Leuk dat je al aan de wijn zit en zo, maar ik sta hier nu moederziel alleen in Londen!' Het huilen staat Sharon nader dan het lachen.

'What happened?' Bryan is gestopt met dollen en kijkt via de FaceTime-verbinding in de moedeloze ogen van Sharon. 'Je bent doorweekt, Sharon. En je mascara zit overal behalve op je wimpers.'

'Ik weet niet wat er gebeurd is. We hadden het leuk samen en waren op weg naar een lunchtent. En opeens nam meneer de benen.'

'Letterlijk? Ik bedoel, rende hij gewoon weg?'

'Neehee.' Ze kijkt hem geïrriteerd aan. 'We kwamen blijkbaar langs zijn oude appartement, maar dat zei hij pas toen we er al voorbij waren. Ik vond hem al verdacht stil opeens. En toen vroeg hij of ik het erg zou vinden om op zijn kosten een taxi te nemen die me terug zou brengen naar ons appartement. Hij moest even iets oplossen.'

'Unfinished business. Aha, ik snap het.' Bryan wrijft over zijn kin alsof hij een belangrijke uitvinding gaat doen. Dan hoort ze een stem op de achtergrond en voor ze er erg in heeft, is het niet Bryan naar wie ze kijkt, maar Goof. Ze heeft de neiging om de verbinding te verbreken.

'Sharon, lieverd. Gaat het?' Bryan weer.

'Sharon. Heb jij Tomas gewoon laten gaan, in zijn toestand?' zegt Goof.

In haar hoofd is nu kortsluiting, waar bemoeit Goof zich mee?

'Sharon, waar ben je nu? Taxi genomen?' Bryan weer.

'Nee, ik heb geen taxi genomen. Ik kan de weg zelf ook wel terugvinden. Denk ik. En, nee, het gaat niet. En ik weet niet in welke toestand Tomas was, Goof, want ik kan niet in zijn hoofd kijken! Verder nog vragen? Dan ga ik me nu ook bezatten. Veel plezier met jullie wijndag!' Ze verbreekt de verbinding en kijkt om zich heen. Londen is snel vandaag. Toeristen mengen zich met snelle zakenyuppen en de kroegen kruipen langzaam vol. Ze merkt dat ze honger heeft gekregen, misschien moet ze ook het café in lopen en gewoon wat gaan eten. Ze kan Londen in haar eentje ook wel aan, al moet ze toegeven dat ze geen idee heeft waar ze is. Ze opent de deur van een café en zoekt een plekje. De muziek staat hard en eigenlijk heeft ze zin om weer naar buiten te rennen. De ober staat echter al naast haar en kijkt haar vragend aan. Ze bestelt een cola en hoopt dat ze er weer een schijfje citroen in doen. Ze vraagt ook om een gepofte aardappel en kijkt dan om zich heen. Gemoedelijk is het hier wel. Mensen lachen, eten en drinken. En zij? Gedumpt in Londen?

Haar telefoon piept en ze kijkt of het een berichtje van Tomas is. Ergens knaagt er toch een bezorgd gevoel in haar maag, waar ook de dampende aardappel niks aan kan veranderen. De manier waarop hij was weggelopen, voorovergebogen en zijn hoofd van haar afgewend, vluchtend voor zijn eigen verdriet. Wat een rollercoaster vandaag hier in Londen. Misschien moest ze hem ook gewoon even alleen laten met zijn verdriet. Dat had zij toch ook wel eens? Hoe fijn het ook was dat Bryan haar opving na het doordraaien van haar vader, ze had ook tijd nodig gehad om even in haar uppie diep door het dal te gaan. Idem bij de scheiding van haar ouders, ze had een time-out nodig gehad van alles en iedereen. Haar boosheid maakt langzaam plaats voor een groot gevoel van medelijden. Het was haar moeder met een berichtje om haar sterkte te wensen.

Ze eet haar lunch op en betaalt. Ze geniet van de woorden die de ober tegen haar uitspreekt: '*Have a nice day, love.*'

En dan staat ze weer buiten. Wat nu? Ze opent haar telefoon en zoekt naar het warenhuis Harrods. Alleen moet ze dit ook kunnen vinden en anders kan een taxi haar er vast naartoe brengen. Ze grinnikt. Wereldreizigers nemen ook wel eens een taxi, toch? Ze loopt naar de hoek van de straat en kan meteen meerijden. Ze moet wennen dat de taxichauffeur aan de verkeerde kant zit. 'Eerste keer in Londen?'

Sharon schudt haar hoofd en glimlacht naar de taxichauffeur. Hoe hij het hoofd koel kan houden in deze chaos op de weg is haar een raadsel. Ze heeft ooit gehoord dat de taxichauffeurs in Londen een belachelijk moeilijk examen moeten afleggen om überhaupt te mogen rijden hier. Ze probeert plekken te herkennen en zo veel mogelijk plekjes te onthouden waar ze nog naartoe wil. De rit naar Harrods duurt niet lang en voor ze er erg in heeft staat ze voor het grote imposante gebouw. Jammer dat het nog geen kerst is, dan was het hier vast nog mooier geweest. Dit is de Bijenkorf in het kwadraat! Het personeel is hoffelijk, de drukte enorm. Ze weet niet waar ze moet beginnen en loopt dan toch maar meteen naar de parfumafdeling. Geuren, geuren en nog eens geuren. Ze verdwaalt tussen Dior en Bond No. 9, het ene flesje nog mooier dan het andere. Dames met een tandpastaglimlach spreken haar aan en sproeien haar vol met snufjes parfum. 'Pardon, ik zoek Destiné?'

De dame neemt haar mee naar de andere kant van de afdeling en wijst het parfum aan. 'Wilt u hem even proberen?'

'Nee, ik wil hem gewoon kopen.' Op een of andere manier wil Sharon de geur niet opgespoten krijgen hier in deze winkel, ze wil de geur zelf ontdekken. Ze kent de mannelijke variant omdat Bryan zich hier altijd kwistig in wentelt, maar de vrouwelijke geur kent ze niet. De flacon ziet er mooi uit, vooral de dop is prachtig. Maggie heeft hier een hand in gehad, had Tomas zich laten ontvallen. Net zoals Maggie had meegedacht over de marketingcampagne. Sharon zucht en gaat dan het flesje afrekenen. Ze heeft geluk, er zit korting op. Ze kijkt nog eens rond en ziet al die geuren met elkaar concurreren om gekozen te worden. Het feit alleen al dat Destiné hier te koop is, wil wat zeggen. Een gevoel van trots borrelt samen met een plannetje in haar hoofd omhoog. *Maggie kan vast wat hulp gebruiken!*

Sharon laat het warenhuis verder voor wat het is. Ze wil Londen proeven en dat kan alleen door buiten te zijn. Resoluut zoekt ze naar de metro en loopt naar binnen. Met het kaartje dat Tomas vanmorgen gekocht heeft, kan ze alle kanten op. Ze weet waar ze heen wil. Ze checkt op haar telefoon de vertrektijden, dat is toch veiliger dan het bekijken van al die lijnen op de kaart in de metro, en ziet dat ze twee keer moet overstappen. Ze slikt een keer en neemt dan haar vuurdoop door de metro in te stappen. Geen Tomas om te vertellen wanneer en waar ze eruit moet. Een zwerver komt naast haar staan en vraagt om geld. Hij stinkt en Sharon ziet dat hij geen schoenen draagt. Ook dat is Londen. Het contrast met het statige Harrods is groot. De man loopt verder naar een volgende passagier, hopend op meer medeleven. Het volgen van de lijnen van de metro en de overstappunten blijkt makkelijker dan gedacht en Sharon is trots wanneer ze een kwartier en twee keer overstappen later op de plaats van bestemming is. Embankment! De stem van de man. De deuren van de metro gaan open en Sharon spitst haar oren. '*Please mind the gap between the train and the platform.*'

Ze kan wel janken. Ze stapt uit. Net zoals al die andere passagiers, ieder op weg naar een eigen bestemming. Hier diep onder de grond van Londen vindt Sharon troost. Troost voor het diepe verdriet wat net zo goed verstopt zat als het buizenstelsel van de metro. Ze gaat op een van de bankjes zitten en kijkt hoe de mensen de metro weer in stappen en weer hoort ze de stem 'Mind the gap' zeggen. Ze sluit haar ogen. Zou de weduwe hier ook wel eens zitten, gewoon om even bij haar man te zijn?

'Ik wist dat je hier zou zijn!'

Sharon kijkt in de ogen van Tomas. Hij gaat naast haar zitten. 'Sorry dat ik je alleen liet. Het werd me te veel.'

'Het is al goed.' En dat meent ze, merkt ze.

'Ik ben gewoon gaan lopen. Drie keer heen en terug door mijn oude straat. En toen heb ik aangebeld.'

'O?'

'Ja, geen idee waarom. Ik wilde weten of onze geur er nog hing.'

'Die uitleg heb je hoop ik niet aan ze gegeven, toch?'

'Nee. Ik snap inmiddels dat zoiets raar is. Ik heb gewoon verteld dat ik er gewoond heb en dat ik mooie herinneringen had aan de plek en dat ik even hallo wilde zeggen.'

'Hallo huis!' Sharon giechelt de spanning eruit.

Ze lachen en kijken elkaar aan. 'Ja, hallo huis, dag deur en doei dak. Zoiets.' Tomas schudt zijn hoofd. 'Maar jij hebt gewoon zelf de metro gepakt?'

'Ja. En de taxi. Maar ik kan nu op eigen benen staan. Ik heb iets gekocht!' Ze doet haar tas open en haalt het flesje parfum eruit.

'Harrods? Je bent daar gruwelijk afgezet, denk ik.'

'Er zat korting op.' Ze voelt zich trots op haar ik-tem-Londen-zelf-wel-actie.

'Hoe vind je hem ruiken?' Hij kijkt haar nieuwsgierig aan en Sharon beseft dat haar mening belangrijk voor hem is.

'Ik heb hem nog niet geroken. Dat wilde ik hier op de metrohalte gaan doen.'

'En dan noem jij mij raar?' Hij pakt het flesje uit haar handen en haalt de dop eraf. Ze steekt haar arm uit en stroopt de mouw van haar jas iets omhoog.

'Mag ik?'

'U mag.' Ze geeft hem een knipoog. Bijzonder hoeveel vriendschap ze voor deze man is gaan voelen in korte tijd. Aftastend, dat nog wel. Als twee jonge honden die om elkaar heen draaien en het na het uitwisselen van beleefdheden op een rennen zetten.

Hij drukt het dopje van de parfum in en ze voelt de geur neerdalen op haar huid. 'Niet wrijven!' Hij houdt haar andere hand tegen waarmee ze de geur wil verdelen. 'Nooit doen.' Dan streelt hij zacht een lok haar bij haar weg en stopt hem achter haar oor. Hij buigt haar hoofd een beetje zodat haar hals bloot komt te liggen. 'Op dat plekje daar komt deze geur goed tot zijn recht.' Hij spuit nog een beetje parfum in haar hals. Ze doet haar ogen dicht. Dat de metro langskomt, stopt en dat er mensen uit- en instappen merkt ze niet. Ze hoort de stem. Ze voelt zijn adem. En ze ruikt een geur waardoor ze betoverd raakt. Hij duwt zachtjes zijn neus in haar hals. 'Deze tonen passen bij jouw eigen lichaamsgeur. Het is een match.'

'Ja, dat geloof ik ook. Tomas, ga die geur van Maggie en jou maken! Dat ben je aan de wereld verschuldigd. Je hebt echt talent. Voor het eerst beleef ik een geur. Het is zoveel meer dan "iets" in een flesje met een mooie verpakking. Ik snap nu wat Maggie van je wil!'

'Maar het is zo persoonlijk, het zijn mijn herinneringen aan haar. Aan hoe gelukkig we waren, vermengd met hoeveel pijn het deed en nog doet.'

'Nee, het is universeel. Het is de geur van liefde en van hoop. Snap dat dan, Tomas. Dit hier, de stem van die man, dat is hoop en liefde.

Een plekje om naar terug te gaan en om de liefde terug te halen, dat wil iedereen.' Sharon kijkt hem smekend aan, haar ogen nog vol vuur van haar betoog.

'Ik weet het niet.' Hij kijkt bedrukt en onzeker. Ze zou hem het liefst door elkaar rammelen en doodknuffelen tegelijk.

'Maggie wist het wel. En ik ook.' Ze houdt haar pols onder zijn neus. 'Ik wil meer van jou, Tomas. Deze geur zal ik elke dag dragen om jou eraan te herinneren dat je een taak te volbrengen hebt.'

Hij tikt haar op haar neus. 'We gaan. Weg hier, de buitenlucht in. Wat heb je gegeten eigenlijk? Drie hamburgers?' Hij lacht.

'Zoiets. Wanneer gaan we dineren?' Ze steekt haar arm door de zijne.

21

Tomas

Hij had het prima gevonden om eten af te halen. Beiden hadden geen zin in een restaurantje maar verlangden naar de knusheid van het appartement. 'Toch apart of niet, twee vreemden struinen heel Londen af en zitten nu samen in een appartement moe te wezen van alle indrukken.' Hij kijkt haar aan en geniet van de manier waarop ze op de bank hangt met een kussentje op haar schoot.

'Ik had het niet willen missen.' Sharon rekt zich uit en hij volgt haar blik naar de sierlijke wandklok. 'Het is al laat en ik ben doodop, al betwijfel ik of ik kan slapen. Wat gaan we morgen doen?' Ze onderdrukt zichtbaar een geeuw.

'Ja, het is laat. Ik kruip er ook in. Misschien dat ik eerst nog wat werk aan het samenstellen van mijn nieuwe geur, maar daar heb jij geen last van. Morgenavond zou ik je graag meenemen naar West End voor een musical.' Hij voelt een lichte tegenzin om deze avond al welterusten te zeggen.

'Is dat iets wat je met Maggie deed?' Klopt het nu dat haar stem een beetje hapert bij die vraag?

Hij besluit een eerlijk antwoord te geven. 'Ja. Ze was er gek op. En ik daardoor ook.'

‘Wil je dan niet liever alleen gaan? Ik wil niet in de weg zitten.’

‘Hoe bedoel je dat?’ hij neemt haar peinzend op. Wat is haar vraag achter de vraag?

‘Is ze bij je?’ Sharons stem klinkt zacht.

‘Hoe bedoel je dat?’ Hij lijkt op een kapotte grammofoonplaat, maar de vraag doet zijn lijf verstrakken.

‘Haar energie, haar geest…’

‘Ik ben natuurkundige, Sharon, ik doe daar niet aan. Ik geloof in bewezen feiten.’ Misschien dat hij nu norser klinkt dan hij zou willen.

‘En toch praat je tegen haar.’ Het is een simpele constatering die Sharon doet.

‘Ik roep haar op in mijn gedachten. Dat is iets anders. Mijn eigen geest creëert haar.’

‘Je kunt ook tegen mij praten, Tomas.’ Sharon staat op en loopt naar haar eigen kamer. Hij blijft doodstil zitten. Een paar minuten lang. Dan staat hij op om naar zijn kamer te lopen. Voor het eerst draait hij zijn deur op slot. Die klik voelt als een afwijzing of een terechtwijzing en op dat moment voelen zijn benen aan als pap. Tomas laat zich op het bed vallen en een dof gevoel vult zijn hoofd. De grote vraag waarom hij hier in godsnaam is komt als grote schreeuwerige neonletters op hem af.

Hoelang hij daar heeft gelegen weet hij niet, maar dan voelt hij de onweerstaanbare drang om met haar te praten. Om Sharon te zien. Bij haar te zijn. Zou ze daar nu nog voor openstaan?

22

Sharon

'Sharon, slaap je?'

Ze knijpt haar ogen dicht. Ze kan hem negeren en dat zou waarschijnlijk het beste zijn, maar toch zegt ze zachtjes nee. 'Nee, nu ben ik weer wakker.'

'Sorry. Mag ik binnenkomen?'

Ze zucht. 'Ja.'

Onhandig staat hij in de deuropening, dan loopt hij naar de stoel naast het raam. Ze knipt het nachtlampje aan en gaat rechtop in bed zitten, het kleurrijke dekbed hoog opgetrokken, als een zachte muur om zich te wapenen tegen wat komen gaat. Misschien was ze te ver gegaan en was hij hier om te vertellen dat hij morgen zijn weg alleen zou vervolgen.

'Ik zit vast in mijn hoofd en het lukt me niet om eruit te komen. Zelfs het gefluister van Maggie helpt me niet. Ik heb nieuwe geluiden nodig, Sharon, maar het lijkt alsof alles nog steeds gefilterd wordt door een zeef van verdriet.' Hij laat zijn hoofd in zijn handen vallen alsof hij steun nodig heeft, maar misschien wil hij zijn emoties verbergen.

'Weet je wat ik jou gun, Tomas? Dat je weer naar jezelf gaat luisteren. Luister niet naar anderen, niet naar gefluister, niet naar de wereld, maar luister naar wat jij zelf te zeggen hebt. Ik weet dat jij dat kunt, je moet gewoon stoppen met verstoppertje spelen. Kom terug, heb verdriet, rouw, maar kom boven.'

Hij lijkt niet geluisterd te hebben, plots kijkt hij haar aan. 'Soms lijk je op haar.'

'Wanneer dan?'

'Nu bijvoorbeeld, wanneer ik mijn ogen tot spleetjes knijp en jij je haren zo in die knot op je hoofd hebt...'

Ze haalt resoluut de knot uit haar haren en waaiert haar lange haren uit. 'Doe je ogen dan maar goed open, Tomas, want ik wil niet op haar lijken en ook niet naar haar ruiken!' Haar stem slaat over van de emotie. 'Weet je op wie jij soms lijkt? Op mijn vader. Die is ook knettergek! Met zijn achterlijke idee om het leven van mensen te reconstrueren uit de inhoud van hun koffers. Hij is zo ontzettend op zoek naar geluk en romantiek, naar het mooie goede leven, dat hij zelf vergeten is dat het geluk altijd al voor zijn neus heeft gestaan. En jij? Je ruikt alleen maar wat je wilt ruiken en je vergeet te kijken en te voelen.' Ze is niet boos, meer wanhopig, verdrietig en alleen.

'Vergeef me, Sharon. Ik vergelijk jou niet met haar. Het was maar een flits waarin ik iets zag wat ik ooit ben kwijtgeraakt. Je ruikt niet naar haar. Jij ruikt naar het leven, vermengd met de geur van rozen, de zon en de wind. Jij bent een dynamiek die niet te vangen is, zelfs het ritme van deze stad houdt jou niet bij. En ik ook niet.' Hij staat langzaam op uit zijn stoel en loopt naar haar toe. Zacht drukt hij een kus op haar voorhoofd. Zijn ogen zijn donker, als een nacht waarin de sterren hun best doen om te stralen, maar hoe ze ook proberen de aarde te bereiken, het lukt ze niet. De bewolking is sterker. En zo is zijn gemis. Tijd heelt alle wonden, maar soms is die tijd er niet. Dan sluiten de deuren die op een kier stonden voor nieuw geluk en is die kans voorgoed voorbij.

Bij de deur blijft hij aarzelend staan. 'Weet je wat zo mooi aan jou is, Sharon? Je hebt alle sproetjes van de wereld in je gezicht.'

Ze raakt haar gezicht aan en ze weet dat ze bloost. Hij is achter de deur verdwenen. Sharon knipt het lichtje uit en weet dat ze niet zal slapen deze nacht. En hij waarschijnlijk ook niet. Ze voelt zijn ademhaling door de deur. Zijn onmacht en zijn pijn vermengd met een sprankje hoop. Misschien is de kier toch nog niet helemaal dicht...

Na een uur onrustig woelen staat Sharon op. Haar blote voeten zakken weg in het tapijt. Ze loopt naar het raam en schuift het gordijn een stukje aan de kant. Londen slaapt en dat zou zij ook moeten doen. Ze hoort geschuifel aan de andere kant van de deur. Ze loopt naar de tussendeur en klopt zachtjes. 'Tomas?'

'Ja?' Zijn stem klinkt hoopvol en er is geen spoortje slaap in te ontdekken.

'Mag ik binnenkomen?'

'Ja.' Zachter nu dan daarvoor.

Ze loopt zijn kamer in en ziet hem aan het bureau zitten. Hij was blijkbaar druk aan het werk. De vloerbedekking bezaaid met propjes papier. 'Zo ouderwets nog? Alles op papier?'

'Papier is geduldig. Bovendien ruikt dit papier naar een belofte.' Hij reikt haar een stuk papier aan.

Ze ruikt eraan en haalt haar schouders op. 'Mijn neus is op dit tijdstip nog niet wakker.' Hij lacht zijn warme lach. Wat zou ze graag dichter naar hem toe komen nu. Wat zou ze graag wegdromen in zijn armen, hij zou haar wiegen en sussen en dan zou de slaap haar meenemen. Ze schrikt van haar eigen gedachten. Waarschijnlijk heeft hij op die manier afscheid genomen van Maggie.

'Waar dacht je aan? Je gezicht vertrok.' Hij pakt haar handen vast en wrijft met zijn duimen over de huid van haar handen. 'Zacht zijn ze, je handen.'

‘Nee, laat maar. Wat was jij aan het doen?’

En dan trekt hij haar naar zich toe zodat ze tussen zijn benen komt te staan. Hij pakt haar middel vast en legt zijn hoofd tegen haar buik. Ze kroelt door zijn haren. Dan begint hij te praten. Zijn stem heeft houvast nodig van haar lichaam. ‘Wist je dat er in de wereld maar een paar parfumeurs zijn? Het is een zware opleiding en je moet bijvoorbeeld pittige gerechten vermijden, alles kan je reukvermogen aantasten. Zonder mijn neus ben ik niks, zonder dat en het kunnen onthouden van drieduizend basisgeuren.’ Hij wrijft langzaam over haar rug en het kost Sharon moeite om haar aandacht bij zijn verhaal te houden, misschien ook wel omdat hij in haar schoot mompelt. ‘Wanneer ik echt aan het werk ga om een parfum te maken, ben ik de hele dag bezig met het ruiken en analyseren van geuren om een nieuwe parfum samen te stellen. Ik ben dan geen goed gezelschap. Dat was ik ook niet voor Maggie. Ze noemde me een gekooide ijsbeer. Al mijn passie ging in die geur zitten.’

‘Daarom ruikt je parfum ook zo geweldig.’ Ze tilt zijn hoofd een stukje omhoog zodat ze hem aan kan kijken.

‘En wat heb ik daar nu aan? Ik heb mijn tijd verspild aan die parfum, tijd die ik aan Maggie had kunnen geven.’

Ze maakt zich los uit zijn greep en kijkt hem aan. Dan gaat ze voorzichtig op zijn schoot zitten en vlijt haar hoofd in zijn nek. ‘Maak die geur waar Maggie je om gevraagd heeft, Tomas, een mooier eerbetoon aan jullie liefde bestaat er niet. Je zult de wereld opnieuw veroveren.’

‘Ik ben alles kwijtgeraakt, Sharon. Mijn meisje en mijn vermogen om mijn geuren te doorgronden!’

‘Ik denk dat je gewoon bang bent. Maar dat is nergens voor nodig. Jij hebt mij een vleugje Londen gegeven en ik weet zeker dat ik die geur nooit meer kwijtraak. Je hebt een gave, Tomas, waag het niet die te verspillen. Ik weet zeker dat Maggie bij je komt spoken en ik ook!’

Hij kust haar op haar neus. En dan in haar nek. Totdat ze langzaam gewend zijn aan het idee om zich te verliezen in een kus. Hun monden vinden elkaar, angstig en afwachtend, maar met een opgebouwde spanning waarmee alle billboards in Londen verlicht zouden kunnen worden. Hij staat op en neemt haar in zijn opwaartse gang mee omhoog in zijn armen. Ze heeft haar armen om zijn nek geslagen. Zachtjes legt hij haar op bed. 'Ik weet niet of ik het kan, Sharon...'

'Je kunt alles, Tomas, je moet het alleen willen.' Ze gaat door met het geven van zachte kusjes in zijn nek. Hun monden zoeken opnieuw naar de magie van daarnet. Ze is er nog en die ontdekking laat hun passie nog verder ontvlammen. Ze wil verdwijnen in zijn armen en ze voelt dat hij ook op zoek is naar troost. Maar het is meer dan dat. Hij neemt haar in zich op met een overgave aan emoties waarvan ze bijna bang wordt. De opwinding is sterker dan alles wat ze denkt en sterker dan alles wat haar hiervan zou kunnen weerhouden. Zijn handen zijn kundig en bezoeken alle plekjes op haar lijf. Langzaam maar vol begeerte trekt hij haar T-shirt uit. Zijn handen strelen haar bovenlijf. Ze trekt hem naar zich toe en trekt ook zijn shirt uit. Haar handen raken zijn rug aan, masseren zijn spieren, terwijl hun monden elkaar blijven beminnen. Het duizelt haar. Even stopt hij met zoenen en hij kijkt haar aan. Zijn ogen glimmen als duizend lantaarns, maar zijn gezicht staat serieus. Het is een mengeling van begeerte en ongeloof. Ze lacht naar hem en trekt hem weer naar zich toe. 'Jij bent mijn Londen.' Ze fluistert de woorden en hij kust haar opnieuw in haar nek. Ze klemt haar benen om hem heen, haar lijf is niet meer in staat om tijd te rekken, ze wil versmelten in het moment, met hem. De man die haar vanaf het eerste moment had weten te intrigeren. En dan plots, zonder enige waarschuwing, zonder maar het kleinste signaal, is het voorbij. Ze huivert. Hij is opgestaan en kijkt haar aan alsof hij water ziet branden, alsof hij net de grootste vergissing van zijn leven heeft gemaakt.

'Tomas?' Haar stem is onvast en haar mond is kurkdroog. Het lijkt wel alsof ze na een dronken nacht plots weer nuchter is. 'Wat is er?' Ze steekt haar hand uit in de hoop hem weer terug in bed te krijgen. Hij staat daar, roerloos. Als versteend.

'Is het Maggie?'

Hij knikt schokkerig.

'Het is toegestaan om weer verliefd te worden, Tomas. Echt waar. Het mag.' Sharon veegt de tranen van haar wangen. Hij deinst achteruit.

'Nee. Nee, dat mag niet. Ik zou mijn liefde voor haar verraden. Maggie zou het niet willen.'

'Als je dat echt denkt, heb je haar nooit goed gekend, Tomas. Of anders is ze een grote egoïstische trut!'

Sharon slaat haar hand voor haar mond, maar Tomas draait zich al om, blijkbaar niet meer in staat haar aan te kijken. Ze stapt uit zijn bed, trekt haar T-shirt aan. De geur van verlangen ebt langzaam weg. Haar voeten zakken weg in het tapijt en laten sporen achter van wat had kunnen zijn. De deur valt dicht en ze draait het slot erop. Ze weet dat ze morgen afscheid zal nemen van Londen. Ze zal er nooit meer terugkeren, dat staat vast.

Deel 3

23

Sharon

'Bryan? Waar ben je? Ik sta hier al een uur te wachten.' Ze speurt de aankomsthal af met haar ogen, al vertroebelen haar tranen het zicht. Sharon voelt zich een slap hoopje ellende.

'O, hemel. Ik ben echt helemaal de tijd vergeten. Er was iets met Goof en van het een kwam het ander.' Sharon voelt zijn grijns door de telefoon heen en kan wel raden wat 'dat andere' dan was.

'Dus jij vergeet de tijd? Je weet hoe ik eraan toe ben! Ik vraag niet veel in onze vriendschap, Bryan, maar dit hier is míjn moment. Je had er gewoon moeten zijn! Dat is vriendschap namelijk; er zijn op de momenten die ertoe doen.' Prompt hangt ze de telefoon op en negeert zijn terugbelactie. Het duurt even voordat Sharon haar tranen heeft weten terug te dringen, maar de pijn van eenzaamheid blijft op haar drukken. Met haar ogen dicht laat ze alle gevoelens binnenkomen. Londen, Thomas en nu Bryan…

Ze heeft geen idee meer hoe ze bij het huis van haar moeder is gekomen, ze kan alleen maar hopen dat haar moeder thuis is.

'Mam? Mag ik binnenkomen?' Haar wangen vlekken van het huilen en haar mascara heeft haar omgetoverd tot een wasbeertje.

'Wat doe jij hier? Je zat toch in Londen?' Patrice laat Sharon binnen en neemt haar jas aan. Een last valt van Sharons schouders. Ze is thuis. Niet naar haar vader gerend, maar naar haar moeder. Ze was zelf verbaasd geweest over die keuze, maar het was haar eerste ingeving en ze had zich weer een klein meisje gevoeld. Opeens kwamen de herinneringen naar boven van een vervelende schooldag op de basisschool, alles was misgegaan die dag en bovendien had Sharon ruzie gekregen met haar beste vriendinnetje van toen. Ze wist niet hoe snel ze naar huis moest komen, het leek wel of haar benen van pap waren gemaakt. Haar moeder had de deur opengedaan en haar zonder woorden opgevangen. Drie koekjes en een beker warme chocomel later was de wereld weer in orde. Sharon kijkt naar de kapstok in de gang. Dezelfde kapstok had door de jaren heen alle jassen gedragen die gepaard gingen met de fasen van haar leven. Van kleine schattige kleuterjasjes tot aan een stoere leren jack...de geur van al deze jassen droeg herinneringen met zich mee. Ze sluit haar ogen, ze wil niet terugdenken aan Tomas.

'Kom, lieverd. Ga zitten en praat.'

Haar moeder heeft een arm om haar heen geslagen en samen lopen ze naar binnen. Op de bank trekt Sharon meteen een kussen naar zich toe en legt het op haar schoot, pure troost en veiligheid.

'Dekentje?' vraagt haar moeder.

Sharon knikt.

Haar moeder trekt Sharons schoenen uit en legt er een dekentje overheen. 'Thee?' Weer knikt Sharon. Haar moeder verdwijnt in de keuken en ze hoort de waterkoker borrelen.

'Mam? Kun je misschien warme chocomelk maken?' Sharon is naast haar moeder komen staan en heeft haar armen om haar moeder heen geslagen.

'Verlang je terug naar vroeger, mop?'

'Toen leek alles zo simpel of vergis ik me?' Sharon laat haar moeder los en leunt tegen het aanrecht.

'Ik denk dat jij je daarin vergist. Ik herinner me nog heel goed hoe gestrest je was om alle Cito-toetsen, hoe gebroken je hart was nadat Jeroen nee had gezegd, hoe... nou ja, hoe in jouw ogen de wereld verging.'

'Hoe was dat eigenlijk voor jou als moeder om mee te maken?'

Haar moeder glimlacht. 'Op dat moment verging de wereld ook een beetje voor mij. Ik had het liefste al die Cito's voor je gemaakt en die Jeroen had ik door elkaar willen rammelen, maar ik ben blij dat jij er zelf doorheen bent gekomen.'

'Met jouw chocomelk dan, hè!' Sharon voelt de rust terugkeren in haar lijf.

'Chocolademelk is en blijft een vrouwending, denk ik. Maar die momenten met jou samen, wanneer je verdrietig was, die koester ik. Ik herinner ze me nog allemaal, ik kan zelfs de pijn van toen weer naar boven halen.'

'Ik was er niet voor jou, hè, toen je verdrietig was om papa?' Sharon voelt haar hart bonzen in haar keel. Ze weet dat ze haar moeder danig in de steek had gelaten door partij te kiezen voor haar vader. En dat terwijl er niet eens twee kampen waren. Ze had een aanname gedaan en gekozen voor de underdog. Ze kijkt haar moeder aan, ondanks de angst om diep verdriet te lezen in haar moeders ogen.

'Je was er wel voor me, Sharon. Je hoeft jezelf geen verwijten te maken. Het was voor iedereen moeilijk. Je hebt papa erdoorheen geholpen en dat was heel veel waard.' Patrice rommelt in een van de keukenkastjes en Sharon weet dat haar moeder nu afleiding zoekt.

Ze pakt haar moeders schouders vast. 'Jij gaat zitten, ik maak die chocomelk en dan gaan we praten. Hoe moeilijk dat ook is.'

Haar moeder knikt, draait haar hoofd weg en Sharon weet dat ze huilt. Ze weet ook dat haar moeder dadelijk weer kaarsrecht op de bank zit en de teugels weer in handen heeft. Haar buik doet pijn wanneer ze aan Londen denkt maar dat komt later wel. Misschien moet ze eerst het oude zeer opruimen, puinbrok voor puinbrok. Tegen de tijd dat ze met twee mokken chocolademelk de kamer in komt gelopen, staat haar moeder inderdaad weer sterk in haar schoenen.

'Lekker, Sharon. Maar vertel, wat doe je hier?'

'Later, mam, we hadden het over jou.'

Patrice glimlacht. 'Dat weet ik en dat komt ook echt wel. Maar wat doe je hier? Je was in Londen en nu zit je hier.'

Sharon zucht diep en wrijft een pluk haar achter haar oor. 'Het was zo verwarrend allemaal, mam. Tomas en zijn zoektocht naar de perfecte parfum. Het was alsof er iemand met ons meereisde: zijn overleden vriendin Maggie. Soms leek hij haar bijna vergeten te zijn, maar het volgende moment kwam zijn schuldgevoel daar als een olifant overheen gewalst en viel alles stuk. Niet te lijmen. Ik heb dingen gezegd waarvan ik vreselijke spijt heb, mam.'

'Alles is te lijmen. Het moet het alleen wel waard zijn om energie in te steken. Is Tomas dat waard?'

Sharon denkt even diep na, de vorige nacht komt in een zoete herinnering naar boven. De verbinding tussen hen was voelbaar en intens geweest. Maar de manier waarop hij het moment had verbroken was meer dan pijnlijk geweest.

Haar moeder onderbreekt haar gedachten door haar zachtjes over haar rug te wrijven. Sharon begint weer te praten, misschien meer tegen zichzelf dan tegen haar moeder.

'Ze zit nog te diep in hem. Veranderingen zijn moeilijk voor Tomas. Wanneer hij zichzelf geeft aan iemand, dan is dat voor het leven. Maggie wist dat, denk ik. En misschien was het ook wel haar grootste angst. Misschien vroeg ze hem daarom om vooral verder te gaan met parfum maken. Als hij dat kan, dan kan hij ook weer openstaan voor al het andere wat het leven te bieden heeft. Maar mij is het niet gelukt om tot hem door te dringen.'

'Dat weet je niet, Sharon. Ik denk dat je te snel hebt opgegeven.'

'Nee. Dat hele ge-Maggie vreet aan me. Ze was vast fantastisch en ik ben echt niet jaloers of zo, maar....'

'Je wilt hem niet delen met een geest?'

'Stel je voor, mam, jij hebt een date en je praat alleen maar over papa. Wat denk je? Ik denk niet dat jouw date gaat voorstellen om de rekening te betalen.'

Patrice begint hard te lachen en Sharon kan niet anders dan meedoen. Wanneer ze uitgelachen zijn, uit Sharon wat haar dwarszit. 'Maar, mam, dan kom ik eindelijk een leuke man tegen en dan bezwijkt hij onder zijn bagage.'

'Je kunt hem helpen dragen, Sharon. Zet je eigen ego en trots opzij.'

'Is dat wat jij deed met papa?' Ze weet dat er zo veel waarheid in de woorden van haar moeder zit. Een waarheid die pijn doet, want wat zegt dit over haarzelf?

'Je laat niet los, hè?' Patrice zucht en gaat verzitten, ook zij pakt een kussen op haar schoot. Houvast.

'Ik wil het gewoon graag weten, mam.'

'Je vader was al ziek toen ik hem leerde kennen. Hij had goede medicijnen waardoor hij en ook ik er weinig last van hadden. Hij was er eerlijk over, althans, voor zover ik weet. Ik was betoverd door zijn vrije geest, door zijn vermogen om kind te zijn in een wereld waarin iedereen van alles van je vraagt en verwacht. Dat wat ik het meest in hem bewonderde, ging me later steeds meer tegenstaan. Dat is vaak zo in een relatie, denk ik. Toch hield ik zielsveel van die man, hij hoefde me maar aan te kijken met die ogen van hem en ik was verloren.'

Sharon kijkt naar de blik in haar moeders ogen die nu zacht en teder is, geen harde tante in makelaarsland.

'Je vader wilde zichzelf ontwikkelen, groeien! Hij had de ruimte nodig en die vond hij niet bij een baas. We kozen ervoor dat hij zijn roeping ging volgen en dat ik voor het inkomen zou zorgen. Die keuze namen we beiden vol overgave. Dat was het mooie aan je vader, hij verkocht luchtkastelen en avonturen. Hij was diegene die mij meenam in zijn dromen. Hoe speciaal was dat!'

'Ik denk dat ik je begrijp.' Sharon kijkt haar moeder onderzoekend aan. Bijzonder dat je zo met elkaar verbonden bent maar nooit echt weet wie de ander is. Haar moeder was altijd haar moeder en nu krijgt ze voor het eerst dit inkijkje in haar moeder als vrouw.

'Je vader kon vaak niet slapen, dan lag hij te woelen of hij stond op. Ik werd daar altijd wakker van, een lege plek in het bed. Hoe moe ik ook was en hoe vroeg ik ook op moest, ik stond op en nam je vader mee in de auto.'

'In de auto?' Ze slaat een hand voor haar mond.

'Ja, de enige plek waar hij kon slapen. We reden rond en ik moest vertellen over de huizen die ik nog zou gaan verkopen en welke huizen ik graag in de verkoop zou willen nemen. Het geluid van mijn stem, de lichten van de lantaarnpalen die in zijn ogen schenen, ik weet niet wat het was maar hij viel in slaap. Die momenten voelden zo intiem.' Een glimlach speelt om haar moeders mond.

'Mam!' Sharon schudt haar hoofd. 'Je was echt hartstikke gek.'

'Het werd lastig toen ik huizen moest verkopen en ook een gezin moest verzorgen. Rondjes rijden ging niet meer. We kregen vaker ruzie maar die kwamen ook altijd weer goed. Ik wist waar ik aan begonnen was. En bovendien, wanneer ik jou naar bed bracht en jij mij met die kleine handjes vasthield en smeekte om nog een verhaaltje... Je hebt de ogen van je vader. Ik kan ze niet weerstaan.'

'Ik weet het weer! Je deed stemmetjes na!' Sharon ziet haar moeder weer op bed zitten en hoort hoe ze de monsters onder het bed wegjaagt.

'Ja, dat deed ik. Maar ik was ook diegene die jou heeft opgevoed en die streng was. Dat nam jij mij niet altijd in dank af en ik denk dat je in die periode erg naar je vader trok. Hij vond het prima wanneer je een keer niet naar school ging en nadacht over het leven, dat soort dingen. Ik denk dat ik te streng was toen en dat het ook mijn manier was om mij af te zetten tegen het rebelse van je vader. Ik was jaloers op jullie band en misschien ook wel boos. Ik wilde al die dingen ook met jou!'

'Dat kan ik me wel voorstellen, ja.' Sharon bijt op haar lip. 'Je leek zo streng en bij papa kon en mocht alles. Ik was alles voor hem en jij was zo druk met je huizen.'

'Ja, ik was zo druk met mijn huizen.' Patrice buigt haar hoofd en pakt Sharons hand. 'Ik moest brood op de plank brengen.' Haar stem slaat over van de verstikte emoties.

'Je hebt er nooit iets van laten merken, mam. Nooit geklaagd.'

'Dat had geen zin gehad. Ik wilde jou daar ook niet mee belasten. En toen kwam de scheiding en ik zag wat dat met je deed.'

'Ik dacht alleen aan mezelf, mama, dat weet ik nu ook.' Ze voelt de wanhoop als een tornado door haar lijf razen.

'Daar was je kind voor. Ik verwijt jou niks.' De stem van haar moeder klinkt zacht maar vol overtuigingskracht.

'En papa? Wat verwijt je hem?'

'Ook niks.'

'Kom op, hij nam en jij gaf alleen maar? Heb jij nooit gedacht "stik er maar in"?'

'De vader van mijn mooie dochter? De man die mij liet voelen hoe bijzonder ik was? Die me deelgenoot maakte van zijn fantasieën en dromen?'

'De man die vreemdging...' Sharon fluistert de woorden de ruimte in.

Patrice slaat een hand voor haar mond. 'Dat weet je?'

Sharon knikt langzaam.

'Het heeft me veel pijn gedaan, Sharon. Maar hij was zichzelf niet. En ik was er niet voor hem.' Patrices stem klinkt onvast.

'Geef nu niet jezelf de schuld!' Sharon staat op en voelt een ongekende woede omhoogkomen.

'Niet doen. Het helpt mij niet, jouw boosheid is het laatste wat ik wil.'

'Maar ik sta eindelijk aan jouw kant, mam!' Sharon voelt de liefde door haar lichaam stromen.

'Dat is niet nodig. Er is geen kant om te kiezen. Het enige wat je moet doen, is kiezen voor de liefde. En die is er vanuit jouw vader in overvloed. En vanuit mij ook, dat zie je nu hopelijk. Het is iets tussen je vader en mij en als ik me daaroverheen heb kunnen zetten, dan kun jij dat ook.'

'Ben je zo makkelijk daarin, mam?' Ze legt haar hoofd tegen haar moeders schouder aan.

'Nee, natuurlijk niet. We zijn niet voor niks gescheiden. Maar achteraf denk ik er anders over. Ik ben absoluut voor eeuwige trouw, maar ik weet wel dat mensen fouten kunnen maken, zeker wanneer ze zoekende zijn. Of zoals in het geval van je vader: verloren en zwak. Hij had het woord "prooi" met grote letters op zijn voorhoofd staan.'

'Was dat Lotte?' Sharons maag krimpt in elkaar.

Haar moeder zegt niks.

'Het was Lotte! Mama, zeg iets.' Opeens valt de puzzel in elkaar en het beeld is helemaal zwart.

'Je vader heeft er spijt van gehad en ik denk tot op de dag van vandaag nog steeds: het maakt niet uit wie het was. Er zijn veel Lottes in deze wereld, aasgieren noem ik ze, vrouwen zonder ruggengraat. De kapotmakers van deze wereld, die zonder te beseffen wat ze aanrichten denken dat ze een trofee hebben binnengehaald. Een man verleiden is niet moeilijk, Sharon. Bij een man blijven in moeilijke tijden is dat wel. Echte liefde vinden, herkennen en vasthouden ook.'

'Ik denk dat papa en jij elkaar nooit echt hebben verloren, of heb ik dat mis?'

'Dat klopt. De scheiding was goed voor mij, Sharon. Door je vader vast te willen houden, ben ik mezelf kwijtgeraakt. Ik ben gaan zoeken en kwam er sterker uit.'

'Sterker? Je lijkt Gandhi wel. Wat zei hij ook alweer? Ik weet dat je ergens op kantoor een uitspraak van hem hebt opgehangen.'

'"De zwakken kunnen nooit vergeven. Vergiffenis is een eigenschap van de sterken." Die bedoel je toch?' Patrice geeft Sharon een knipoog.

Sharon legt haar hoofd op haar moeders schoot. 'Nu pas begrijp ik hem. En jou. Mag ik vannacht hier blijven?'

'Altijd. En daarnaast denk ik dat je Tomas een berichtje moet sturen. Bescherm hem tegen de vrouwen zonder ruggengraat.'

'Daar ben ik niet bang voor. Niemand dringt tot die man door.' Sharon zucht en probeert de wanhoop uit haar lijf weg te duwen.

'Totdat iemand dat wel doet. Ik denk dat jij ver op weg was om dat te doen. En dat is eng, Sharon. Maar ik weet dat jij sterk genoeg bent om te vergeven.'

Sharon kust haar moeder op haar wang. 'Dat weet ik niet, mam. Ik kan alleen maar hopen dat ik op jou lijk.'

24

Tomas

Hij had niks meer te zoeken gehad in Londen. De plekken die hij uit zijn herinneringen naar boven had gehaald had hij bezocht. Soms was Maggie naast hem komen lopen en had hem gewezen op de bloemen in de perken. Toen hij zijn koffer had ingepakt en het hotel had verlaten, was hij langs het restaurantje met de roze deur gekomen. Sharon was naar binnen gegaan vanwege de kleur van de deur en daar had ze als een veelvraat een bord vol witte bonen in tomatensaus leeggegeten en hij had het geweldig gevonden.

De reis van Londen naar New York was rustig verlopen, wind mee. In zijn hoofd had Tomas de route naar de Brooklyn Bridge al uitgestippeld. Hij zou de metro nemen vanaf zijn hotel en zijn voeten zouden hem weer terugnemen in de tijd. De tijd waarin hij hand in hand met Maggie over de brug had gelopen. Een van zijn favorietste herinneringen. Wel wist hij dat het een onmogelijke opgave zou zijn om de geur van deze brug te vangen. Dit was geen brug maar een icoon: een belofte van staal en technisch vernuft, vermengd met het bruisende van een wereldstad. De stad waarin Maggie opbloeide en waar hij het liefste wegkroop in een van de parken.

Wanneer hij zijn telefoon weer tot leven wekt op het vliegveld van

New York ziet hij een heel aantal gemiste oproepen en ongelezen berichten. Hij scrolt erdoorheen. Allemaal van Ramona. Hij sluit zijn ogen. Hij weet het, ze is bezorgd. Even twijfelt hij en tikt dan snel een berichtje terug.

> Ik sta in New York, net geland. Laat me maar even: geen nieuws is goed nieuws.

Zijn telefoon stopt hij ver weg in zijn broekzak. Offline zijn voelt heerlijk! Toch mist hij zijn zus. Hun band was sterk en misschien had hij haar moeten vragen om hem te komen redden hier in New York. Ze was er nog nooit geweest en het stond bovenaan op haar reislijstje. Maar, nee, er was geen plaats voor wie dan ook nu. Niemand zou hem begrijpen. Zelfs Ramona niet.

Zijn koffer rolt als eerste van de band en dat is wel zo prettig. Hij wil weg hier, weg van de massa, weg van de controles, weg van alles. De geur van New York die hier als een overdosis over hem heen komt, verdooft hem. Rijen mensen uit de hele wereld lijken hier samen te komen. Geuren van verliefdheid, van diepe rouw en van bruut geweld overvallen hem. De een gehaast, de ander verwonderd. Voor de een de eerste keer, voor de ander *business as usual*. En hij? Hij was hier al eerder, samen met zijn grote liefde. Ze had hem, precies op het punt, waar hij nu stond, bij de hand gepakt, bijna zoals een vader doet bij een jong kind. 'We gaan het avontuur tegemoet, Tomas, haal adem!'

'Ja, haal eens adem, Tomas! Waarom is ze niet meer bij je?' Maggie is weer bij hem en haar stem klinkt door het geroezemoes van de luchthaven heen. Hij wil doorlopen, weg hier. Ze lijkt hem te vertragen, en dat is raar. Zij was diegene geweest die zo snel mogelijk weg had gewild op zoek naar hun hotel. Tomas zoekt zijn weg naar de uitgang en de taxi's. De rij is lang, maar Tomas is opgelucht om buiten te staan. In

zijn zak voelt hij zijn mobiel trillen, verdorie, hij had hem helemaal uit moeten zetten. Gelaten haalt hij zijn telefoon uit zijn broekzak en drukt meteen de uitknop in.

'Wil je niet weten wie dat was? Misschien was het Sharon wel.' Maggie hangt nieuwsgierig over zijn schouder. Hij had het altijd heerlijk gevonden, de manier waarop ze over hem heen hing wanneer hij op zijn laptop bezig was met het uitzoeken van de juiste ingrediënten voor zijn parfums. En nu? Hij haalt zijn schouders op. Het zou fijn zijn wanneer hij haar hand nu kon vastpakken, haar blik kon volgen wanneer ze een rare toerist in het oog kreeg. Wat kon ze genieten van het mensen kijken en hij vond het geweldig om te proberen te bedenken wat ze op dat moment dacht. 'Ik zeg niks,' zei ze dan. Hij had haar geleerd om zonder vooroordelen naar de mensen te kijken en vaak lukte dat ook. 'Nee, Tomas, echt, als je eruitziet als een eenhoorn, compleet met staart, dan mag je daar een mening over hebben.' Hij had erom gelachen en was het met haar eens geweest. De eenhoorndame in New York was inderdaad bijzonder geweest. Zijn gedachten dwalen af naar Sharon. Hoe was zij? Keek zij naar mensen?

'Vergelijkingen trekken is stom, dat mag je doen bij je wiskundesommen.' Ze had haar armen over elkaar heen geslagen en had beteuterd gekeken. Maggie weer. 'Ja, je hebt gelijk, Mags...'

Te laat beseft Tomas dat hij de woorden hardop heeft uitgesproken. De taxichauffeur kijkt hem niet-begrijpend aan. 'Sorry. The Brooklyn Bridge Hotel, alstublieft.'

De taxichauffeur pakt zijn koffer over en Tomas zakt achterover tegen de leuning van de achterbank. De vermoeidheid slaat toe en het lopen van de motor wiegt hem bijna in slaap. Hij heeft geen zin om naar buiten te kijken en hij heeft geen zin om met de chauffeur te praten. Met zijn ogen dicht probeert Tomas zijn hoofd leeg te maken. Het verkeer is druk en het duurt lang voordat Tomas eindelijk het hotel binnenstapt. Herkenbaar. Misschien was het fout om precies dit hotel te kiezen, hij had er destijds te veel geld aan uitgegeven maar de blik in de ogen van Maggie was het tienvoudige waard geweest. Tomas loopt zijn kamer in, loopt naar het raam en kijkt uit over het water en de Brooklyn Bridge. Het is al donker en de lichtjes laten New York stralen. Hij sluit resoluut de gordijnen en gaat op bed liggen. Morgen is er weer een dag. Vaag hoort hij Maggie zingen, dat had ze die avond ook gedaan, alle liedjes met het woord 'New York' erin...

Now you're in New York
These streets will make you feel brand new
Big lights will inspire you...

Vooral haar laatste liedje is blijven hangen. Hij mist haar. En zichzelf zoals hij was wanneer ze samen waren. Zijn muze was ze. En ze vroeg het onmogelijke nu van hem. Hoe kon hij in hemelsnaam hun liefde vangen in een geur? Maggie had er nooit in geloofd, de kracht van een muze. 'Het zit in jou, Tomas. Haal het eruit. Je hoeft alleen maar te beginnen, dan gaat de rest vanzelf.' Hij voelt dat er net naast zijn hart een ballonnetje knapt. Het doet pijn. De verdriet en de leegte lijken hem naar beneden te trekken.

'Kom, Tomas, laten we gaan slapen. Morgen moet je vroeg op. De lucht vangen!' Haar stem is nog maar een fluistering. '*Big lights will inspire you...*'

De nacht heeft hem echter geen goed gedaan en Tomas is blij wanneer hij met goed fatsoen naar het ontbijtcafé van het hotel kan lopen voor een kop koffie en misschien iets lichts om te eten. Het hotel had Maggie helemaal betoverd en ze had elke hoek willen verkennen. Hij had erom moeten lachen. 'Zo zien we niks van New York. Een hotel is maar een hotel en dit is toevallig goed gestyled.' Ze had hem aangekeken alsof hij gek geworden was en had daarna hard moeten lachen. 'Jij wint. We gaan als eerste over de brug lopen, toch, Tomas?' Kinderlijk bijna, net zoals de top tien bezienswaardigheden die ze allemaal had aangekruist. Hij was meegegaan, natuurlijk. Het was een openbaring geweest om door haar ogen naar de stad te kijken. Hij zag eigenlijk niks, behalve haar. Haar verbazing, haar verwondering, haar uitroepen en af en toe zelfs vreugdedansjes.

De koffie laat hem bijkomen en geeft hem de energie die Tomas nodig heeft om de dag te aanvaarden. Het ontbijt doet ook wonderen en niet lang daarna staat hij buiten. De zon komt langzaam op en hij kijkt hoe het zonlicht het water aanraakt en hoe de weerspiegeling tot leven komt. Deze stad slaapt nooit, maar in het vroege ochtendlicht doet het Tomas denken aan een luie zondagochtend waarin hij zich – toen Maggie nog naast hem lag – tegen haar aan liet rollen. Ze rook heerlijk in de ochtend. Haar haren nog warrig in haar gezicht. Een pijnscheut treft hem hard. Waarom doet hij dit? Het is alsof hij als ongetraind lichtgewicht in de ring stapt met Mike Tyson. Geen regels. Geen scheidsrechter, maar je gewoon helemaal verrot laten slaan. Het ophalen van herinneringen in Londen was minder pijnlijk geweest. En hij weet waarom. Sharon. Een volgende klap. En terecht. Hij wankelt even en loopt dan verder weg van het hotel. 644 meter zal hij moeten afleggen naar de brug. Maggie had erom moeten lachen, zijn wetenswaardigheden. Hij loopt stug door, wetende dat hij straks boven op de brug knock-out zal gaan. Hij loopt verder en ziet een zwerver een prullenbak doorzoeken, de vuilnisophaaldienst is nog niet geweest, dus misschien heeft de man op blote voeten geluk. Tomas drukt op de telefoon het nummer van Maggie in. Het abonnement had hij nog steeds niet opgezegd. Hij weet precies hoelang het duurt voordat hij overspringt op de voicemail. Hij luistert naar het langzame piepen in zijn oor en hoort dan de klik ten teken dat hij Maggies stem gaat horen. 'Dit is Maggie, ik ben er niet, spreek maar niks in want ik luister mijn voicemail toch niet af. Je kunt beter een appje sturen of nog beter gewoon langskomen, het liefst met een stuk appeltaart.'

Ze had nog meer willen zeggen maar daar was geen ruimte voor. Het was een stomme grap geweest, een weddenschap met een van haar vriendinnen waarbij de verliezer een rare voicemail moest inspreken. Ze had de tijd niet meer gehad om hem te veranderen en hij was er blij om. Hij was die enige die wist dat ze niet eens van appeltaart hield. Hij trouwens ook niet, maar vandaag zou hij er alles voor overhebben om samen appeltaart te eten.

Er zijn gelukkig nog maar weinig toeristen op de been, zodat Tomas het rijk alleen heeft op de brug. Natuurlijk fietsen de echte New Yorkers snel voorbij en razen de taxi's nog steeds af en aan. Zijn benen trillen wanneer hij de brug op loopt, hij kijkt hoe zijn voeten hem verder brengen. Het uitzicht interesseert hem weinig. '*Maak een foto, Tomas! Kijk eens hoe de zon in het water schijnt!*' Ze is weer terug. Hij had in de tijd met Maggie veel foto's genomen en ze hadden gelachen over hoe verschillend hun foto's waren. Had Maggie oog voor mensen en dieren, was Tomas vooral geïnteresseerd in vormen en architectuur. Ze had zijn foto's saai genoemd en hij had haar foto's uitgemaakt voor paparazzifoto's. En toch was er een fantastisch fotoalbum uit gekomen en Maggie had daarmee haar gelijk gehaald: we vullen elkaar prima aan! Weer loopt Tomas verder en hij zou willen dat hij zich kon vastklampen aan de leuning. '*Hier was het toch, Tomas, precies hier?*' Hij knikt. Hij herinnert zich hoe ze daar had gestaan, haar haren met een prachtige glans, wapperend in de wind, haar hoofd een beetje schuin en haar lichaam in een pose waar menig fotomodel jaloers op zou zijn. En daar had hij haar gevangen in de perfecte foto. Ze was er zelf stil van geworden. 'Ben ik dat echt?' Haar stem had vertwijfeld geklonken en hij had haar vastgepakt. 'Ja, dit ben jij. En dat is waarom ik van jou hou. Je maakt New York mooi door hier te staan.' Hij had een traan van haar wang zien dwarrelen en hij wist dat het een vreugdetraan was. Bij niemand anders dan Maggie lukt het hem om haar emoties te lezen en te begrijpen. Hij loopt verder en iedere stap doet hem verdriet. De wandeling van dertig minuten put hem uit, hij kan niet de rust vinden waar hij op gehoopt had. En hij schrikt van zijn eigen gedachten, hoe is het mogelijk dat hij nu aan Sharon denkt, sterker nog, dat hij gehoopt had dat zij nu naast hem liep. De stortvloed van haar vragen zou hem hebben afgeleid. Ze zou gevraagd hebben welke geur hij hier wilde proberen te vangen en hij had het haar uit kunnen leggen. En het gekke is, hij weet zeker dat ze het zou begrijpen. Ze zou haar neus de lucht in duwen en ruiken. Misschien zou ze zelfs nog een keer alleen teruggaan om de brug te 'ervaren'.

Dan draait hij zich om, abrupt. Hij wil de wandeling niet afmaken. Tomas loopt met grote passen terug naar het hotel. De eerste toeristen komen hem tegemoet en hun geuren mengen zich. Bijna krijgt hij geen lucht meer. De vermoeidheid is uit zijn lijf en hij wil maar één ding en dat is terug naar zijn kamer. Hij weet nu al dat hij de rest van de dagen in New York daar zal blijven. Gelukkig is de roomservice goed en zal hij de tijd wel doorkomen. Ook zonder het zien van de Naked Cowboy.

Wanneer Tomas op zijn kamer is, ziet hij dat zijn bed is opgemaakt. Hij hangt het bordje niet storen aan de buitenkant van zijn deur en trekt dan de gordijnen open. Tomas gaat zitten aan het bureautje en pakt het briefpapier van het hotel uit een van de lades. Met zijn warme adem blaast hij tegen de punt van de pen en begint te schrijven. Het moet eruit, nu. Alles.

Lieve Maggie,

Je vraag om onze liefde te vangen in een geur is onmogelijk. Ik mis je elke dag zo ontzettend erg dat ik af en toe geen lucht meer krijg. Er zit een holte ergens naast mijn hart die op momenten gewoon uit elkaar knapt. Iemand missen doet dus echt *fysiek pijn. Het sterven aan een gebroken hart kan dus gewoon echt. Je gaat er meteen aan dood en kwijnt dus niet langzaam weg. Bij een gebroken hart komt er een te grote hoeveelheid adrenaline en noradrenaline in het bloed en sommige harten kunnen daar niet tegen. Wanneer je stress hebt komt je lichaam in de vechtmodus of vluchtmodus te staan, maar bij sommige mensen schiet die hormoonspiegel juist in een verlammende toestand van het hart en dan val je dus om. Acuut. Dit heb ik net natuurlijk even zitten googelen. Ja, lach maar. Ik ben soms serieus bang dat ik van verdriet doodga en aan de andere kant ben ik soms bang dat dit niet gebeurt. Wat heeft het eigenlijk allemaal voor zin? Doorgaan zonder je geliefde? Alles op de automatische piloot. Jij was de motor achter mijn geluk. Jij gaf de geuren kleur. Snap je wat ik bedoel?*

Ik vond het zo leuk om met jou te praten over de wetten van de fysica, over alles wat met de wetenschap te maken had. En jij? Jij gaf er je eigen draai aan. Jij leefde als een Bridget Jones en als een Kathleen Kelly in You've got mail. *Of zoals Holly uit jouw lievelingsboek...*

En ik? Ik probeer te rationaliseren en in de wetenschap te geloven. Niet in een Maggie die nog rondhangt en nu over mijn schouder meeleest.

Hij draait zich even en kijkt de kamer in. Nee, er is niemand. Hij huivert van de eenzaamheid, toch voelt het goed om zijn diepe gedachten toe te vertrouwen aan het vel papier en daarmee ook aan Maggie.

Ik weet wat je hebt gedaan, Maggie! Je hebt mij die gekke opdracht gegeven zodat ik vooruit zou moeten blijven gaan, niet zou gaan zwelgen in het verdriet, niet zou verlammen en niet zou verslappen. Nou, ik ben nog helemaal nergens. Ik heb bijna al onze plekken bezocht en ik kan er geen geur aan vastknopen. En het allerergste is dat je er soms bij bent en soms ook helemaal niet. Ik had je nu ook wel ergens verwacht met de opmerking dat mijn handschrift amper te lezen is.

Maar ik mis je. Ik mis de geur van samen wakker worden, ik mis de geur van elkaar verrassen, de geur van elkaar steeds opnieuw ontdekken! Het doet echt vreselijk veel pijn, Mags.

Ik zal het nog concreter voor je maken. Want we zouden altijd eerlijk zijn tegen elkaar, toch? Dus wil je echt weten hoe ik me voel?

Even stopt hij met schrijven, wachtend op een antwoord waarvan hij weet dat het niet komen gaat. Een paar diepe scherven snijden dwars door zijn hart en hij krimpt in elkaar. Het duurt een paar tellen voordat hij zijn emoties weer de baas is.

Het voelt al die maanden dat je niet meer bij me bent alsof ik in een isoleercel zit, afgesloten van alles en iedereen. Behalve een straaltje licht door een klein lelijk raampje. De vrijheid daarvan zou moeten lonken, maar ik voel haar niet. Ik heb mezelf opgesloten en lange tijd was dit vrijwillig. Opgesloten in mezelf. Maar nu wil ik je vragen om me te laten gaan, Maggie. En die vraag stellen doet pijn. Maar voor het eerst wil ik dat straaltje licht grijpen en mijn cel uit. Ik wil mijn pijn delen met iemand anders. Voor het eerst sinds… Is het te snel?

Het lijkt alsof de lucht uit zijn longen wordt geperst en het ademhalen valt hem zwaar. Zou het verdrinken zo voelen?

Zeg iets, Maggie. Alsjeblieft! Je weet dat mijn hart van jou is.

Woest staat Tomas op en trekt de gordijnen weer dicht. Genoeg heeft hij van de lonkende stad, de schone schijn van geluk en een belofte. Hij gaat met zijn handen gevouwen achter zijn hoofd op bed liggen en voelt het kloppen van zijn hart vanuit zijn borstkast naar boven trillen. Gejaagder dan ooit.

Maggie, waar ben je?

Drie dagen later is het tijd om het hotel te verlaten en zijn vlucht naar huis te nemen. Drie dagen waarin hij op bed heeft gelegen zonder echt te slapen, zonder het eten te proeven dat hij had besteld. Drie dagen in zijn eigen isoleercel. Drie dagen in zijn eigen hoofd. Het was barbaars geweest, een marteling waaraan hij vrijwillig deelnam. Hij was teruggegaan in de diepste herinneringen aan zijn leven met Maggie.

Een laatste blik op zijn hotelkamer en Tomas legt de hand op de deurklink om zijn kamer uit te lopen wanneer hij plots een zachte hand op de zijne voelt. Ze fluistert iets in zijn oor, maar hoe hij het ook probeert, hij kan haar niet verstaan.

25

Sharon

'Pap, hoe ver ben je met je koffers?' Sharon zit tegen hem aan geleund op de bank. Ze raakt zijn ongeschoren kin aan met haar hand. 'Net schuurpapier.'

Luuk lacht. 'Je vond het heerlijk toen ik je als klein meisje bij je voetjes pakte en ze langs mijn schuurpapier liet gaan. Tegen die giechellach van jou kon niks op, helemaal niks.'

Ze ziet zijn ogen verdacht glanzen en voordat ze kan doorvragen neemt hij een grote slok koffie. Ze doet hetzelfde. Peinzend staart ze dan voor zich uit. 'Tijd is een achterlijk concept, of niet, pap? Kun je dat niet verwerken in een expositie? Hoe jij tijd zou willen vangen in een doosje met zo'n slinger eraan waardoor je vooruit of achteruit kunt spoelen.'

Hij knikt. 'Of stil kunt blijven staan, de tijd bevriezen.'

'Welke periode zou jij bevriezen dan?' Ze kijkt hem aan en probeert zijn ogen vast te houden, hem niet te laten vluchten voor het antwoord. Hij pakt haar hand en wrijft weer over zijn stoppels. 'De tijd waarin jij onbezorgd kon lachen. De tijd waarin je moeder me aanbad, de tijd waarin ik de wereld aankon en er alleen maar liefde was.'

Ze voelt zijn weemoed en een diep verlangen naar vroeger.

'En soms, mijn kind, is liefde niet genoeg. Soms is alle tijd van de wereld niet genoeg om over schaduwen van vroeger heen te stappen.' Hij staart voor zich uit maar Sharon neemt er geen genoegen mee.

'Soms moet je alleen maar geduld hebben. Toch?'

Haar vader knikt. Dan kijkt hij haar opeens streng aan. 'En soms moet je gewoon sorry zeggen. Of de eerste stap zetten. Waarom heb jij Bryan niet meer gebeld sinds je terug bent van je Londen-reis?'

'Hij heeft het druk, pap. En een eigen leven.' Ze verbijt haar tranen. Ze had Bryan niet meer gezien en ze was woest op hem geweest omdat hij niet meteen klaar had gestaan toen ze uit Londen kwam. Nu was er alleen verdriet.

'Je weet dat jij onderdeel bent van het leven van Bryan. Misschien zit je te veel in een slachtofferrol, Sharon. Heb jij de moeite genomen om Goof te leren kennen?' Hij wil nog veel meer zeggen maar ze snoert hem de mond.

'Ik weet het, pap, ik weet het. Nu even niet, oké?'

Haar vader staat met een overdreven zucht op. 'Kom, je vroeg mij naar mijn koffers. Ik laat ze je zien. En ik kan je hulp goed gebruiken. De tijd, daar heb je hem weer, dringt. Ik wil de expositie rond de kerstdagen af hebben. Het is mooi om juist de drempel van het oude jaar naar het nieuwe jaar erin te verwerken. Dat is het mooie van een koffer, de inhoud laat zien waar iemand naar op weg is.'

Ondanks het feit dat ze de ogen van haar vader ziet glanzen, haalt ze haar schouders op. 'Het waren vooral vieze onderbroeken, dat weet jij ook. Zakenmannen en minnaressen.' Ze wil niet aan de koffer van Tomas denken, dat was een koffer vol met pijn. Een pijn die ze de laatste weken verdrong met heel hard werken. Misschien dat ze nu haar moeder beter begreep, afleiding in het werk was beter dan afleiding in de drank of drugs of in mannen. Of in zelfmedelijden. Ze bijt op haar lip, ze wil de leegte van haar bestaan niet naar boven laten komen. Geen Bryan meer in haar leven, geen Tomas.

Alsof haar vader haar gedachten kan raden pakt hij haar vast, het onderwerp Bryan was dus toch nog niet afgesloten. 'Bryan was gisteren nog hier. Hij mist je. Doe er iets aan.' Het was een simpele opdracht, maar volkomen onuitvoerbaar.

'Daar zijn twee mensen voor nodig, dat weet jij ook.' Ze veegt een traan uit haar gezicht.

Haar vader komt nu recht voor haar staan. Ze kijkt naar de rimpeltjes rondom zijn ogen en zoekt dan naar die blik die alleen Luuk haar kan geven. Een mengeling van vertrouwen en diepe liefde zoals die er alleen is tussen ouder en kind. Ze voelt dat de man die haar maanden geleden zo heeft laten schrikken door een stuk van zijn verleden te laten zien, waar zij geen weet van had, weer terug is. Hoe moeilijk is het voor een dochter om de vader naar wie ze zo opkeek en van wie ze zo veel hield, van zijn voetstuk te zien vallen. Het had haar gebroken en deed haar denken aan een buurjongetje van vroeger. Wat was hij ontroostbaar geweest toen hij erachter was gekomen dat Sinterklaas niet echt bestond, zijn hele wereldbeeld leek mee ten onder te gaan. Zo was dat nu ook met haar geweest, haar vader had onfeilbaar moeten blijven, een soort Superman met krachten die de wereld kon behoeden en beschermen voor alles wat niet deugde. Het omgekeerde bleek waar. Haar vader was ook maar een mens. Een man met fouten in zijn karakter, zij had ze alleen nooit willen zien. En opeens beseft ze dat dit voor haar vader juist zo moeilijk geweest moest zijn, hij wilde haar laten geloven in dat beeld dat hij de wereld aankon, dat hij haar nooit zou laten vallen.

Sharon drukt een zoen op zijn wang. 'Ik hou van jou, papa. En ik ben trots dat jij mijn vader bent.'

Luuk kijkt haar met grote ogen aan en grijpt haar dan vast en duwt haar lijf tegen zijn schokkende lijf. Hij huilt.

Ze wrijft over zijn haren. 'Papa, het is goed zo. Echt. Ik ben geen klein meisje meer en je hoeft de monsters niet meer voor me weg te jagen. Het is tijd dat ik zelf het gevecht aanga.'

'Ik was zo bang om je kwijt te raken, die blik in je ogen zoals alleen een dochter naar een vader kan kijken. Ik zag het niet meer. Ik voelde alleen nog maar medelijden.'

Ze tilt zijn hoofd op met beide handen en duwt haar voorhoofd tegen het zijne. 'Je bent mijn vader. En ik hou van je. Maar ik weet ook dat je naast mijn vader nog zo veel meer bent. Een kunstenaar, een vriend, een buurman en de man van mijn moeder. Al die delen zijn onderdeel van jou en gaan een eigen weg. Misschien voelde ik me buitengesloten toen ik hoorde dat je met Bryan af en toe een jointje hebt gerookt en dat hij wist van je buien en ik niet. Maar nu pas besef ik dat dit niks met mij te maken had. Een vader rookt geen jointje met zijn dochter, dat is mannenpraat.' Ze glimlacht even bij de gedachte aan Bryan en mannenpraat.

'Ik wil best een jointje met je roken, Sharon.' Haar vader komt langzaam weer terug uit zijn verdriet. Sharon lacht. 'Liever niet. Maar beloof me dat je het me laat weten wanneer je me nodig hebt. Ik kan het aan.'

'De koffers, daar heb ik je hulp mee nodig.' Hij doet de deur van zijn atelier open en Sharon kijkt naar de chaos.

Ze zucht. 'Goed, laten we beginnen met een plan van aanpak. Voor de kerstdagen zei je? Misschien moet je de tijd nu dan even bevriezen, pap, want we hebben nog maar drie weken.'

'Drie weken om het goed te maken met Bryan en om die Tomas van je te bellen!' Hij geeft haar een tikje op haar neus. Ze rolt met haar ogen. 'We hadden het over jou en je koffers! Niet over mij en mijn verrotte liefdesleven.'

'Ja en ik moet ook nog een cadeautje voor jou en je moeder kopen.

Misschien dat nieuwe parfum van Tomas!' Hij geeft haar een knipoog.

Sharon klapt in haar handen. 'Dit, pap, dit is een mooi cadeau van jou aan haar. Je expositie!'

26

Tomas

Met enig ongeduld wacht Tomas op het mailtje van Mascha. Ze is later dan anders. Hij lacht wanneer de mail binnenkomt. Hij kijkt op zijn horloge en inderdaad vijf minuten later gaat de telefoon.

‘Heb je ons aanbod gelezen, Tomas? Denk je erover na?’

Hij laat een stilte vallen en hij zou willen dat hij haar gezicht zou kunnen zien. Hij neemt een hap adem en spreekt de magische woorden uit. ‘Ik doe het.’

Tomas hoort iets omvallen en hij kan alleen maar hopen dat dit niet Mascha zelf is. Dan volgen er een hele hoop Engelse scheldwoorden die hij het liefste allemaal had opgeschreven. Dan komt ze weer aan de telefoon. ‘Ik wist het wel. Het contract graag drie keer ondertekenen. Ik laat een koerier jouw versie vandaag nog ophalen. De verdere details spreken we later door. Tot snel, Tomas.’

Typisch Mascha. Hij kon niet ontkennen dat hij weer zin had om aan de slag te gaan. Hij wist dat hij nog een ander telefoontje te plegen had. Ramona zou vast boos zijn om zijn lange verdwijning van de radar. Hij zou haar bellen wanneer het contract getekend was en alle details met Mascha geregeld waren.

Het doet hem goed om haar de week daarna al te kunnen bellen. Hij had haar stem gemist. Wat zou ze van het grote nieuws vinden? En waarom was hij zo koppig geweest om haar telefoontjes de afgelopen tijd te negeren? Ramona was zo blij geweest om hem te horen dat ze al haar boosheid overboord had gegooid.

'Dit doe je niet nog eens, Tomas. Zomaar verdwijnen.'

'Nee, dat beloof ik. Ik had gewoon echt even de tijd nodig.'

'Heeft het geholpen?' Haar vraag blijft even hangen in het midden van het telefoongesprek.

'Ik ben al een hele tijd bezig met de ontwikkeling van een nieuwe geur. Dat zegt genoeg of niet?' Zijn stem klinkt onvast alsof hij zelf niet kan geloven dat hij weer aan het werk is.

Nu is het Ramona die naar woorden zoekt. Hij hoort dat ze huilt.

'Ik ben zo blij, Tomas! Ik weet zeker dat Maggie dat ook is.' Piepend komen de laatste woorden eruit. 'Lukt het?'

'Ja, het lukt, althans, het lijkt te lukken, maar ik werk nu met een deadline en je weet dat ik daar niet tegen kan. Ik ben als de dood om hem niet te halen.'

'Hoelang heb je nog dan?'

'Ze willen een grootste lancering rond kerst met eventueel een uitloop naar oudejaarsavond. Ze pakken het groots aan met de media en zo. En ook daar ben ik niet van, dat weet je ook.'

'Je bent een ster, Tomas. Dat weet jij ook.' Hij hoort dat ze lacht, een lach vol vertrouwen. 'Heb je een agent nodig voor je mediaoptredens?'

'Nee, dat is allemaal geregeld, je kent Mascha toch nog wel? Ze heeft van alles geregeld: billboards, een televisie-interview, noem maar op.' Hij haalt zijn neus op. Niks voor hem. Hij wil gewoon parfum maken en niet op de covers van alle tabloids staan. In Londen werd hij de afgelopen dagen al herkend door gillende meisjes. Maggie zou het geweldig hebben gevonden. Hij niet. Absoluut niet.

'Tsja, Tomas, leer er maar mee leven. Je parfum in combinatie met je verhaal en je singlestatus is gewoon aantrekkelijk en romantisch.'

'Het zal allemaal wel. Een deel van de opbrengst gaat naar een goed doel, dat is mijn eerbetoon aan Maggie.'

'Zo ken ik je, zo ben je. Maar denk ook aan jezelf. Wil je dat ik overkom? Waar verblijf je eigenlijk?'

'Ik zit in het appartement waar ik met Sharon was. Het beviel me daar. Al moet ik zeggen dat ik vooral de komende tijd veel in het lab zit.' Hij had zijn best gedaan haar naam zo nonchalant mogelijk uit te spreken maar hij kende zijn zus langer dan vandaag. 'En nee, Ramona, ik heb niks meer van haar gehoord.'

'En jij? Heb jij iets laten horen?'

'Nee. Ik moet verder nu. Ik hou je op de hoogte, oké?'

Met tegenzin had hij opgehangen, de warmte van zijn zus had hem goedgedaan, maar hij wilde geen vragen over Sharon. Te veel afleiding. Haar geur hing nog in het appartement en hij had zelfs nog een spreuk op een van de fortune cookies gevonden die onder haar bed terecht was gekomen. Tomas loopt naar het raam in de kamer waar Sharon geslapen had. De datum voor de oplevering van het parfum kwam dichterbij. Het parfumhuis had de productiecapaciteit opgeschroefd, alles stond in gereedheid om te doen wat geen enkel parfumhuis ooit gedaan had; in belachelijk korte tijd een parfum uitbrengen met alles erop en eraan. Ze geloofden in hem. Nu moest hij dit nog waarmaken. Even wacht hij of Maggie hem komt aanmoedigen, maar het blijft stil.

27

Sharon

'Ga je vanavond mee iets leuks doen?' Patrice neemt haar dochter onderzoekend op. 'Je bent de laatste tijd meer huizen aan het verkopen dan wat anders.' Haar moeder zegt het er lachend achteraan. Hoewel ze blij is met de stijgende verkoop van het kantoor maakt ze zich zorgen om Sharon, dat is duidelijk. Haar moeder had haar vandaag drie koppen koffie gebracht en meegenomen voor een lunch en had er zelfs een bezichtiging voor afgezegd.

'Mam, nee, echt niet. Ik wil vanavond gewoon thuis op de bank met mijn sloffen aan. Deze nieuwe schoenen knellen!' Ze schopt haar schoenen uit en het is maar goed dat er geen klanten op kantoor zijn waardoor ze nu even over haar pijnlijke voeten kan wrijven. Een voetmassage zou nu lekker zijn. Haar voeten vinden warmte en verlichting in het zachte tapijt. Even denkt ze terug aan Londen maar ze stopt die herinnering weg voordat deze een loopje met haar neemt.

'Je bent al weken jezelf niet.' Het is een simpele constatering maar toch blijft ze in de ruimte van het statige kantoor hangen. Kon ze alle moeilijke gesprekken en gevoelens maar naar buiten blazen, gewoon door het openstaande raam de wereld in. Sharon zucht en masseert zachtjes haar slapen.

‘Ik ben toe aan vakantie, mam.’ Ze probeert de tranen die omhoog willen kruipen terug te duwen voordat ze haar ooggranden bereiken. Hopelijk ziet haar moeder niet dat ze waterig zijn, al weet Sharon dat dit ijdele hoop is, haar moeder heeft haviksogen.

‘Heb je nog iets van hem gehoord?’ Haar moeder negeert de vakantieopmerking en Sharon fronst haar wenkbrauwen.

‘Bedoel je van meneer Volkers? Nee, nog niet, hij heeft tot morgen om te reageren op het bod.’ Sharon richt zich weer op haar beeldscherm en probeert haar moeder te negeren maar die blijft staan waar ze staat, terwijl ze een afkeurend klakgeluid maakt met haar tong.

‘En van Tomas ook niet, nee.’ En van Bryan ook niet, denkt ze erachteraan.

‘Misschien moet je zelf eens bij hem informeren?’ Haar moeder aait zacht over Sharons hoofd en dit teken van liefde raakt Sharon vol in haar hart.

‘Weet je, mam, ik zou graag gewoon met mijn hoofd op je schoot gaan liggen, zoals ik vroeger deed. Je aaide me en aaide me en mijn hele lijf werd daar rustig van.’

‘Dat wil ik met alle liefde en plezier doen, vanavond bij mij thuis. Kijken we Netflix samen, sushi?’

‘Ik wil vanavond eigenlijk echt even met mezelf bezig zijn, mam. Verder werken aan de tentoonstelling van papa. Me richten op die andere koffers die er nog liggen. Het geeft me afleiding. We moeten nog drie eigenaren terugvinden en dan zijn we er.’

‘Zo ken ik je niet, Sharon. Dit zelfmedelijden past niet bij je. Maar misschien is dit de weg die je moet gaan om daarna bij je positieven te komen. Je hebt het voor een deel allemaal zelf in de hand. Je kunt hem bellen. Of je kunt vanavond bij mij op schoot komen liggen en waarschijnlijk masseert Bryan die voeten van je. Die wil vast ook wel komen om film te kijken. Of Goof.’

‘Nee, merci. Ik laat Goof niet aan mijn voeten komen.’ Ze huivert bij de gedachte. ‘Het is gewoon verwarrend voor me, mam. Bryan en Goof. En dan Tomas met...’ Haar voeten krullen zich op in het tapijt, kon ze zichzelf er maar helemaal in wikkelen.

‘Volgens mij is het allemaal minder ingewikkeld dan dat jij het maakt. Mensen gaan nu eenmaal relaties aan, soms gaat dat soepel en soms moet je ervoor werken. Jij bent een werkpaard, Sharon, dat ben ik ook. Stop maar niet met werken...’

Dan draait haar moeder zich om en loopt op haar hoge hakken de kamer uit. Haar moeder zonder pijnlijke voeten, welke schoenen ze ook draagt. ‘Dat heb ik dan weer niet van je mogen erven, mam.’ Sharon kijkt mompelend toe hoe haar moeder zachtjes de deur sluit.

De telefoon gaat en Sharon neemt op en is blij om te horen dat meneer Volkers het bod wil accepteren. Dat ging uiteindelijk gemakkelijker dan ze van tevoren had gedacht! De buit is binnen voor deze maand! Of eigenlijk voor de komende drie maanden.

Ze is blij wanneer ze een paar uur later thuis is en de afwas heeft opgeruimd. Ze neemt nog even de verkooppapieren voor meneer Volkers door als de bel gaat.

Ze kijkt op de klok. Negen uur in de avond en thuis alleen aan het werk, hoe zielig ben je dan? En wie belt er nu nog aan? Ze loopt naar de voordeur en kijkt in de grijsgroene ogen van Bryan. Hij staat er verloren bij.

‘Moet je niet bij Goof zijn?’ Ze bijt op haar tong. Dit is vals. Ze ziet de pijn in zijn ogen. Ze doet een stap naar achteren en laat hem binnen. Het rommelt in haar maag; verdrietige vriendschapsvlinders dwarrelen rond.

Bryan geeft haar een kus op haar wang en loopt dan de woonkamer binnen. Hij kijkt rond en schudt dan afkeurend zijn hoofd. ‘Jij gaat je moeder achterna met al dat werken.’

Ze haalt haar schouders op. 'Het kan niet alleen maar lang leve de lol zijn, toch?'

Zoekend staan ze tegenover elkaar en Sharon hoopt op een ijsbreker, dit voelt anders dan anders. 'Gaat het met je?' Haar stem is zacht en warm nu. Ze ziet een kleine verandering in Bryan, zijn schouders weer omlaag en zijn ogen smekend. Hij moet duidelijk zijn verhaal kwijt.

'Kom, ga zitten en vertel.' Sharon ploft op de bank en Bryan volgt.

'Goof is weg en geen idee of ik die man ooit nog terugzie. Al ligt zijn tangaslip nog bij me en dat is zijn geluksonderbroek, dus hij komt vast nog terug.'

Sharon hoort Bryans stem trillen ondanks zijn grappenmakerij. 'Waarom is Goof weg?'

Bryan haalt zijn schouders op. 'Weet ik niet, doet hij vaker. Hij trekt wel vaker deuren achter zich dicht die hij daarna nooit meer zal openen. Zo is hij. Ik dacht alleen niet dat hij dat bij mij zou doen.'

Hij heeft het bommetje gedropt en Sharon voelt de krater in haar hart slaan.

Er springen tranen in haar ogen. 'O, Bryan. Het spijt me. Laten we onze levens weer oppakken. De wereld van voor Goof, van voordat papa ziek werd, voordat ik meeging naar Londen... gewoon toen alles goed was. Toen jij stomme thee kocht en wij vrienden waren. Dat kan toch, Bryan?'

'Kom eens hier, jij.' Bryan steekt zijn armen uit en zonder aarzelen neemt Sharon zijn uitnodiging aan. 'Beter toch?' Ze knikt en laat de warmte door haar lijf stromen. Deze troostknuffel doet haar goed.

'Bryan, waar zijn wij gebleven? Nu pas voel ik hoeveel ik je gemist heb.' Sharon kijkt haar vriend aan.

Hij zucht diep.

'Voor het eerst was ik gelukkig, Sharon. Meer mezelf dan ik ooit ben geweest.' Hij kijkt haar aan met een uitdrukking in zijn ogen die ze niet thuis kan brengen.

'Maar?'

'Het is vluchtig. Goof is vluchtig. Ik kan hem niet houden, denk ik. Hij is een vlinder en ik wil huisje-boompje-beestje. Dat!'

Sharon fronst haar wenkbrauwen en fluit zachtjes tussen haar tanden. 'Je hebt het echt te pakken of niet? Hoe goed ken je hem eigenlijk?'

'Niet. Maar als ik iets geleerd heb de afgelopen weken is dat het onmogelijk is om iemand echt te kennen. Ik ken mezelf niet eens. Goof durft een relatie met mij niet aan. Ik ben leuk voor de lol en voor de afleiding. Voor tussendoor. Weet je wat het is? Hij lijkt de man die alles aandurft, de stoere cowboy, de sexy krokodillenman. Maar uiteindelijk is het allemaal toneelspel. Zijn ouders weten van niks, Sharon. Die denken dat hij thuis gaat komen met een leuke boerenmeid, zo'n Yvon Jaspers, blond en met paardrijlaarzen aan. Hij is laf in de liefde.'

Sharon schuift tegen hem aan en legt haar hoofd op zijn schouder. 'Ik ben er stil van.'

Ze schrikt wanneer ze een bekende geur ruikt. 'Zou jij dat geurtje niet meer willen dragen, Bryan?'

'Ja, sorry, macht der gewoonte. Goof is er gek op.'

Sharon lacht en schudt haar hoofd. 'Nee, ik moet sorry zeggen. Draag het. Maak Goof gek!' Ze geeft Bryan een knipoog. Maar hij lacht niet terug.

'Goof kan me even gestolen worden, eerlijk gezegd. Ik voel me... gebruikt. Gebruikt als zijn afleiding, zijn speeltje. En ach, jij bent eigenlijk ook niet veel beter. Je doet net alsof dit normaal is. Jij hoort niet met mij op de bank te liggen. Wij zijn geen huisje-boompje-beestje. Ik kan jou niet geven wat jij nodig hebt! En andersom kun jij mij dat ook niet geven, hoe fijn dit ook is! Wees niet zo laf als Goof, Sharon!'

Sharon raakt voorzichtig zijn arm aan. 'Volgens mij kun jij wel iets te drinken gebruiken. Wat doen we? Thee of iets sterkers?' Een lach breekt door op Bryans gezicht en voor ze het weet staat hij in haar koelkast te rommelen.

'Flesje wijn opentrekken?'

'Ligt eraan, blijf je slapen vannacht?' Ze kijkt hem aan met haar hoofd een tikje gebogen.

'Niet met die bambi-ogen naar me kijken! Ja, ik blijf.' Een beetje grommend schenkt hij de glazen in. 'Vrouwen...'

Sharon lacht. 'Net als vroeger, dit, Bryan.'

Na een fles wijn, en daarna nog een en een zoete Netflix-serie kruipt Sharon in bed. Ze hadden amper gekeken en vooral gepraat. Over Goof maar ook over Luuk en Patrice. Het onderwerp Tomas bleef gelukkig onbesproken. Het was alsof ze de vriendschap samen weer hadden opgepakt en er nooit een leegte tussen hen was geweest. En toch kan ze zijn woorden van eerder op de avond niet van zich afzetten.

Wees niet zo laf als Goof...

28

Tomas

'Ze noemen je de belofte van het jaar!' Ramona giert het uit.

Tomas lacht om de uithalen van zijn zus. 'Ja, ze noemen me wel meer de laatste dagen.' Hij grinnikt en appt haar nog een paar koppen van de tabloids door.

Ze fluit tussen haar tanden. 'Meest begeerlijke vrijgezel...'

'In ieder geval de best ruikende toch?'

'Dat zeker. Je oude geur verkoopt ook weer lekker door of niet?'

'Ja, ze hebben er zelfs een tientje bovenop gedaan in plaats van afgeprijsd. Het is allemaal marketing. Ik kan alleen maar hopen dat het mijn geur is waar mensen op afvliegen en niet de verpakking.'

'Kerst maakt iedereen zwak, Tomas, dat weet jij ook. Een vleugje Hugh Grant erover in combinatie met een kerstboom en *bam*!'

'Ik weet het en ik weet niet wat ik ervan moet vinden. En bovendien ben ik nog niet klaar. Er mist iets.' De paniek is terug en het kloppen van zijn hart in zijn keel doet hem denken aan de afgelopen nachten. Het zweet was hem steevast uitgebroken.

'Je hoeft het maar te zeggen en ik kom.'

'Nee, dit moet ik alleen doen. Bovendien ben ik echt niet te genieten. Nu we het daar toch over hebben, ik moet gaan. Werk aan de winkel.'

'Ben je thuis met kerst, Tomas? Vieren we het samen?' Haar stem was smekend en het deed hem pijn. Hij had veel goed te maken met haar. En dat zou hij ook zeker doen.

'Ik weet het niet. Echt niet. Tot later!'

Hij was de deur uit gelopen, het koude Londen in. Het Londen dat klaarstond voor de kerst. Klaar om geld uit de zakken van de toeristen te kloppen, klaar om sentimenteler dan ooit te zijn. De geur van kerste-ten komt uit de pubs en restaurants gewaaid. Geliefden stoppen meer dan ooit tevoren om elkaar tijdens een wandeling te zoenen.

Meer dan ooit voelt Tomas zich alleen. Geen idee waar de wandeling hem vanavond zal brengen. Het bankje langs de Theems heeft hij al dagen niet bezocht, steeds kwam hij op een andere plek uit. Een plek die geen connectie had gehad met Maggie en het had hem verbaasd. Welke les moest hij hieruit trekken?

Hij stopt zijn handen weer in zijn zakken en loopt verder. Uit een van de metrostations waait stof naar buiten. Hij kan de geur niet thuis-brengen en hij schrikt. Zou hij zijn gave kwijt aan het raken zijn? Hij blijft staan en hoort geluiden uit de ondergrondse komen. Stemmen van jonge mensen, uitgelaten en vol hoop.

'Laten we dronken worden!'

Hij haalt zijn schouders op. Misschien was dat het wat hij nodig had? Zich bezatten?

Een man loopt langs en maakt een foto van Tomas. Tomas zucht. Het deed hem weinig. De teksten die onder de foto's kwamen te staan waren vaak hilarisch. Het parfumhuis was er blij mee, gratis reclame, vooral via Instagram. Sterker nog, Tomas verdacht ze er zelfs van om het verhaal om hem heen steeds meer uit te melken. Vooral Mascha dan.

Dan loopt hij verder. Hij weet waar hij heen wil. Naar hun oude appartement, nog een laatste maal. Het gevoel van thuis moest toegevoegd worden aan de geur. Maggie had een keer op het trapje voor hun woning op hem zitten wachten en hij was naast haar gaan zitten. 'Hier ben ik thuis, Tomas. Op dit trapje, net voor de voordeur. Onze dromen binnen in de woonkamer en onze slaapkamer en alles buiten in Londen wat ons nog roept.' Hij had geroken wat ze bedoelde en misschien kwam het ook wel door de geur van de seringen naast het huis. In deze maand stonden ze niet in bloei maar Tomas kan zich de geur van de purperrode bloem nog goed voor de geest halen. Hij kende weinig bloemen met zo'n sterke geur. Hij had een van de bloemen van de struik geplukt en achter haar oor gestoken. Maggie had het prachtig gevonden. 'Deze moet in mijn bruidsboeket. Ooit.' 'Ja, ooit.' Hij had haar gekust. Vol liefde en overgave en die avond hadden ze beiden pijn in hun billen gehad omdat ze waren blijven zitten totdat het tijd was om te gaan slapen. 'We hebben weinig nodig, jij en ik. Een trapje voor de deur is genoeg.' Ze had geknikt. 'Maar morgen wil ik toch graag naar de musical, Tomas.'

Voor de deur van zijn oude appartement blijft hij staan. De gordijnen zijn dicht en daarachter brandt licht. Hij knikt naar een voorbijlopende oude man. Dan gaat hij zitten. Voor even wil hij het gevoel van toen herbeleven. Tomas schrikt op van een meisje dat met haar mobiel een foto van hem maakt. Snel staat hij op. Dit klopt niet. Niet op deze plek. Dit is van hem. Niet van de wereld. Hij draait zich om in tegengestelde richting en loopt de donkere avond in. Weg van hier.

29

Sharon

'Goedenavond, u spreekt met Sharon. Kan het kloppen dat u tijden terug een koffer verloren bent op Schiphol?'

Het is stil aan de andere kant van de lijn en dan een uitroep. 'Mam! Je koffer is gevonden!'

Er klinkt gestommel aan de andere kant van de lijn en iemand neemt de telefoon over.

'U hebt mijn koffer gevonden?' Een lichte zangerige stem neemt op, een Limburgs dialect is hoorbaar.

Sharon steekt haar duim omhoog naar haar vader en hij knikt. 'Goed zo! We zijn er bijna.'

'Ja, dat klopt. Ik wil u de koffer graag teruggeven. U moet weten dat wij aan een kunstproject werken en enorm benieuwd zijn naar het verhaal achter de koffer...'

'Wat apart. Ik hoor er graag meer over. Er zit niet veel waardevols in mijn koffer, hoor. Ik geef niks om spullen, maar er zit hopelijk nog een...' Ze valt stil.

Sharon doorbreekt voorzichtig de stilte. 'Als u mij uw adres geeft, kom ik langs met de koffer.' Het blijft stil aan de andere kant van de lijn.

‘U hoeft niet mee te doen met de expositie, hoor, als u dat liever niet wilt. Dan breng ik alleen de koffer langs.’ Sharon geeft de vrouw wat meer ademruimte.

De vrouw aan de lijn hervindt haar stem. ‘Ik doe graag mee. Mijn naam is Ilja, een aantal jaar geleden heb ik een ongeluk gehad en mijn gezicht… Mijn gezicht is niet meer zoals het was. En in mijn koffer zat mijn portfolio aan foto’s. Nee, ik was geen model, maar speelde af en toe in reclamefilmpjes. De foto’s zou ik graag terug hebben, denk ik…’

Sharon slikt de brok in haar keel weg. ‘Dat snap ik. We hebben inderdaad een paar foto’s gevonden. Mijn vader heeft de koffers opgekocht op de veiling. Voor dat kunstproject.’ Even voelt Sharon zich schuldig omdat ze in iemands leven heeft gegrasduind.

‘Ik ben de koffer kwijtgeraakt, jaren geleden alweer en wilde hem eigenlijk niet eens terug. Maar de laatste dagen, zo vlak voor kerst, kwam het sentiment boven. Herinneringen ophalen met mijn dochter, je kent het misschien wel. Maar goed, je vader is dus kunstenaar? Een bekende naam?’

‘Hij is nog niet bekend onder het grote publiek, maar hij maakt echt prachtige kunstwerken. Je verhaal is veilig bij hem, Ilja, dat weet ik zeker. Sterker nog, ik zal mijn vader vragen of hij de koffer terug komt brengen, dat is beter. En voor wat het waard is, je bent prachtig op de foto’s.’

‘Dank je wel. Dat is fijn om te horen.’ Een zachte snik klinkt door in haar stem en Sharon voelt de hand van haar vader op haar schouder. Hij heeft gevoeld dat het gesprek allesbehalve over een vakantie naar een zonnig oord was gegaan. Sharon schrijft het adres van Ilja en neemt dan afscheid. Ilja laat weten dat ze naar de expositie zal komen en dan ook graag even kennismaakt met Sharon.

Sharon gaat zitten op de afgesleten bank van haar vader. ‘Nou, dat was een van de gesprekken voor de lijst "pittig". Daar hebben we er nu zes van.'

'Dat zijn de mooiste. De koffers met een schrijnend verhaal. Hoe ver ben jij met het verhaal van de koffer van Tomas?'

'Pap, dat weet je, daar ben ik mee gestopt. Je hebt verhalen genoeg. Jij hebt werk aan de winkel, je mag naar Limburg toe.'

'Misschien wil je moeder wel mee.' Haar vader kijkt haar hoopvol aan.

'Dat zul je haar dan zelf moeten vragen. Jullie zien elkaar de laatste tijd weer meer of niet?'

'Ja, we praten heel erg veel samen. En geloof het of niet, dat is voor beiden goed.'

Sharon sluit haar ogen. Wil ze dit eigenlijk allemaal wel? Gaat er straks niemand opnieuw gekwetst worden? Ze schudt de gedachten van zich af. 'Kom, pap, nog twee koffers te gaan.' Ze staat op en pakt de twee koffers die achter in de hoek zijn opgestapeld en zet ze op de bank. 'Zo, daar gaan we, opnieuw het leven van een ander in.'

'Sharon, ik weet niet of je hier klaar voor bent, maar tijdens het stofzuigen kwam ik deze brief tegen onder de kast.' Hij geeft haar een brief en er gaat een schokgolf door haar heen als ze de naam ziet: Tomas.

'Sharon?' Haar vader legt een hand op haar schouder. 'Je ziet lijkwit.'

'Het gaat wel, pap. Dit hier moet nog een brief van Maggie zijn.' Haar handen trillen en ze laat zich dan op de bank zakken. Haar vader komt naast haar zitten. 'Je weet wat je te doen staat, die brief moet naar de rechtmatige eigenaar.'

Ze knikt. Langzaam maar vastberaden pakt ze haar telefoon. Maar ze toetst Tomas' nummer niet in. Een brief van Maggie, zou het hem helpen of juist niet? En ineens voelt ze een intens verlangen om Bryan te bellen. Haar beste vriend, bij wie ze altijd terechtkan. Ze toetst het nummer in.

Niet lang daarna staat Bryan voor de deur. 'Je hebt me nodig?' Hij kijkt haar plagend aan.

'Je weet dat ik je altijd nodig heb. Hoe is het met jou en Goof?' Ze trekt hem kort tegen zich aan en hij drukt een kus op haar hoofd. 'Je draagt nog steeds de parfum. Is dat een hint?' Ze port hem in zijn zij.

'Nou vooruit, ja: Goof en ik praten weer. Geen seks, ik laat hem smeken. En vooral praten. We zullen zien.'

'Daar ben ik blij om, Bryan. Doe wat je hart je ingeeft.' Ze wrijft over haar slapen om de beginnende spanningshoofdpijn te verdrijven.

'Gaat het?'

'Het is allemaal gewoon zo verwarrend. Ik had Tomas bijna uit mijn hoofd gezet en nu heb ik dit hier in mijn handen.' Ze laat de envelop aan Bryan zien. 'Van Maggie.'

'Heb je de brief gelezen?' Bryan trekt de envelop uit haar handen maar Sharon pakt hem weer terug. 'Nee. Natuurlijk niet. En dat gaan we ook niet doen. Ik voelde me al schuldig over mijn gesnuffel in zijn koffer waar die eerste brief in zat, dus deze laat ik zeker dicht. Hij is bedoeld voor Tomas.'

'Hij zit in een dip, Sharon. Wist je dat?'

'Nee, hoe moet ik dat weten?'

'Dat had je kunnen weten wanneer je net zoals iedereen af en toe het nieuws volgt. Hij gaat de deadline van zijn nieuwe parfum niet halen. Er zijn hele weddenschappen op afgesloten en er is zo veel geld in zijn campagne gepompt. Hierna kan hij zijn carrière wel vergeten, denk ik.'

'Dat meen je niet!' Sharon voelt zich machteloos. Dit gunt ze hem niet.

'Ja, dus schiet op en doe die brief op de bus of beter nog, ga naar Londen en geef die brief persoonlijk af. Misschien is het net het zetje dat hij nodig heeft!' Bryan staat nog net niet te springen van opwinding.

'Denk je?'

'Naar Londen, schat en snel!' Bryan checkt zijn telefoon en houdt hem voor haar omhoog. 'Kijk.' Ze ziet een pagina uit een of andere tabloid en schrikt van wat ze ziet. Tomas, roerloos voor zich uit starend. 'Parfummaker inspiratieloos!' staat erboven, en 'Geen nieuwe kerstgeur dit jaar!'

Ze komt in beweging en stopt de brief in haar handtas. Bryan heeft gelijk, Tomas heeft haar nodig. Ze corrigeert zichzelf, Tomas heeft een vleugje Maggie nodig. 'Ik denk dat ik weet waar hij verblijft. Ik ga thuis mijn koffer pakken, app je me?' Ze drukt een kus op zijn wang en loopt naar buiten. Bryan rent haar achterna.

'Zal ik meegaan naar Londen? Samen met Goof en je ouders?'

Sharon draait zich om. 'Jij kijkt te vaak naar romantische films!'

Hij haalt zijn schouders op. 'Goed dan. Zorg dan maar gewoon dat het sneeuwt als je straks voor zijn neus staat, dat is ook romantisch!'

30

Tomas

Hij gooit de deur met een klap dicht. Het geluid galmt door het gebouw. Met grote stappen verlaat Tomas het lab. 'Alles oké?' De portier houdt hem tegen. Tomas schudt zijn hoofd, langzaam, alsof alle drama van de wereld hem te grazen heeft genomen. 'Nee, alles is niet oké.' Hij duwt de portier van zich af en loopt naar buiten. Hij heeft frisse lucht nodig. Hoeveel uur heeft hij vandaag gewerkt? Hij weet het niet, het knorren van zijn maag geeft aan dat hij net als gisteren niet gegeten heeft. Is dit het allemaal waard? Zijn lichaam misbruiken om tot de geur te komen die hij in zijn hoofd kan ruiken maar met zijn handen niet kan maken? Hij is op. Holle ogen hadden hem aangestaard toen hij vanmorgen zijn bed uit stapte en in de spiegel keek. Had hij geslapen? Hij wist het niet, de mist in zijn hoofd was dikker dan ooit. Zelfs Mascha had hem niet uit zijn dip kunnen halen.

Dit was geen gevecht meer om niet te verdrinken in het verdriet van Maggie, dit was een strijd om boven te blijven terwijl het grote niets hem naar beneden trok. Het grote niets trok hem steeds meer aan; een wereld zonder deadline, een wereld zonder paparazzi en vooral een wereld zonder gemis. Het was Ramona die hem elke dag voorhield dat het echt beter zou worden. Het was Maggie die hem af en toe iets in zijn oor zei maar waar hij geen touw meer aan vast kon knopen. Het was de geur van een full English breakfast die hem aan de mooie tijd met Sharon deed denken wanneer hij 's morgens vroeg naar zijn werk liep. Kostbare ogenblikken die hem bij het grote niets vandaan hielden. Bovendien, zo was hij gewoon niet. Hij was niet iemand die in bed bleef liggen met de dekens over zich heen zodat de dag vanzelf over zou gaan in de nacht. Op zijn tandvlees en op karakter kwam hij de dagen door. Misschien dat hij vanavond toch maar eens moest eten. De woede zakt langzaam weg en gelaten loopt hij door het mooie Londen. Langs de lichtjes die overal hoop en kerst uitstralen. Op een van de reclameborden ziet hij zichzelf. Even blijft hij staan en probeert zichzelf te herkennen in dat beeld. De belofte. De man met de wereld aan zijn voeten. Hij haalt zijn schouders op en loopt door. Díé man is hij niet. Nooit geweest ook.

Resoluut stapt hij een van de pubs binnen. Gewoon de eerste de beste en hij denkt terug aan Sharon. Ze had uitgebreid de voorgevels van de pubs en restaurants met elkaar vergeleken voordat ze een keuze maakte om ergens naar binnen te gaan. Het plaatje moest kloppen. Hij schrikt van zijn eigen gedachten, het is steeds vaker dat Sharon zijn hoofd binnen komt lopen.

Hij gaat zitten aan een tafeltje achterin, zijn jas laat hij aan. Hij is hier niet voor de gezelligheid maar voor een snelle hap, voor zover dat mogelijk is. Het is druk en de muziek staat voor zijn gevoel te hard. Een serveerster met te veel lippenstift en een te strakke blouse wil weten wat hij wil eten en drinken. Alles voelt té vanavond. 'Een biertje en een biefstuk.' Misschien is hij nors want ze vraagt niet door naar welk bier of hoe hij zijn biefstuk wil. *Gelukkig!*

Wanneer hij een tijdje later voorovergebogen over zijn biefstuk zit komt er iemand naast hem zitten. Hij wil niet opkijken maar de geur die hij ruikt dwingt hem om het wel te doen.

Twee fonkelende ogen kijken hem aan. 'Er was geen andere plek meer vrij en een meisje moet toch kunnen zitten, nietwaar?' Ze draagt te veel make-up en haar kledingstijl laat te wensen over. Preuts is deze dame zeker niet. De geur past niet bij haar uiterlijk. De parfum die ze draagt is ingetogen en subtiel, bijna als van een studente Engelse Literatuur. Hij schudt zijn hoofd en wil de alcohol die hem duidelijk te pakken heeft genomen verdrijven.

De serveerster komt langsgelopen en zet twee grote pullen bier neer. '*On the house*!' Ze knipoogt naar hem.

'De rekening, alsjeblieft, ik ben uitgegeten.' Hij heeft hier geen zin in.

Maar het meisje tegenover hem kijkt hem bijna smekend aan. 'Toe blijf en drink deze met me. Niemand wil alleen zijn toch?' De serveerster is al weggelopen en hij voelt dat hij verloren heeft. Hij knikt en drinkt van zijn bier. Ze doet met hem mee. Moet hij zich aan haar voorstellen of juist niet?

'Tess. Ik heet Tess. En jij bent?' Ze steekt haar hand uit en hij knikt. Ze heeft hem dus blijkbaar niet herkend. De spanning uit zijn lijf ebt weg, vanavond is hij een onbekende in een bar. Geen verwachtingen over en weer.

'Tomas.' Hij beantwoordt haar handdruk en voelt de zachtheid van haar huid.

'En wat is jouw verhaal?' Ze kijkt hem indringend aan.

'Ik heb geen verhaal, ik had honger en geen zin om te koken. Zo simpel kan het zijn toch?'

Ze heft haar glas en hij doet hetzelfde. 'Op een avond zonder verhalen en vragen achteraf.' Hij twijfelt hoe hij haar toost moet opvatten; een vrijbrief voor een spannende avond? Ze komt nu tegen hem aan zitten en hij laat haar. Waar is ze op uit? Een onenightstand? Hij probeert zijn lichaam te peilen, maar de alcohol weerhoudt hem. Ze is knap, dat wel. Hij probeert te luisteren naar haar verhaal, maar hij kan er geen touw aan vastknopen.

Een groep dronken mannen joelt iets, waarschijnlijk een vrijgezellenfeest. Een van de mannen draagt een luier. Tess lacht hard. 'De sukkel! Wie wil er nu trouwen?'

Hij kijkt haar meewarig aan. Alles had hij er voor overgehad om te trouwen. Zijn gedachten glijden weg en de drank zorgt ervoor dat de pijn in alle hevigheid naar binnen klotst. Ze heeft haar hand op die van hem gelegd. 'Je moet nog iets drinken, dat helpt. Het verdooft.' Ze heeft de serveerster gewenkt en er komen weer twee grote *pints* te staan. Tomas knikt en drinkt. Tess wrijft met haar voet tegen zijn been, haar pumps heeft ze uitgedaan. Haar mond is dicht bij zijn oor. 'Waar hou je van, Tomas?'

Zijn hart bonkt in zijn keel. Niet van opwinding, dat is duidelijk. Hij wil dit niet. Hij moet dit niet willen. Wanneer haar hand langs zijn bovenbeen in de richting van zijn kruis glijdt twijfelt hij. Zou het zo makkelijk zijn? Nog een glas bier en een stevig potje seks? Geen liefde, dat was duidelijk, maar gewoon een dierlijke lust zijn gang laten gaan?

'Waarom doe je dit, Tess?' De vraag is uit zijn mond ontsnapt en ze trekt haar hand weg. Ze tikt met haar vingers tegen zijn hoofd. 'Jij zit te veel hier, schat. Je moet voelen, niet denken!' Zacht drukt ze haar lippen op de zijne. Hij proeft haar lipstick en de Guinness die ze dronk. Hij laat haar, zelfs wanneer ze op zijn schoot komt zitten en doelbewust haar heupen beweegt. Hij laat haar. De tranen stromen over zijn wangen en hij laat het. Voelen? Dat is wat hij doet nu.

Met een ruk staat ze op van zijn schoot en weg is ze. 'Jij betaalt de drankjes?'

Hij kijkt op en ziet hoe ze naar de hoek van de bar loopt. Een man met een grote glimlach geeft haar geld. Hij steekt zijn duim naar hem omhoog en om zijn nek hangt een camera. Lokaas! Ze was lokaas. En hij? Een sukkel. Nog even blijft hij zitten en legt dan wat geld op de tafel neer, dat zou genoeg moeten zijn. Hij loopt onwennig op zijn benen de kroeg uit. Morgenvroeg zou deze dag ook weer om zijn en misschien zou hij zijn eigen gezicht herkennen in een of ander smerig blaadje. Het deed hem niks. En toch ook alles. Hij was de duiding kwijt. Waarom lieten meisjes zoals Tess zich omkopen om te zorgen voor een smeuïge kop in de kranten? Had ze geld nodig om haar studie te betalen of was ze gewoon een vals kreng? Dacht ze werkelijk dat met seks alles op te lossen was? Dacht ze dat mannen zo makkelijk waren? Hij in ieder geval niet. De laatste keer dat hij echt iets voelde was...

Met Sharon! Hij schrikt ervan. Hij had voor het eerst zijn lichaam weer gevoeld toen hij met haar was. Er was een aantrekkingskracht die hem bijna zijn trouw aan Maggie had doen vergeten. Haar mooie lijf en zachte lippen hadden hem weten te benevelen en toch had hij haar weggeduwd. Wat had dit met haar gedaan? Hij schopt tegen een steentje op de stoep en kijkt hoe het verder rolt, de stoeprand af en bijna de goot in. Hij had al zijn gevoel voor Sharon weggestopt nadat ze uit Londen verdwenen was. Begraven alsof het er nooit was geweest. Ze had beter verdiend! Ze was oprecht in hem geïnteresseerd geweest en niet vanwege zijn parfum en alle faam. En ze wilde haar vader helpen. Maggie zou haar zeker gemogen hebben en geholpen hebben met die rare kofferexpositie.

Hoe hij binnengekomen is, kan hij zich niet herinneren. Net zoals het feit dat hij wakker is geworden in het bed waar Sharon eerder geslapen had. Had hij hier troost gezocht? Zijn hoofd probeert tussen de brokstukken van een bonkende maar welverdiende kater te zoeken naar duiding. Duiding van vannacht en van zijn hele leven.

Zijn telefoon gaat en Tomas neemt op.

'Wat heb je gedaan, Tomas?' Ramona's stem slaat over en ze klinkt wanhopig. Hij zucht en sluit zijn ogen. Even niks. 'Tomas?'

'Ja, ik ben er. Wat heb ik gedaan dan?'

'Seks midden in een bar? De tabloids staan er vol mee. Kom op, Tomas. Herpak je!'

Zijn hoofd tolt. 'Je moet niet alles geloven wat je leest, Ramona...'

'Soms zegt een plaatje meer dan duizend woorden.' Ze heeft opgehangen en hij kijkt naar de foto die nu binnenkomt via WhatsApp.

Het is Mascha die daarna bij hem aanbelt en hem geruststelt. 'Goed voor de verkoop, Tomas. Ik heb vers fruit voor je meegenomen en een licht ontbijt. We gaan dadelijk een rondje rennen in het park en daarna ga je aan het werk.' Zoals gewoonlijk deed hij wat ze zei.

31

Sharon

Een gevoel van opwinding kriebelt in haar buik. De vertrekhal is afgeladen met mensen en iedereen lijkt vol te zitten van de decembermaanden. Haar moeder had haar naar Schiphol willen brengen maar ze had geweigerd. Dit was haar reis en dit moest ze helemaal zelf doen.

Bryan had haar gebeld om haar succes te wensen en ook haar vader had van zich laten horen. Dat moest geluk brengen! Wat zou ze doen wanneer ze tegenover hem stond? Wat zou hij doen? Zou hun weerzien voelen als stuntelig of juist niet? Misschien zou hij haar omhelzen en zouden ze zonder woorden hun vriendschap weer op kunnen pikken of zou dat alleen tussen haar en Bryan zo werken? En wie hield ze eigenlijk voor de gek? Vriendschap? Ze had duidelijk meer voor Tomas gevoeld dan vriendschap. Ze wil niet terugdenken aan hun laatste nacht in Londen, dat was te pijnlijk en te verdrietig. Wat deed ze hier nu dan? Had ze de brief niet beter gewoon op de post kunnen doen? Hij was toch duidelijk geweest; er was geen plaats voor haar in zijn leven.

Bryan had haar overtuigd om te gaan. 'Je moet de parfumwereld redden, Sharon! Stap over je eigen schaduw heen en help die man!' Hij had zijn vuist in de lucht gestoken zoals Superman en Sharon was in lachen uitgebarsten. Ze twijfelde wel of de brief hem goed zou doen, misschien zou hij juist in een nog groter inspiratieloos gat vallen. Sharon zucht en gaat op een stoeltje bij de gate zitten. Nog een half uur voordat ze aan boord kan. Ze kijkt hoe het vliegtuig leegloopt en hoe de schoonmakers het vliegtuig binnenstappen. Sporen worden uitgewist. Opeens snapt ze haar vader en zijn koffers. De reizen die mensen maken zijn soms zo bijzonder, die verhalen moeten gedeeld worden. Ze denkt terug aan het verhaal van Ilja. Haar vader was op dit moment naar haar onderweg, haar moeder had beleefd geweigerd om mee te gaan. Misschien ook maar goed, ieder diens eigen weg.

Een moeder met twee kleine kinderen zoekt wanhopig in haar tas. De kleine meid in de buggy huilt onbedaarlijk en het jongetje hinkelt op één been door de ruimte. De jonge vrouw haalt een speentje uit haar tas, stopt het even in haar eigen mond en geeft het dan aan haar kleintje. Het huilen stopt en het lijkt wel alsof iedereen in de hal opgelucht adem haalt. De jonge vrouw vangt de blik van Sharon en lacht. 'Was alles maar zo eenvoudig, niet?'

Sharon knikt terug. Haar handen voelen zweterig aan. Gaat ze dit echt doen? Om de tijd te doden pakt ze een tijdschrift uit haar tas en begint te lezen. Even later loopt een purser naar de balie en zijn stem klinkt door de microfoon. 'We mogen gaan boarden. Mensen die slecht ter been zijn en ouders reizende met kleine kinderen mogen vast aan boord. Let op dat uw handbagage niet te groot is. We zitten behoorlijk vol dus hebben de ruimte nodig.' Sharon klopt op haar compacte tas, ze had niet veel meegenomen voor deze ene nacht die ze zou blijven. De moeder met haar twee kinderen komt in beweging en het jongetje zwaait naar Sharon. Zouden ze naar hun vader gaan? Ze zwaait terug en richt haar aandacht dan weer op haar blad. Ze slaat de pagina om en verstijft. De foto raakt haar diep. Zonder het artikel te lezen slaat ze de krant dicht. Ze maakt haar jas los en probeert de paniekgolf die haar nu overspoelt tot bedaren te brengen, maar het voelt alsof ze kopje-onder gaat. De purser roept weer iets en de rest van de wachtende mensen staat op en gaat in de rij staan. Als verdoofd volgt Sharon hun voorbeeld.

'Mevrouw, uw boardingpass?' Een stem haalt haar uit haar overpeinzingen en ze kijkt in de ogen van de stewardess.

'Sorry, ik heb me bedacht. Ik ga niet. Ik kan niet...' Sharon draait zich om en stapt de rij uit. Ze wil weg hier. Alleen maar weg hier. Het interesseert haar niet dat mensen haar vragend aankijken. Haar hart bonst en de tranen prikken achter haar ogen. Huilend verlaat ze Schiphol. Misschien had ze haar voornemen zoals ze dat de laatste nacht met Tomas had gemaakt nooit moeten verbreken; nooit meer teruggaan naar Londen is gewoon het allerbeste.

Verblind door tranen belt ze het enige nummer dat ze uit haar hoofd weet.

'Heb je een plekje bij het raam?'

'Nee, Bryan. Nee. Ik ga niet. Hij heeft die brief van Maggie niet nodig. En mij ook niet...'

'Doe eens even rustig, wat is er aan de hand? Waar ben je?'

'Onderweg naar huis.'

'Dan zie ik je daar.'

Ze hangt op en probeert zo snel mogelijk haar auto terug te vinden. Weg hier.

Haar huis doemt op en ze verlangt naar haar bed. Ze wil er nooit meer uit komen. Ze glimlacht door haar tranen heen wanneer ze Bryan voor haar huis ziet staan. Hij leunt nonchalant tegen de voordeur en haar hart stroomt over van vriendschap. Snel stapt ze de auto uit en stort zich in de armen van Bryan. Wat voelt ze zich veilig hier.

'Gaat het?' Ze schudt heftig van nee en maakt dan snel de deur open. Haar jas laat ze vallen en Bryan kijkt haar lachend aan. 'Zo doen we dat niet.' Ze kijkt hoe hij haar tas ophangt met de zijne ernaast. Zou er ooit een mannenjas aan haar kapstok komen te hangen die niet van Bryan of haar vader is? Bryan pakt haar hand en trekt haar mee naar de bank. 'Nou, vertel.' Ze kruipt tegen hem aan en negeert de parfum die hij draagt.

'Hij stond in een tijdschrift. Levensgroot met een of andere meid op zijn schoot. Gewoon dat, Bryan. Net voordat ik het vliegtuig in ging en gelukkig heb ik het op tijd gezien, anders had ik mezelf compleet belachelijk gemaakt daar in Londen. Stel je voor Bryan, dan had ik aangebeld en dan had zij opengedaan in haar ochtendjas...'

'Jij verwijt mij dat ik in filmscenario's denk en wat doe je zelf?'

'Het is overduidelijk, echt. Hij heeft iemand daar en het gaat goed met hem! En weet je, ik ben blij voor hem! En ik hoop dat zijn parfum goed verkoopt en dat hij lekker ruikt.'

'Je klinkt anders niet alsof je het meent.'

Ze gaat verzitten, haar armen boos over elkaar heen geslagen, een kussen ertussen gepropt. 'Ik weet het ook niet meer, Bryan. In mijn hoofd zou ik voor zijn voordeur staan en hij zou me vastpakken en nooit meer laten gaan...'

'Je bent voor hem gevallen, of niet?'

'Ja, ik denk het wel. Maar dat is nu voorbij. Misschien moet ik ook gewoon maar gaan tinderen, dan ben ik met de kerst tenminste niet alleen.'

'Je weet dat jij zo niet in elkaar zit. En als je eerlijk bent weet je ook dat Tomas zo niet in elkaar steekt. Geloof toch niet alles wat je in de bladen leest.'

'Ik weet wat ik zag!'

Bryan pakt zijn telefoon erbij en typt de naam van Tomas in. 'Kijk, als je al die bladen mag geloven dan is hij getrouwd, gescheiden, vader geworden en verslaafd aan drugs.' Hij scrolt door de foto's heen en

Sharon verstrakt als ze een andere foto van Tomas ziet. Tomas die stil voor zich uit staart, de eenzaamheid spat ervan af.

'Ja, Sharon. Dat is jouw Tomas.'

Sharon kreunt. 'Ik weet het niet meer, echt niet.'

'Wat heb je met de brief van Maggie gedaan?'

'Die zit nog in mijn tas.'

'Geef hem het voordeel van de twijfel en stuur die brief op. Wat hij ermee doet moet hij zelf weten, maar je kunt deze brief niet voor hem achterhouden.'

'Je hebt gelijk.' Ze staat op en haalt de brief uit haar tas. Uit een van haar lades haalt ze een grote envelop en stopt de brief erin. Ze wil hem dichtplakken maar bedenkt zich dan.

'Wat doe je?'

'Ik stuur hem nog iets op. Mijn herinneringen aan Londen. En wat hij ermee doet moet hij zelf weten, zoals een wijs man net zei.' Ze pakt het zakje met herinneringen aan haar Londen en stopt het erbij in de envelop. 'Ik zal hem morgen aangetekend versturen dan weten we zeker dat hij niet kwijtraakt tussen de kerstpakketten.'

'Over kerstpakketten gesproken en nu je toch hier bent en niet in Londen. Ik moet nog cadeaus kopen. Kan ik op je rekenen?' Bryan drukt een zoen op haar wang.

'Als jij trakteert op eten, want ik heb honger!'

'Dus het gaat weer met je?'

'Ik heb het niet in de hand, Bryan, het moet maar. Hoe is het met jou en Goof?'

'Hij heeft me uitgenodigd voor een kerstdiner… bij zijn ouders. Hij zei dat het hoog tijd werd dat ze mij leren kennen. En hem.'

'Wauw, Bryan, wat een stap! Gefeliciteerd. Neem je hem ook mee naar de expositie van pap?'

'Graag! Zijn jullie bijna zover?'

'Nog een paar laatste zaken en dan gaan we los. Ik zag dat er gisteren al een aankondiging in de krant stond. Er zijn al veel kaartjes verkocht voor de grote opening.'

'Heb jij al een mooie jurk?'

Ze haalt haar neus op. 'Dat is het laatste waar ik mee bezig ben.'

'We doen alles nieuw, Sharon, jurk en lingerie en mooie stay-ups. Als je dan toch single het nieuwe jaar in gaat, dan wel in stijl!'

32

Tomas

De bel gaat en Tomas loopt naar de voordeur. Hij kijkt op zijn horloge en schudt zijn hoofd. De bestelde pizza is ruim een uur te vroeg. Gekkenhuis! 'Een brief voor u meneer, graag even tekenen.'

Tomas zet een krabbel en neemt de envelop in ontvangst. Hij herkent het handschrift niet, maar ziet aan het logo van de envelop dat het van een makelaarskantoor afkomstig is. Sharon?

Met bevende handen haalt hij er een brief uit. Dat handschrift herkent hij uit duizenden! Er zit nog meer in de envelop, maar daar heeft hij nu geen tijd voor. Wat is dit? Hoe komt Sharon aan die brief? Wat heeft Maggie hem nog te vertellen?

De laatste paar dagen had hij zichzelf voortgesleept. Geleefd op fastfood en weinig slaap. De media waren over hem heen gevallen en het parfumhuis had hem niet met rust gelaten. *De deadline, Tomas, de deadline!*

Met de brief in zijn handen loopt Tomas naar zijn slaapkamer. Hij gaat op bed zitten en vouwt de brief open. Hij ruikt aan het papier en even is het alsof ze naast hem zit. Haar hoofd op zijn schouder. Hij herkent het briefpapier met het vosje erop.

Lieve Tomas,

Ja, een tweede brief! Als je dit leest ben je in Londen! Als je dit leest schitter je als een ster in de nacht en ligt de wereld aan je voeten, ik weet het zeker! Je hebt het ticket gebruikt om naar Londen te gaan, heb ik gelijk of niet? Wie heb je meegenomen? Ramona? Of iemand anders?

Ik heb de brief in de voering van je koffer verstopt en je hebt hem gevonden. Ik wilde nog even bij je zijn.

Je bent sterk, Tomas, sterker dan jij zelf denkt. Je liet me toe in je leven en wat heb ik daarvan genoten. Rond mogen lopen in jouw wereld was als een sprookje. Je ziet en kijkt anders naar de wereld dan de meeste mensen dat doen. Puurder. Je hebt oog voor detail, het oog van een meester. En jouw vermogen om te ruiken! Wat heb jij mij veel geleerd wat dat betreft. Je reukvermogen is één ding, maar je vermogen om dan ook zelf iets te creëren is bijna buitenaards. Je bent in staat mensen te betoveren. Je bent in staat met de juiste parfum een man te verleiden om te vallen voor een vrouw. En andersom.

Tomas legt de brief op zijn schoot en denkt na over haar woorden. Altijd had hij nagedacht over haar woorden. Ze werd er soms wel eens ongeduldig van, maar hij had haar uitgelegd dat hij echt naar haar luisterde en ook echt een antwoord wilde geven, weloverwogen. Nooit wimpelde hij haar af, alle aandacht was op haar gericht. Ze was ervan gaan houden, zijn bedachtzaamheid, het maakte haar woorden meer waard, zo leek het. Misschien juist omdat haar ouders nooit tijd hadden gehad voor haar verhalen, dat kon ook niet vanwege hun drukke bestaan. Althans, dat was het excuus dat ze voor hen verzonnen had. Tomas had het anders gezien, de ouders van Maggie waren zelf gewoon altijd aan het woord. Hij leest de zinnen opnieuw en blijft hangen bij het woordje 'betoveren'. Ze had het mis. Zij had hem betoverd! Hem aangemoedigd en het vertrouwen gegeven dat hij iets moest doen met zijn talent.

Ik ben voor je gevallen, Tomas. Alsof ik een parachutesprong heb gemaakt zonder ooit te landen. Ik was meer mezelf bij jou dan ik ooit geweest ben. Je was mijn soulmate van dat moment. Ik hoop dat jij die parachutesprong ook hebt durven nemen nadat ik er niet meer was. Ik weet hoe moeilijk je het vindt om los te laten, maar doe het!

Tomas balt zijn vuisten en een oerkreet ontsnapt uit zijn lichaam. 'Ik wil je niet loslaten, Maggie!' Hij stopt de brief terug in de envelop. Hij weet wat ze wil, maar hij is er nog niet aan toe. Met grote passen loopt hij naar buiten, de kleine achtertuin van het appartement in. Zijn voeten schrikken van de kou, maar hij blijft staan. Dit is hoe hij zich voelt: in de steek gelaten en in de kou gezet. De wetenschap had gefaald. Er was geen arts geweest die Maggie had kunnen redden.

Het duurt even voordat Tomas weer naar binnen gaat, zijn voeten voelen aan als ijsklompen. Net als zijn hart. Voelen en niet willen voelen wisselen elkaar af en Tomas is moe van het leveren van deze strijd. Het niet kunnen slapen 's nachts begint zijn tol te eisen. Maggie was gek geweest op slapen, wat dat betreft had ze veel weg van een diertje in een diepe winterslaap. Ze was gek op alles wat zacht was en het liefst nestelde ze zich helemaal onder de deken en warmde zich dan aan zijn lijf. 'Mag ik in jouw kuiltje vannacht?' Hij hoort het haar weer vragen en nooit had hij haar geweigerd, al stierf zijn arm wel eens af omdat ze erop lag. 'We hadden alles samen.' Zijn stem klinkt als die van een vreemde en Tomas beseft dat hij steeds vaker zijn gedachten hardop uitspreekt. Een Maggie-erfenis, ze vroeg hem minstens tien keer op een dag wat hij aan het denken was. Zijn antwoord was altijd hetzelfde geweest: aan jou. Dan had ze gelachen en had zijn bewering onderuitgehaald. 'Nee, je dacht na over het verfijnen van die geur waar je aan werkt. In jouw hersens draait een geurfabriek op volle toeren.'

'Er draait niks meer, Maggie. Zelfs de aarde is gestopt met draaien.'

Mompelend loopt Tomas door het appartement. Voor de deur van Sharons kamer blijft hij staan. Klopt het wel dat de aarde was gestopt met draaien? Tomas loopt terug naar zijn eigen slaapkamer en de vermoeidheid komt opeens binnenvallen. De brief haalt hij weer uit de envelop. Bijzonder hoe de brief een tijd van bijna twee jaar heeft overbrugd, onwerkelijk hoe haar hand deze brief geschreven heeft. Haar lange haren hangend naast haar gezicht. Haar linkerhand vast blauw van de inkt. Hij weet zeker dat haar hand blauw is geweest omdat er vlekken op het papier zitten. Ze had er altijd een hekel aan gehad, dat gevlek doordat ze links was. Je DNA zit voor altijd in je schrijfsels, had hij gezegd. 'Ja, zelfs op mijn boodschappenlijstjes!' Ze had moeten giechelen. 'Ik zal maar nooit een handgeschreven hitlist maken, de recherche weet me dan meteen te vinden.' Tomas had haar hoofdschuddend aangekeken. 'Jij redt een hommel nog van uitdroging, dus een hitlist is zeer onwaarschijnlijk.' 'Je weet maar nooit, Tomas, voor jou zou ik een moord begaan.' Ze had hem speels aangekeken en Tomas had er knikkende knieën van gekregen.

En dan plots is het net alsof ze naast hem staat en haar handen om zijn nek heeft geslagen. Hij kan haar hartslag voelen en hij ruikt haar unieke Maggie-geur. Hij gaat weer op zijn bed zitten en trekt haar op zijn schoot. Zo voelt het. En dan leest ze de rest van de brief voor en hij geniet van de warme klanken van haar stem.

Ik ga je geen brieven sturen in de toekomst, geen opdrachten geven om karaoke te gaan zingen in de bar, dat soort dingen passen niet bij je. Tomas, ik wil maar één ding van je en dat is dat jij je passie terugvindt, dat je verder werkt aan die parfum. Het gaat jouw beste parfum worden, althans, van dit jaar. Het jaar erop lanceer je vast weer een prachtige geur!

Het lijkt alsof Maggie hem zachtjes door zijn haren wrijft en Tomas laat zich achterover zakken. *Laat dit niet stoppen!* Ze kijkt hem aan en eist zijn aandacht op met een klein kuchje.

Ze stopt met lezen en richt zich weer tot hem.

Jij hebt er mij niet voor nodig, al denk je van wel. Denk eens terug aan Dombo de vliegende olifant, weet je nog, die kon vliegen wanneer hij een toverveer vasthad. Onzin! Hij had alleen een zetje nodig, net als jij! Ik gaf je graag een zetje, nu is het aan iemand anders om dit te doen.

'*Tomas?*' Haar stem klinkt slaperig. Hij herkent die stem, het is vlak voordat ze in slaap viel zoals ze avond na avond naast hem in slaap was gevallen. '*Ik geef je de brief nu terug, goed? Lees je de rest zelf? Dan blijf ik nog even bij je.*'

Tomas leest met tegenzin zelf verder maar het gekroel door zijn haren stemt hem rustig.

Je was het beste wat mij is overkomen. En ik heb ervaren hoe het voelt wanneer iemand vol overgave van je houdt. Dat is geweldig! Fenomenaal. Mooier dan welke film of boek dan ook! En nu, lieverd, ga jij verder. Je bent te mooi om je leven op pauze te zetten, te jong om de weduwnaar te spelen. De pijn zal slijten, dat beloof ik je. Je gaat weer leven en dat voelt eng. Ik ken je. Maar ooit klom je als klein jongetje op de hoogste duikplank en je sprong. Dat ga je nu weer doen! Je maakt een zachte landing, dat beloof ik je. Ik hou van je. X Maggie!

Als versteend blijft hij zitten. Ze had hem feilloos aangevoeld en ze nam met deze brief afscheid van hem. Ze gaf hem een zetje om weer op eigen benen te staan. Hoe moeilijk moet dat voor haar geweest zijn? Een pijn die hij nog niet eerder gevoeld heeft overvalt hem. Niet zijn eigen verdriet dat hij zo goed heeft leren kennen, maar nu pas is er ruimte voor het verdriet dat Maggie ongetwijfeld gehad moet hebben. Zij was diegene die afscheid heeft moeten nemen van het leven. Van haar dromen en plannen en van hem. En wat deed hij? Zitten kniezen in een prachtig appartement in Londen! Zich bezatten in de kroeg en de tabloids halen. Hij had zijn zus van zich afgestoten en hij had Sharon laten gaan. Allemaal zaken waar Maggie hem afkeurend voor zou hebben aangekeken. Zij hield van gas geven en doorpakken. Ze had haar lot aanvaard, sterker nog, ze had in haar laatste weken nog de kracht gevonden om hem het allerbeste te wensen. Ze wilde dat hij doorging! En dat zou hij doen. Als zij het had aangekund om afscheid te nemen van het leven, dan moest hij het aankunnen om het leven weer te omarmen. Hij kon immers teren op al hun herinneringen.

Hij staat op van het bed en pakt de envelop om de brief terug te stoppen. Dan ziet hij het zakje dat hij er nog niet uit had gehaald. Hij pakt het en herkent meteen de inhoud aan herinneringen zoals Sharon ze erin had gestopt. Hij ruikt de geur van de magnolia.

Een huivering gaat door zijn lijf. Hij vindt een bierviltje waar ze iets op geschreven had toen ze samen in de pub zaten. Haar Oyster card van de metro. En de spreuk op een fortune cookie. Ook haalt hij er een wijnkurk uit en hij ruikt eraan. Was het beginnende verliefdheid die aan de geur van die kurk hing? Of was het de afwijzing die voor Sharon vast ook hard aangekomen moest zijn? Hij had niks meer van zich laten horen en had haar laten gaan. Hoe bijzonder eigenlijk dat hij Maggie vasthield uit liefde en dat hij daardoor Sharon geen kans had gegeven. Hij had zich thuis gevoeld bij haar, maar had de deur heel hard dichtgesmeten. Een enorm schuldgevoel overvalt hem. Moet hij haar bellen? Zou dat nog kunnen na al die tijd? Misschien om haar te bedanken voor de brief? Zou ze de brief gelezen hebben? De vragen schieten door zijn hoofd en toch besluit hij dat hij ze onbeantwoord gaat laten.

Hij moet aan de slag; er is een deadline te halen. Hij voelt het! Hij kan het parfum voelen, ruiken en bijna aanraken. Hij hoeft het alleen nog maar te maken. Hij heeft Mascha nodig, ze moet meer in gang zetten dan ze ooit gedaan heeft.

33

Sharon

'Pap, schiet op!'

Sharon staat ongeduldig onder aan de trap te roepen. Haar moeder doet met haar mee. 'Luuk, je komt zo nog te laat op je eigen opening!'

En dan komt hij de trap af gelopen. Sharon gelooft haar eigen ogen niet en ook haar moeder weet niks uit te brengen. Patrice herpakt zich als eerste en drukt een zoen op de wang van Luuk. 'Zo zag ik je niet meer sinds onze trouwdag.'

'Ik had hulp van Bryan.' Luuk steekt zijn armen door die van zijn dochter en Patrice heen. 'Maar jullie zijn vandaag mooier dan mooi.'

Sharon lacht. 'We hebben er werk van gemaakt, het voelde ook wel een beetje als een trouwdag of niet, mam?' Ze kijkt naar haar moeder, die er prachtig uitziet. Jonger en zorgelozer. Zelf had ze haar haren opgestoken en een nauwsluitende jurk aan en nog hogere hakken dan haar moeder.

'En nu opschieten.' Patrice verbreekt de intieme sfeer en pakt de jas van Luuk van de kapstok. 'Trek aan, het heeft gesneeuwd.'

Samen lopen ze naar buiten en stappen de auto van Patrice in. 'Net als vroeger...' Luuk legt kort zijn hand op haar been en Sharon doet net alsof ze dat niet ziet. De radio speelt en Patrice zingt zachtjes mee.

'Denk je dat het druk zal zijn?' Luuk is zichtbaar zenuwachtig.

'Je weet dat alle 150 kaartjes verkocht zijn, pap. En er is ook nog pers aanwezig. Je gaat een geweldige opening tegemoet. En het is ook gewoon fantastisch wat jij voor elkaar hebt gekregen!' Sharon legt haar hand op haar vaders schouders en schuift iets naar voren vanaf de achterbank. Hij knijpt in haar hand en Sharon voelt de liefde door haar lichaam schieten. Dit moment wil ze voor altijd vasthouden.

'Zonder jouw hulp was het me niet gelukt, meisje. Dank je wel.'

De ingang van de expositieruimte is mooi versierd met twee grote kerstbomen en een rode loper op de grond. Er staat al een groepje mensen buiten te wachten. Bij Sharon gieren de zenuwen nu ook door haar lijf. Ze herkent Bryan en zijn cowboy Goof en ze voelt zich meteen rustiger worden.

Haar vader heeft haar blik gevolgd. 'Nu kan er niks meer mis gaan, Sharon. Bryan is er.'

Sharons gedachten flitsen naar Tomas. Hoe zou het zijn geweest wanneer hij er ook was geweest? Ze focust zich weer op haar vader. Dit is zijn avond. Patrice heeft de auto geparkeerd en de koude decemberlucht snijdt door het jasje van Sharon heen. Bryan is naast haar komen lopen en slaat een arm om haar heen. 'Je bent prachtig, Sharon. De mannen liggen vanavond aan jouw voeten. En aan die van je moeder!'

Haar vader loopt naar binnen en Sharon volgt hem op de voet. De andere gasten moeten nog even wachten. Sharon controleert alle kunstwerken en kijkt dan bewonderend de ruimte door. 'Dit is prachtig, pap, echt prachtig.'

Haar vader knikt en ze ziet dat er tranen in zijn ogen staan. 'Wie had dit kunnen denken? Het was een bewogen jaar voor ons allemaal.'

'Je hebt je erdoorheen geknokt, pap. En daar mag je trots op zijn.'

'Er is zo veel waar ik niet op trots op ben.' Hij schudt zijn hoofd.

'Niet nu, pap, niet nu. Dit is jouw avond. Geniet ervan.'

Er staan tafeltjes in de ruimte en de catering zet kleine hapjes neer. Obers in mooie pakken laten de gasten binnen en serveren bubbels. De ruimte vult zich met verbaasde blikken en iedereen probeert zicht te krijgen op de tentoonstelling. De lampen boven de kunstwerken zijn echter gedimd. Sharon neemt plaats achter de microfoon.

'Lieve mensen, beste gasten, bedankt dat jullie hier vanavond zijn om samen met ons de opening van de expositie van Luuk, mijn vader, te openen. Ik wil de eigenaars van de koffers vragen om vast plaats te nemen op hun plekjes.'

Een aantal mensen begint te lopen en zoekt hun plaats. Sharon zwaait naar een paar mensen en kijkt dan naar haar vader. 'Ja, pap, dit is jouw moment. Jouw verhaal en jouw werk. Het woord is aan jou.'

Er klinkt applaus en Sharon stapt opzij zodat haar vader het woord kan nemen. Hij kijkt de zaal in en zoekt de ogen van Patrice. Ze knikt hem toe. Sharon ziet hoeveel dat ene knikje voor hem betekent. Een zetje.

Bryan heeft zijn arm om haar middel gelegd. 'Draag je een korset of zo, je bent zo slank?'

Ze port hem in zijn zij. 'Hou op jij.'

Hij haalt zijn arm niet weg en kust haar zachtjes in haar nek. 'Ik ben trots op je, Sharon!'

'Beste mensen, zoals mijn dochter al zei: bedankt voor uw aanwezigheid. Sommige mensen ken ik, andere niet. Het sneeuwt buiten en binnen is het warm, dus wat dat betreft is het al een goede keuze om hier te zijn. De champagne smaakt ook heerlijk dus mocht de tentoonstelling tegenvallen, het drankje heeft u al in de pocket.'

Er klinkt gelach en Patrice schudt haar hoofd. Sharon kan alleen maar raden wat ze denkt. Haar vader hangt de clown uit. Dan schraapt Luuk zijn keel. 'Het was geen makkelijk jaar voor me. Ik heb een reis afgelegd alsof ik een rugzak om had die steeds zwaarder en zwaarder werd, ik zakte weg in mijn eigen modderpoel. Gelukkig waren er mensen met sleepkettingen om mij eruit te trekken.' Hij wijst naar Bryan en naar Sharon. Sharon voelt zich ongemakkelijk met alle ogen die nu op haar gericht zijn.

'U vraagt zich af wat u zo meteen te zien krijgt. U kent ongetwijfeld het programma op tv waar een presentator mensen op Schiphol het hemd van het lijf vraagt over hun bestemming of op wie ze staan te wachten daar. Tranentrekkers van jewelste of niet soms?' Hij kijkt de zaal in en er klinkt instemmend gemompel. 'Wij mensen zijn altijd onderweg, of dat nu met het vliegtuig is om op reis te gaan of gewoon zoals wij in het dagelijkse leven op weg zijn naar ons geluk. Er is altijd een verhaal te vertellen. Ik heb met behulp van mijn dochter geprobeerd om de verhalen te vangen. Wat u te zien krijgt is de inhoud van vergeten en verloren koffers. We hebben de eigenaren weten te vinden en hun verhaal achterhaald. Mijn boodschap? Luister naar elkaar! Een aantal van de eigenaren van de koffers is hier aanwezig en ze staan naast hun koffer. Wat me vooral opviel is hoe vaak we ernaast zitten wat onze medemens betreft. We doen aannames over wie de ander is, vaak op basis van een eerste indruk: het uiterlijk of de inhoud van een koffer. Ik daag u uit, bekijk de inhoud van de koffers en vorm uw oordeel en kijk, voel en ervaar hoeveel u er naast zat. Of niet natuurlijk, dat kan ook. Er zijn geen prijzen te winnen.'

Er klinkt gelach uit de zaal en Sharon kijkt toe hoe haar vader het volledige podium pakt. Hij is terug en hoe! Ze draait zich om en ziet hoe haar moeder een paar tranen probeert weg te vegen zonder haar mascara te verpesten. 'Ik ga even naar mijn moeder.' Bryan knikt en loopt naar Goof toe, die meteen zijn hand vastpakt.

'Doet hij goed of niet, mam?'

Patrice knikt. Haar tranen zijn niet meer tegen te houden en ze lijkt het opgegeven te hebben. 'Prachtig wat je vader ervan gemaakt heeft...'

'Lieve mensen, voordat jullie dadelijk op expeditie mogen, wil ik nog iets kwijt.' Hij kijkt de zaal in en zoekt de ogen van zijn ex-vrouw. 'Patrice, zou je naar voren willen komen om deze expositie officieel te openen?'

Patrice schudt haar hoofd. 'Ik toch niet?'

Sharon geeft haar moeder een zetje en overal klinkt applaus. Ze kan niet meer terug en met kaarsrechte rug loopt haar moeder naar voren. Sharon ziet dat ze haar emoties in toom probeert te houden. Haar vader verwelkomt Patrice met open armen en drie zoenen op haar wangen.

'Aan jou de eer om het startsein te geven door symbolisch deze koffer hier naast me te openen.'

Met trillende handen maakt Patrice de twee sloten open. Luuk slaat een arm om haar middel om haar te ondersteunen, ook hij ziet hoe de emoties haar te pakken hebben genomen. 'Beste mensen, verwonder u!'

De lichten boven de koffers gaan aan en de gasten verspreiden zich door de zaal.

Sharon loopt naar haar ouders toe. Haar moeder staat in stilte naar de koffer naast Luuk te staren. 'Het is je eigen koffer. Wat mooi dat je die bewaard hebt.'

Sharon haalt een vergeeld papiertje uit de koffer en strijkt het recht. 'Mam, wat is dat?'

'Dat, Sharon, is mijn eerste briefje aan je vader.'

Luuk kucht een keer en kijkt de twee vrouwen onzeker aan. 'Denk je dat het te laat is om opnieuw te beginnen?'

'Wat bedoel je?' Sharon kijkt haar vader verbaasd aan.

'Opnieuw een vader zijn voor je, met alles erop en eraan. Zelfs een jointje roken als het nodig is. En opnieuw vrienden worden met jou, Patrice. Je te zien schaterlachen in plaats van je leven opzij te zetten voor mij?'

Ondanks het geroezemoes in de ruimte blijft het stil op het podium. Patrice zoekt naar woorden en Sharon pakt haar vader vast. 'Je doet het goed, pap, ik kan mij geen betere vader wensen dan jij. Echt niet. Het is nooit saai met jou.'

Patrice pakt zijn hand vast. 'We zijn nooit geen-vrienden geweest, Luuk, dat weet je.'

Hij knikt. 'Dat weet ik.'

'En nu, meng je tussen de gasten, dit is jouw dag!' Patrice geeft een kus op zijn wang en loopt dan de ruimte in. Luuk kijkt haar na. 'De mooiste van deze avond is zij.'

Sharon voelt haar tranen opwellen terwijl ze de ruimte rondkijkt. Haar moeder staat stralend mensen te woord, haar vader schudt Ilja de hand, Bryan maakt de ene foto na de andere. Dit is haar familie, hier hoort ze thuis. Bij haar gekke vader, haar dappere moeder en haar beste maatje.

'Gaat het?' Bryan is naast haar komen staan en hij verwarmt haar met zijn sterke armen.

'Zeker, de avond is echt een succes! Gaan jullie straks nog mee om iets te drinken bij papa thuis?'

'Jazeker, dit moeten we vieren. Hoe is het met jou en Goof? Ik zie hem continu aan de drank zitten.' Ze kijkt naar Goof, die druk in gesprek is bij een van de koffers.

'Het gaat oprecht goed, Sharon. Hij is gewoon stikzenuwachtig om jou te spreken. Hij heeft eindelijk zijn ouders alles verteld en ze hebben er goed op gereageerd. Nu jij nog.'

'Dat meen je niet? Zo erg ben ik toch niet?'

'Ja, dat weet ik, maar het is heerlijk om Goof te zien zweten!' Hij knijpt haar grinnikend in haar bil. 'En je ziet er echt uit om op te vreten! Tomas weet niet wat hij mist.'

'Hou op, hoor. En je draagt nog steeds zijn geur!'

34

Tomas

Zijn voetstappen laten sporen achter in het verse laagje sneeuw. Hij had voor het eerst sinds lange tijd heerlijk geslapen en het feit dat hij al om 5 uur in de ochtend uit bed was deed daar niks aan af. Hij probeert de zenuwen die langzaam wakker worden in bedwang te houden. Vanavond was het al kerstavond en aan het eind van de ochtend zou zijn nieuwe geur gelanceerd worden in de meest bekeken talkshow die Engeland rijk was, zodat het nog net voor kerst in huis kon worden gehaald. Hij was de hele dag volgeboekt met interviews en vanavond vloog hij naar Nederland voor de volgende talkshow.

Zijn zus had hem gisteren nog gezegd om alles gewoon maar over zich heen te laten komen. Hij had gevloekt vanwege het draaiboek en alle heisa rondom de lancering van het parfum. Ramona had het begrepen en het ook goed onder woorden gebracht. 'Mensen willen met kerst dat alles goed komt. Wereldvrede en mooie pakjes onder de boom. Hugh Grant en Julia Roberts en dat in het kwadraat. Geef ze dat, Tomas!' Hij had ja gezegd maar nee gevoeld. Was hij eraan toe? Misschien daarom dat hij nu op weg was naar Hyde Park, hij had behoefte aan de stilte voor de storm. Hij ziet Sharon weer rondhuppelen en haar ogen uitkijken. Het is stil in het park en aan de voetstappen te zien in de sneeuw waren er nog maar een paar mensen voor hem hier geweest. Een hond trippelt langs hem heen het gras op.

Hij loopt naar het bankje waar hij eerder dit jaar de eekhoorntjes had gevoerd. Ze zouden er nu vast niet zijn, warm verstopt in de bomen. Hij ademt de serene rust van het park in. Wat zou Maggie het prachtig hebben gevonden om hier sneeuw te zien liggen, het was haar grote wens geweest om samen een witte kerst te vieren. Het was niet gelukt. Toen ze er nog was verdomde het om te sneeuwen en alle kerstmissen die ze samen gevierd hadden, waren steevast met miezerregen geweest. Was het haar laatste teken aan hem om het vandaag, juist deze dag te laten sneeuwen? Hij glimlacht om zijn gedachten. Hij als wetenschapper die nu week aan het worden was?

Hij veegt de sneeuw van het bankje en gaat zitten. De kou trekt door zijn broek heen. Tomas kijkt hoe de vlokken sneeuw langzaam dikker worden en ondanks de kou voelt hij zijn hart ontdooien. Hij negeert de oproepen die op zijn telefoon binnenkomen, die rust moeten ze hem gunnen. Nog even blijft hij zitten en dan staat hij op. Hij heeft nog een plek te bezoeken voordat hij klaar is om aan de dag te beginnen. De stad wordt langzaam wakker en Tomas verstopt zich in zijn kraag en slaat een sjaal om zijn nek. Misschien kan hij op die manier relatief anoniem door zijn Londen lopen. Hij besluit om niet met de metro te gaan, maar de kou te blijven voelen. De sneeuw maakt een heerlijk krakend geluid onder zijn voeten. Gericht gaat hij nu op zijn doel af. De Tower Bridge ziet er statig uit met besneeuwde schouders. Het verkeer raast voorbij, op zoek naar laatste pakjes of boodschappen voor de avond. Wat zou hij graag ergens aanschuiven aan tafel voor een kerstdiner in plaats van de ongetwijfeld koude hapjes in de talkshow waar hij aan moet schuiven. Bij het bankje naast de rivier blijft hij kort staan. 'Dank je wel, Maggie, voor alles...'

Er komt geen antwoord terug maar het is goed zo. Met snelle passen loopt hij terug naar huis. Voor zijn deur staat een groepje van de pers op hem te wachten. Hij haalt zijn schouders op en baant zich een weg naar de voordeur. De marketingmanager staat met haar armen over elkaar voor de deur. Ze is niet blij zo te zien. 'Waar was je? Iedereen is naar je op zoek!'

Tomas kijkt haar glimlachend aan. 'Mascha, Relax. Volgens je draaiboek heb ik nog minstens een uur voor mezelf en is daarna elke seconde, tot aan mijn wc-bezoek toe door jou vol gepland.'

'*Wrong answer*. Als jij je telefoon had opgenomen, had je het geweten. We gaan aan de slag. De visagiste en de kapper zullen zo hier zijn. Ik hoop dat je al ontbeten hebt? Waar was je eigenlijk?' Mascha wacht niet op zijn antwoord en belt iemand op. 'Ja, we hebben hem.'

Hij laat haar binnen en de camera's flitsen nog na. Mascha pakt haar laptop uit haar tas en zet hem op tafel. 'Je wificode?'

Tomas fronst zijn wenkbrauwen. 'Koffie?'

Mascha zucht diep en kijkt hem lang aan. 'Met jou ga ik de oorlog niet winnen vandaag of wel?'

Tomas brengt zijn handen in de lucht. 'Ik werk mee, maar kan het een beetje rustiger? Het is al spannend genoeg en als jij dan ook nog eens als een bloedhond in mijn nek hijgt krijg ik echt kortsluiting. Dus ik stel voor dat we koffiedrinken en jij het schema doorspreekt. Hebben we dan een deal?'

Een glimlach verschijnt op haar lippen. 'Ja, dan hebben we een deal. Al moet ik je waarschuwen: ik heb al drie koppen op. Tomas, dit is de stunt van het jaar, wat zeg ik? Van deze eeuw. Groter dan Dior!'

'En jij verlangt naar een bonus?' Hij schudt zijn hoofd en loopt naar het kleine keukentje om de koffiebonen te vermalen.

'Ik kan dat niet ontkennen, maar ik vind het verhaal achter het parfum gewoon prachtig en ik denk de rest van de wereld met mij.'

'Ja, daar wilde ik het met je over hebben…' Hij twijfelt even en vervolgt dan zijn verhaal. 'Ik weet dat marketing belangrijk is maar denk je niet dat deze geur zichzelf verkoopt? Zonder de strik eromheen?'

'Ik weet dat jij een hekel hebt aan de commercie eromheen, maar liefde verkoopt, Tomas. Denk aan de Coca-Cola-truck met de Kerstman, de omzet van de cola stijgt gigantisch, ieder jaar opnieuw. Zo zit de wereld nu eenmaal in elkaar. En misschien moet je het anders zien?' Ze gaat verzitten en Tomas wapent zich, hij kent haar goed genoeg om te weten dat ze nu met iets gaat komen waarvan ze denkt dat het hem zal overtuigen. Mascha had altijd een plan B. 'Je eert Maggie ermee. Met de geur en jullie herinneringen, maar ook met het verhaal erachter. Jullie liefde is onsterfelijk gemaakt.'

'Ik denk dat Maggie vooral wilde dat ik door zou gaan en dat de liefde altijd wint.'

'Dan vertel je dat!' Ze typt ijverig in haar draaiboek en het script.

Tomas loopt de keuken in en schenkt twee mokken vol met koffie. Hij gaat weer zitten en Mascha neemt een slok. 'Warm!'

'Waarom heb jij altijd haast?' Tomas neemt haar fronsend op.

'Weet ik niet, zo ben ik.' Ze haalt haar schouders op. 'Zullen we de planning doornemen?'

'Heb jij niemand die op jou zit te wachten met kerstavond?' Tomas geeft niet op, hij wil door dit ondoorgrondelijke pantser heen, waarom weet hij niet. Misschien omdat Maggie dit gedaan zou hebben. Ze wist mensen te verrassen met uitzonderlijke vragen en daardoor kwamen de verhalen los.

Even is het stil in de kamer en Mascha lijkt haar antwoord zorgvuldig te kiezen. 'Ik weet het niet.'

'Hoezo weet je dat niet?' Opeens beseft hij dat hij weinig over haar weet, net zoals hij weinig weet van de andere mensen in het team. Ze hebben allemaal de klok rond gewerkt de laatste weken, alles draaide om Persist. Maar al deze mensen hadden vast een leven, toch? 'Vertel, Mascha, hoe ziet jouw kerst eruit?'

'Vanavond vliegen we naar Nederland en schuiven we aan bij een tweede praatprogramma. En morgen ben ik druk met het opvolgen van alle socialemediaberichten. We hebben goud in handen, Tomas!' Ze wil weer verder typen maar hij pakt haar laptop weg.

'Niet doen, Tomas!' Ze kijkt hem smekend aan en opeens voelt Tomas dat ze zich verschuilt achter haar werk.

'Vertel. Daarna werk ik mee.'

'Je zou al meewerken na die kop koffie, waar we eigenlijk al geen tijd voor hebben.' Ze schudt haar hoofd maar ziet dat ze het niet gaat winnen. 'Vooruit dan. Mijn liefdesleven is al vier jaar lang saai. Niks te melden. Tot vorige week. Ik ben iemand tegengekomen bij het boodschappen doen. Mijn pak melk viel buiten op de grond en ik heb hard staan vloeken in vier talen. Ik had echt haast, Tomas. Je weet wel, de laatste loodjes op het werk.'

'Jij hebt altijd haast. En toen?'

'Toen gaf iemand me een nieuw pak melk. En we raakten aan de praat. Hij was leuk. Gewoon echt leuk. Ik weet niet waarom, maar ik gaf hem mijn adres toen hij daarom vroeg. Elke dag stond er een pak melk voor mijn deur met een briefje erop geplakt.' Ze zucht diep. 'Nou ja en gisteren zat er een briefje op met de vraag of hij voor me mocht koken met kerst. Vanavond dus.'

'En toen?'

'Toen heb ik gezegd dat ik niet kan. En daar laten we het nu bij, Tomas. We moeten nu echt aan de slag.'

'Hoe heet hij?'

'Hij heet Sam. Gewoon Sam, oké?' Ze grist de laptop terug uit zijn handen en gaat verder in haar draaiboek. 'Nadat jij bent aangekleed en gestyled doen we een fotoshoot op een paar plekken in Londen. Vervoer is geregeld. We eten wat onderweg naar de studio en doen daar een liveoptreden. Nu wil ik het interview met je doornemen, we hebben de programma's een script doorgestuurd en daar gaan we ons zo veel mogelijk aan houden. Geen verrassingen.'

'Geen spontane acties dus?'

'Nee, die vooral niet. Jij bent het merk, Tomas, jij en je verhaal. We willen geen ruis in de boodschap.'

'En wie ben ik? De rouwende weduwnaar?'

'Ja, dat verkoopt, zoals ik je al heb uitgelegd.'

'Blijven we hangen in "verdriet verkoopt"?'

'Als dat bij jou tot inspiratie leidt wel, ja...' Geïrriteerd kijkt ze hem aan.

'Mijn verdriet om Maggie is echter dan hoe jij het wilt verkopen, Mascha. Mijn verdriet is onderdeel van mijn hele wezen en elke dag doet het opnieuw pijn. Het is rauw met een zwarte rand. Dat hoeft niet uitgemolken te worden, dat zou Maggie niet gewild hebben en dat wil ik ook niet. Of we vertellen het échte verhaal achter Persist of iedereen zoekt het maar uit.' Tomas is opgestaan en zijn stoel valt met een klap op de grond. 'Ik ben geen merk. Je kunt me niet vermarkten.'

'Onze hele campagne is erop gericht, Tomas. Je kunt nu niet je bokkenpruik opzetten. We hebben je wekenlang hierop voorbereid maar echt geluisterd heb je niet, of wel?' Ook Mascha is opgestaan en staat bijna briesend tegenover hem maar dan bedenkt ze zich. 'Sorry, dit heeft geen zin. Het is voor ons allemaal spannend.' Ze gaat weer zitten en masseert haar slapen.

Opeens voelt Tomas medelijden met haar en hij pakt de stoel van de grond en gaat ook weer zitten. 'We zijn aan vakantie toe, denk ik.'

Mascha lacht. 'Dat zeker. Maar eerst gaan we rocken!'

De fotoshoot verloopt zonder problemen, al moet er veel publiek op afstand gehouden worden. Tomas is blij met de berichtjes die hij af en toe binnenkrijgt van Ramona om hem succes te wensen.

Trek je het nog, Tomas?

Hij stuurt haar een foto van het gekkenhuis om hem heen.

Was Maggie er maar, die wist dit allemaal wel te regelen.

Je doet het anders zelf ook enorm goed, Tomas. Tot vanavond!

Ramona was door het dolle heen geweest toen hij haar geappt had dat hij vanavond naar huis zou vliegen. Veel tijd om details uit te wisselen had hij niet want Mascha stond nog steeds in zijn nek te hijgen.

Wanneer hij eindelijk de studio in loopt voor de grote liveshow voelt hij het kriebelen in zijn buik. De visagiste is vriendelijk en ook al houdt hij niet van gefrunnik aan zijn gezicht, hij laat het toe. Een moment van rust. Ook Mascha lijkt haar rust even te pakken en op een onbewaakt moment vangt hij een verdrietige blik van haar op. Zou ze aan haar verloren kerstavond denken? De microfoon wordt bij hem omgedaan en het zal niet lang meer duren voordat hij plaats moet nemen op de bank in de studio.

‘Gewoon jezelf zijn, Tomas.’ Hij heeft geen idee wie dit tegen hem zegt maar hij knikt. ‘Je mag het parfum zo meteen onthullen door het eerste vleugje op te spuiten bij Adele. Ze zingt zo haar lied en dan ben jij aan de beurt.’ Weer knikt hij. Adele. Prima. Hij hield van haar stem. Hij hoort de klanken van haar liedje en mompelt de woorden mee.

Let me photograph you in this light

In case it is the last time

Wat zou Maggie trots zijn. Hij op tv en Adele met zijn parfum op haar pols.

'Jij bent, Tomas. Je moet op!' Mascha geeft hem een klopje op zijn schouder. 'Je kunt het!'

Hij schuift aan op de bank en krijgt de laatste paar zinnen van Adele nog mee. Hij klapt in zijn handen en ze maakt een buiging en komt dan naast hem zitten op de bank. Tomas ziet dat de camera op hem gericht is. Hij stopt zijn zenuwen weg en focust zich op de aankondiging van dit onderdeel van de show.

'Welkom, Tomas en dat op kerstavond. De belofte van de parfumwereld en voor ons een speciaal moment. De onthulling van jouw nieuwe geur waar iedereen op heeft zit te wachten! Hoe voelt dat voor jou? Van parfummaker naar beroemdheid?'

Tomas knikt en denkt na over zijn woorden. 'Ik zie mezelf niet als een beroemdheid, niet zoals Adele hier naast me. Toch hoop ik dat mijn geur de wereld zal betoveren net zoals bijvoorbeeld een lied doet of een mooi schilderij in het museum. Kunst kent vele gezichten en ik zie deze geur ook als een soort kunst.'

'En zoals ik begrepen heb als een ode aan de liefde?'

'Ja, dat ook.' Hij ziet Mascha vanuit zijn ooghoeken zwaaiende bewegingen maken, hij weet dat ze wil dat hij meer uitleg geeft. Hoe zwaarder het verhaal hoe beter de verkoop. En dat alles in de komende vijf minuten waarin hij in de uitzending is. Hij aarzelt. Adele kijkt hem vriendelijk aan en de presentator ook, al ziet hij daar ook een soort gejaagdheid in zijn ogen. Scoren en nog eens scoren. Met de parfum en met de kijkcijfers.

'In alle parfums die ik maak zit een boodschap, noem het een oproep. Liefde is er altijd en overal. In het hier en het nu maar ook in bitterzoete herinneringen. We verspillen vaak onze tijd met zaken die er niet toe doen.' Hij aarzelt even. 'We kopen parfum vanwege de verpakking of de marketing eromheen. We willen precies dat ene gevoel ermee opwekken bij onszelf of bij een ander. Maar een parfum komt pas tot leven wanneer jij dat ook doet. De parfum is niet meer dan een zetje, de rest moet je zelf doen.'

'En wat heb jij in deze parfum gestopt waardoor hij zo speciaal is?'

Tomas denkt even na, het is doodstil in de studio. 'De liefde voor het leven. Dat zit erin, dat en een vleugje Londen. Voor iedereen herkenbaar als je door de straten van deze mooie stad loopt.'

Adele begint langzaam te klappen.

Tomas maakt een kleine hoffelijke buiging. De presentator staat op en twee dames in korte kerstjurkjes komen binnen. Ze dragen een plateau met het parfum erop. De muziek speelt zacht. 'Tomas, als je zover bent, zou je jouw geur willen onthullen?'

Hij pakt het parfum en loopt naar Adele toe. Ze heeft haar pols al uitgestoken. 'Je weet het, niet wrijven, hè?' Hij sprayt de geur op haar pols en ze buigt haar hals een beetje opzij. Tomas schuift haar haren naar achteren en sprayt een vleugje in haar hals. *'Just perfect!'*

Adele lijkt in extase te zijn en neemt het woord. 'Zoiets goddelijks heb ik nog niet eerder geroken; het is kerst en Londen ineen!' Tomas neemt de woorden in ontvangst, hij is niet verrast, dit was de uitwerking waarvan hij wist dat ze zou komen. Maggie wist mensen te betoveren, dit was haar ode aan de wereld. Maar dat hoefde niemand te weten. Dit was van hem en van haar. Hij is zijn belofte nagekomen.

'Tomas, we willen je bedanken en hopen dat je de wereld blijft verrassen met jouw werk. Je vertrekt zo met het vliegtuig naar Nederland voor een optreden in een andere talkshow. Heb jij nog een kerstwens voor de kijkers hier?'

'Ik wens jullie liefde. Niet morgen of overmorgen, maar nu. En omdat ik weet dat de kijkers dromers zijn en houden van romantiek. Hier een oproepje aan Sam, de melkman. Mocht je kijken –'

Hij hoort een verbaasde kreet van Mascha. 'Nee, Tomas!'

'Mocht je kijken en dat lijkt me wel, begin dan maar vast met koken. Ik stuur Mascha naar je toe.' Hij kijkt recht in de camera. 'Geloof me, dit is het meest romantische verhaal van deze kerst!'

Tomas voelt dat zijn lijf trilt. De spanning van het optreden komt er nu langzaam uit. Mascha staat als in shock aan de grond genageld en de voltallige crew van de talkshow is in feeststemming. Ze hebben vanavond gescoord en niet zo'n beetje ook.

Tomas loopt met het flesje parfum naar Mascha toe. 'Hier, voor jou. En nu ga je naar Sam.'

Ze wil tegensputteren maar hij houdt haar tegen. 'Je hebt alles geregeld. Ik vlieg businessclass, de taxi brengt me naar de studio in Aalsmeer en voor de rest moet ik vooral lachen in de camera. Toe, Mascha, ga. Deze parfum verkoopt zichzelf.'

'Ik krijg hier problemen mee.'

Nee, dit levert je een bonus op, geloof me nu maar.'

Ze kust hem op zijn wang. 'Je hebt gelijk. Succes in Nederland! Iets zegt mij dat jij ook een missie hebt.'

'Misschien wel.' Hij schenkt haar een knipoog en ontdoet zich dan van het microfoontje. Tomas is blij dat Mascha inderdaad een regelneef eerste klas is, want niet veel later staat hij op het vliegveld. Een klein koffertje handbagage in zijn handen met de opdracht dit vooral niet te verliezen. Zijn parfum zou vanavond pas in Nederland te krijgen zijn. Vanavond zou hij de wereld verrassen.

'Sta je weer te dromen?' Een bekende stem haalt hem uit zijn gemijmer.

'U weer!'

'We blijven elkaar tegenkomen. Heb je nu nog niet gevonden wat je zoekt dat je de wereld over blijft vliegen?' De dame die hij op het vliegveld ontmoette de keer dat hij zijn koffer kwijtraakte, lacht zachtjes.

'En u dan? Weer een vliegtuig laten wachten?'

'Deze keer niet. Ik wil op tijd zijn op kerstavond. De kleinkinderen wachten!' En weg is ze.

Voordat Tomas er erg in heeft, is hij op Schiphol geland en door een taxi naar de studio gereden. Hij krijgt een appje van Mascha binnen.

And? Made it?

Hij maakt een selfie met zijn duim omhoog.

En jij?

Tomas krijgt een foto met twee paar duimen terug.

Thank you, Tomas!

'Hebt u al gegeten, meneer?' Een van de dames in de studio spreekt hem aan. 'U zult opnieuw in de make-up moeten. We nemen zo het script met u door.' Tomas knikt. Hij weet nu hoe het werkt.

Er komt nog een appje van Mascha binnen en hij moet lachen. 'Hou je niet aan het script, Tomas, vooral niet. Doe wat je in Londen deed! Het heeft gewerkt! Je parfum is al bijna uitverkocht!'

En uit het niets is daar Maggies stem weer. *'Tomas? Moet jij niet ergens naartoe?'*

Hij knikt. 'Dat moet ik zeker, Maggie. En dat ga ik ook doen.' Zijn ogen glimmen verdacht en zijn hart maakt overuren. Zou het plan in zijn hoofd lukken? Hij pakt zijn telefoon en stuurt een paar berichtjes naar Mascha, zij is de enige die deze stunt voor elkaar zou kunnen krijgen. Haar reactie is goud waard.

You are a fucking crazy genius!

Hij stuurt een berichtje terug.

> Ik wist dat ik op je kon rekenen! Je hebt een uur voor de grootste campagnestunt in je leven. Hoop dat Sam het eten warm kan houden!

Tomas is blij met een glas cola en een enigszins klef broodje gezond op tafel. Hij luistert amper naar de dame van de regie die hem allerlei instructies geeft. Zijn hoofd lijkt vol watten te zitten. Hij ziet een bekende Nederlander langslopen maar kan hem niet meteen plaatsen. Ook de presentator loopt langs en schuift dan kort bij Tomas aan tafel. 'Zin in?'

'Zeker!'

'Ik ben razend benieuwd naar de geur. En het is een eer om je in mijn show te hebben. Je vorige geur draag ik bijna elke dag.'

'Behalve vandaag dan of niet?' Tomas ziet dat de presentator kleurt.

'Nee, vervroegd kerstcadeau van mijn moeder, je weet hoe dat gaat.'

Tomas schudt zijn hoofd. 'Morgen weer je eigen geurtje op hoor, dit past niet bij je, te zoet.'

De presentator tikt tegen zijn denkbeeldige pet. 'Wat jij zegt. Wil je zo de studio even zien? Dat helpt vast tegen de zenuwen. Of ben je relaxed?'

Tomas haalt zijn schouders op. 'Ach, komt vast goed. Alles voor de show.'

'Je schuift aan met nog drie andere gasten. Twee zangers en een cabaretier. En we zetten iemand in het zonnetje, live in de uitzending. Maar dat heb je vast allemaal al gehoord van de assistente. Ik ga nu de make-up in, mocht je nog iets nodig hebben, dan horen we het van je.'

Wanneer Tomas uit de make-up komt mag hij plaatsnemen in de

ruimte voor de studio. Op een groot scherm kan hij de uitzending volgen. Het afgelopen jaar wordt doorgenomen met een aantal tafelgasten. Hij kijkt af en toe op zijn telefoon of er al groen licht is vanuit Londen. Daar blijft het akelig stil.

Hij ziet hoe de opname in de studio overschakelt op de reclame. In beeld verschijnt zijn parfum. Persist! De reclame voelt warm aan en een gevoel van opwinding rommelt in zijn buik. Alles klopt, de reclame, de verpakking en de flacon. Uit zijn tas haalt hij het doosje voor in de uitzending. Zijn handen voelen klam aan en hij is blij met het flesje water voor zijn neus.

'Tomas, jij bent, kom je?' Een jonge vrouw in kokerrok staat voor zijn neus, ze neemt hem bewonderend op. 'Ik heb je geur voor kerst gevraagd.'

Hij lacht. Heerlijk om dit te horen. Mensen zitten te wachten op zijn nieuwe geur! De studio is in kerststemming gebracht en hij schudt de handen van de mensen aan tafel. De opnameleider telt af, nog een minuut en ze zijn weer live. Het flesje parfum staat in het midden van de tafel en de camera zoomt in. Ze zijn live.

De telefoon in zijn broekzak trilt, dit is niet het moment om te kijken en hij moet erop vertrouwen dat Mascha heeft geregeld wat hij haar had gevraagd.

'Tomas, we zijn blij om jou hier vanavond te hebben. Je bent overgevlogen uit Londen en je hebt daar heel wat teweeggebracht.'

Tomas knikt verlegen en kijkt naar een korte compilatie van de show in Londen. 'We hebben gehoord dat Persist daar al uitverkocht is. Gefeliciteerd! Daarnaast heeft Mascha haar melkman gevonden. Mooier kan de kerst niet worden of wel?' De presentator kijkt hem nu nieuwsgierig aan.

'Ik weet het niet. Kerst bestaat voor een groot deel uit wonderen, toch?' Tomas schuift wat ongemakkelijk op en neer op zijn stoel.

‘Hoe moeilijk was het om deze geur te maken? Je zat er, mogen we de kranten in Londen geloven, behoorlijk doorheen. Is het te vergelijken met een writer’s block?’

‘Ja, ik zat er enorm doorheen en dan helpen die koppen in de bladen ook niet echt. Er kwam letterlijk niks meer uit mijn handen. Ik miste het belangrijkste ingrediënt om van Persist een succes te maken.’

‘En toch is het gelukt. Wat was dat laatste ingrediënt?’

‘U vraagt een chef-kok toch ook niet om zijn geheime recept te verklappen? Of een goochelaar hoe een truc werkt?’

‘Touché, Tomas. Je hebt gelijk. Luister, we zijn ook enorm geïnteresseerd in deze foto.’

Verwonderd kijkt Tomas naar de foto die nu groot in beeld te zien is. Hij fronst zijn wenkbrauwen. Wat is dit? De foto van hem in het café met de schalkse Tess op schoot. Moet dit nu? Is dit de Nederlandse manier om kijkers te trekken? Voordat hij kan antwoorden gaat de camera naar een andere tafelgast, die een schuine grap maakt. Gelukkig kondigt de presentator dan aan dat ze naar de reclame gaan.

‘Sorry, Tomas. Dat is het spel. Geef gewoon antwoord op de vraag en we gaan daarna over tot de lancering van Persist. Meer gratis reclame op een avond is onmogelijk.’

Tomas knikt, zijn mond voelt kurkdroog. Hij neemt een slok van het glas water voor hem. De artiesten aan tafel roddelen over de nieuwe voetbalvrouw van iemand uit het Nederlands elftal. De beeldschermen geven aan dat er nog een paar seconden zijn voordat de show weer live is.

‘We zijn weer live en we bleven hangen bij de cliffhanger van Tomas en zijn parfum. Je bent door een moeilijke tijd gegaan en daar is iets moois uit voortgekomen. Op je schoot nog wel!’ Gelach in de studio. ‘En daarnaast heb je een miljoenendeal met het parfumhuis afgesloten, ik neem aan dat jouw jaar niet meer stuk kan.’

‘Geld interesseert me weinig, eerlijk gezegd. Het deed me net meer om te horen dat de dame van de opname zei dat ze mijn parfum als cadeau voor kerst heeft gevraagd. Ik wil iets kunnen toevoegen aan iemands leven. Zo simpel is het.’

‘Prachtig! Tomas, we wachten nog even met het openmaken van je parfum. We gaan in gesprek met de dame naast jou. Ze is gek op parfum, lingerie en mannen. Is het niet?’

Het gesprek gaat langs hem heen. Het gesprek is vergelijkbaar met de goedkope namaakparfum waar hij een grote hekel aan heeft.

35

Sharon

‘Kom, zet de tv aan!’ Bryan zoekt de afstandsbediening en negeert de boze blik van Sharon.

‘Moet je de avond verpesten, Bryan? Het was tot nu de perfecte kerstavond!’ Sharon gooit een kussen naar zijn hoofd.

‘Shar, ga zitten. Gun Tomas zijn moment, hij heeft je steun hard nodig. Dat had ik ook op de dag van mijn expositie.’ Luuk spreekt haar vermanend toe.

‘Pap, ik heb niks meer van die man gehoord, dat weet jij ook.’ Ze gaat op de bank zitten naast haar vader. Hij heeft zijn heerlijke houthakkershemd weer aan en de stoppeltjes komen weer door.

‘Iemand nog wijn?’ Patrice staat met een fles in haar handen. Goof houdt zijn glas omhoog. ‘Ik wil wel.’

Sharon kijkt de kamer rond. Het was de perfecte avond geweest. Iedereen van wie ze zo veel hield was hier en Goof bleek ontzettend gezellig. Het was mooi om te zien met hoeveel liefde hij naar Bryan keek.

De tafel vol met hapjes en de cadeautjes nog onder de boom. Het huis vol bloemen en flessen drank; de opening van de expositie was een succes geweest. Ze denkt terug aan het gesprek met haar moeder toen ze die avond laat nog samen een wandeling hadden gemaakt. 'Ik was niet altijd even leuk als dochter en dat spijt me zo.' Ze had de woorden uitgesproken en het schuldgevoel in haar buik werd er niet minder om. Haar moeder had een arm door die van haar geschoven en gelachen. 'Zo hoort dat tussen moeders en dochters. En ik ken jou, Sharon, je hebt nooit niet van mij gehouden. Ik denk dat ik niet anders gereageerd zou hebben, had ik in jouw schoenen gestaan. Je kwam op voor je vader en dat was goed, hij had het meer nodig dan ik.'

Hoe overtuigend haar moeder ook had gesproken, Sharon wilde er niet aan. 'Mam, laat je masker eens vallen. Heb jij mij nooit gemist?'

'Ik miste je al vanaf de dag dat je geboren werd. Het moederschap is loslaten en nog eens loslaten. Ik zag je sterker worden met de dag en daar haalde ik mijn kracht uit. Dat en al die herinneringen die wij samen hebben. En ja, het was niet altijd leuk om rollende ogen, fronsende wenkbrauwen of scheldwoorden van je te horen. Dat geef ik toe, maar voor de rest was je als puber erg makkelijk.'

'Waar zit jij met je gedachten?' Patrice kriebelt zacht in haar nek.

'Ik zat bij jou. Bij ons gesprek van gisteren.'

Bryan heft zijn glas omhoog. 'Op goede gesprekken!'

Iedereen doet mee en dan zet Bryan de tv harder. 'Kijk, daar zit hij! De geur is al niet meer te krijgen in Engeland.' Sharons hart bonst in haar keel wanneer ze Tomas ziet zitten. Hij ziet er goed uit in dat zwarte pak. Ze probeert zijn ogen te doorgronden en schrikt bij het zien van zijn ongemak.

'Ze willen hem aan het spit rijgen! Wat is die presentator een…' Bryan houdt zijn telefoon omhoog. Sharon ziet een Twitter-feed en schudt haar hoofd. 'Alles waar Tomas een hekel aan heeft. Wat een pulp!'

'En wie is dat mens met die opgespoten lippen naast hem?' Luuk haalt zijn neus op.

'Sensatiezoekers.' Goof knijpt Sharon zacht in haar arm. 'Tomas is hier te goed voor, geloof me.' Ze kijkt hem dankbaar aan.

De reclame start en Bryan kijkt naar zijn telefoon. 'Er is een tegenbeweging op gang gekomen! Wat is dit?'

'Waar moeten we kijken?' Patrice pakt haar telefoon tevoorschijn en zoekt mee.

'Shade of Hope, blijkbaar! Wat is dat?' Bryan glundert bij het zien van de trending hashtag die om Tomas heen lijkt te zijn gebouwd.

'Stil, ik kan niet verstaan wat de presentator net vroeg!' Luuk is naast de tv gaan staan. 'Zet 'm op jongen, geef tegengas!'

Het wordt stil in de woonkamer en Sharon schrikt van een knallertje dat ergens in de wijk wordt afgestoken.

'Prachtig! Tomas, we wachten nog even met het openmaken van je parfum. We gaan in gesprek met de dame naast jou. Ze is gek op parfum, lingerie en mannen. Is het niet?' De camera zoomt in op de parfum en op Tomas. Sharon ziet zijn wanhoop en tegelijkertijd zijn kalmte. Net alsof hij het van zich af laat glijden. De vrouw met de blonde haren en opgespoten lippen vertelt over haar grote kerstcadeau wat ze kreeg van haar derde man; een facelift met de allernieuwste technieken.

'Wat doet Tomas? Kijk wat hij doet!' Bryan springt van zijn stoel en wijst hem aan op de televisie. 'Ja, hij doet het! Hij loopt de studio uit! Pak je parfum, Tomas!'

Terwijl hij wegloopt trekt hij zijn jasje open en er is nog net iets te lezen. De camera zoomt in en dan weer terug naar de verbaasde gezichten aan tafel.

'Wat staat er?' Goof is naast Bryan komen staan.

'#ShadeofHope'

'En nu dan?' Sharon voelt van alles door haar lichaam stromen en de eerste emotie die ze kan plaatsen is die van gemis. Ze mist hem. Ze mist de man die net uit een live-uitzending is weggelopen.

'We moeten naar Instagram, nu!' Goof zoekt zijn account op en kijkt naar het verhaal boven in zijn scherm. 'Kijk bij Nikkie!'

'Wie?' Patrice hangt nu over hem heen.

'De vlogster over make-up!'

Luuk gooit zijn armen in de lucht. 'Ik ben oud. Het is bevestigd.'

Patrice geeft hem een kus op zijn wang. 'Jij bent zo oud als jij je voelt.'

'Waar zou hij heen zijn nu?' De tweede emotie heeft nu ook een plek gekregen en Sharon voelt zich machteloos. 'Stel dat hij het gewoon niet meer ziet zitten.'

'Sharon, nee, dat zie je verkeerd. Die man weet precies waar hij mee bezig is en dat is het veroorzaken van een revolutie. Weg met de wansmaak en terug naar alles wat puur is!' Goof klapt in zijn handen alsof hij een vijfjarige is, maar het doet er niet toe. Iedereen is hier Team Tomas.

Het praatprogramma lijkt het ook begrepen te hebben en de dame met de blonde haren wordt afgekapt. 'Dames en heren, kijkers, we maken iets unieks mee hier op kerstavond. We schakelen live naar Nikkie Tutorials.'

'Man, o, man, Twitter ontploft!' Bryan stuurt zelf ook een tweet naar de hashtag Shadeofhope. Hij kijkt Goof aan. 'Jij bent mijn #ShadeofHope!'

Nikkie verschijnt in beeld en de presentator vraagt haar wat er gaande is. 'Tomas heeft een verrassing voor iedereen! Ik ben zo ontzettend opgewonden dat ik dit met iedereen mag delen. We gaan aftellen naar een speciaal moment alsof het oud en nieuw is. Er zal vanavond niet één nieuwe geur gelanceerd worden maar twee! Persist zag het levenslicht in Londen maar er is een tweede geur en die zal zo meteen gelanceerd worden. De naam mag ik alvast bekendmaken, al is die naam al trending op Twitter en Instagram. Nog even, mensen, en Shade of Hope zal als allereerste in Nederland te koop zijn!'

‘Waar is Tomas nu dan?’ De presentator onderbreekt haar en stelt de vraag die bij iedereen op de lippen ligt.

Nikkie haalt haar schouders op. ‘Dat weet niemand. Onderweg naar een geheime locatie. De plek of de persoon waar hij de inspiratie vond om een tweede geur te ontwikkelen. Mensen, er is een tweede hashtag online! En het lijkt erop dat de campagne rondom Shade of Hope daaromheen gebouwd is, ik vind het prachtig.’ Nikkie staat te glunderen en in beeld is te zien welke hashtag er nu naar boven schiet.

‘We schakelen live naar Londen waarin op alle billboards op dit moment de nieuwe reclame te zien is. Hoe hebben ze dit geheim kunnen houden? Dit is werkelijk de geniaalse marketingstunt aller tijden!’ zegt de presentator.

‘Step out of the shade... become who you are! Shade of Hope – the fragrance.’

‘Nikkie, kun jij deze campagne toelichten? Welk verhaal zit erachter? Wat heeft Tomas hiermee willen zeggen?’ De presentator is weer terug bij Nikkie.

‘Daar ben ik net zo benieuwd naar als jullie allemaal, maar daar komen we zo achter. Het schijnt dat hij bijna op de plaats van bestemming is aangekomen.’

Sharon houdt haar adem in. Wat is Tomas aan het doen? Bryan komt naast haar staan en er staan tranen in zijn ogen. ‘Die man van je heeft het voor elkaar, hij breekt een lans voor alles en iedereen om voor zichzelf op te komen. *Step out of the shade...* Zo prachtig!’

Sharon neemt een slok van haar wijn, het duizelt haar. Een televisie-interview kon ze nog net aan maar nu staat de hele avond in het teken van de man die overduidelijk nog zo in haar hart zit. Pijnlijk is dit, hoe kan hij praten over hoop terwijl hij zo vastzit in zijn verleden? Vastgeketend aan zijn grote liefde Maggie.

‘Tsja, daar is mijn expositie niks bij.’ Luuk pakt een hand vol nootjes en zakt onderuit op de bank. 'Maar ik kijk wel uit naar het nationale aftelmoment op kerstavond. De spanning is voelbaar!'

Patrice knikt instemmend. 'Een avond met een staartje, schat ik zo in.'

'O, wat lief, Goof!' Bryan drukt een kus op Goofs lippen terwijl hij naar Goofs Instagram-pagina kijkt.

Goof bloost. 'Het is zo. Voor jou en door jou ben ik uit mijn eigen schaduw gekropen... En nu weet iedereen het. Kijk, ik krijg heel veel likes!'

Sharon kruipt op de bank en vouwt haar benen onder haar billen. Ze bekijkt de blijdschap en de liefde in de kamer en het ontroert haar, maar ze kan de scherpe pijn van eenzaamheid niet onderdrukken.

'Gaat het?' Patrice is naast haar komen zitten en Sharon legt haar hoofd op haar moeders schouder.

'Het is goed zo, mam. Dit hier met jullie.'

'Dat is lief, maar wat is er met je aan de hand? Je bent zo stil en toch lijkt het te stormen in je hoofd.'

'Ik voel me gewoon alleen. En alleen zijn voelt op kerstavond altijd ellendig. En het helpt niet dat Tomas overal trending is.'

Goof en Bryan komen ook op de bank zitten en Sharon lacht. 'Dit is geen vierpersoonsbank, hoor!' Ze wurmt zich tussen al die lijven vandaan. 'Ik wil geen partypooper zijn, echt niet.' Haar onderlip trilt en ze doet haar best om er niet aan toe te geven. Dan gaat plotseling de bel.

'De bel! Verwacht jij iemand, Sharon?' Luuk staat op en wil naar de deur lopen.

Patrice houdt hem tegen. 'Ik denk dat Sharon even open moet doen.'

Sharon kijkt haar moeder vragend aan. Bryan komt amper nog uit zijn woorden door een enorme lachbui. 'Een stripper! Ik wist het!'

Sharon komt overeind en loopt langzaam naar de gang. Ze doet de deur open waardoor er een koude windvlaag mee naar binnen komt.

Ze moet zich even oriënteren want er staat een enorme cameraploeg voor de deur. Ook de mensen uit de straat staan her en der verspreid op de stoep. Ze probeert te plaatsen wat ze ziet; aan de Postcodeloterij doet ze niet mee. Dan ziet ze een van de buurmeisjes met een kartonnen bordje staan. #ShadeofHope.

Bryan stormt de deuropening in en rent van Sharon weer terug naar Goof. 'Sharon, hij komt eraan! Hij is op weg naar jou. Jij bent Shade of Hope! Snap je het?' Hij is door het dolle heen en loopt de woonkamer weer in. Sharon kijkt naar de sneeuw die omlaag komt vallen en op diamanten lijkt doordat de camera's blijven flitsen. Ze ziet er niet uit! Ze probeert te voelen wat er omgaat in haar hoofd, afgaande op de signalen van haar lijf is het daar een chaos. Ze heeft het warm en koud tegelijk en haar lichaam beeft. De groep mensen wijkt uit elkaar en het lijkt bijna in scène gezet zoals Tomas nu recht op haar afloopt. Wat moet ze doen? Blijven staan of toegeven aan de impulsen in haar hart en nu op hem afrennen? Ze zakt weg in de sneeuw en beseft dan dat ze alleen haar kerstsokken aanheeft, maar voor haar schoenen aan doen was geen tijd. Hij versnelt zijn pas ook en vlak voor haar neus blijft hij staan. Zijn ogen fonkelen de vermoeidheid en de leegte die ze bij hem zag toen hij in Londen in de talkshow zat weg. De mensen om hen heen fluiten en applaudisseren. Ze hoort vaag de naam van de parfum gescandeerd worden door de straat.

'Mag ik?' Tomas haalt een prachtig flesje uit zijn tas en laat het aan Sharon zien. Ze stroopt haar mouw op.

Vanuit haar ooghoek ziet ze haar ouders gearmd buiten staan en Goof en Bryan trekken vreemde gezichten en Sharon weet dat ze staan te huilen. Een glimlach verschijnt op haar lippen. Wat voelt zij? Haar hart klopt, haar voeten beginnen koud aan te voelen, maar hij is er! Hij is hier voor haar! Ze steekt haar pols naar voren en daar krijgt zij het eerste vleugje parfum op gespoten. Hij heeft geen moment zijn ogen van haar vandaan gedraaid, zijn hele wezen is op haar gericht. Net als bij iedereen op straat. Het is alsof de wereld haar adem inhoudt. Ze brengt haar pols naar haar neus en ruikt eraan. Het duizelt haar en de tranen lopen nu over haar wangen.

Hij komt dichterbij en veegt de tranen uit haar gezicht. 'Niet lekker?' Hij fluistert zacht in haar oor en ze schudt haar hoofd.

'Het is mooier dan alles wat ik ooit geroken heb!'

'Zullen we naar binnen gaan?' Hij pakt haar hand vast en samen lopen ze naar binnen. De wereld blijft buiten. Haar ouders zwaaien en ook Bryan en Goof snappen dat alles wat ze willen weten kan wachten.

'Hier woon ik.'

'Dat weet ik, ik haalde hier mijn koffer op. Hier begon het.'

'Ja, als de dag van gisteren en toch lijkt het een eeuwigheid geleden.' Ze schudt haar hoofd. 'Dit alles lijkt wel een droom.'

Zijn telefoon gaat. Ze knikt hem toe. 'Neem maar op.' Hij zet de telefoon op de speaker en blijft met zijn handen over die van haar wrijven, zijn ogen steeds alleen op haar gericht. Ze voelt zich warm worden.

'*You did it.* Je hebt het meisje!'

'Dat hoop ik, Mascha, dat hoop ik. *Merry Christmas!* Kan hij lekker koken?'

'Dat kan hij zeker. Dank je wel. En mocht je het willen weten, Shade of Hope is ook al uitverkocht. En voor het komende half jaar ben je volgeboekt in alle talkshows. De pot op met scripts!'

Sharon kijkt hem verbaasd aan. Hij trekt haar tegen zich aan. 'Dat vertel ik je nog wel een keer.'

Even is het stil, en dan verbreekt hij de stilte. 'En denk je dat ik je heb? Heb ik het meisje?' Hij geeft haar een knipoog maar de serieuze blik in zijn ogen verraadt hoe gespannen hij is.

'Je hebt het meisje. Je hebt haar altijd al gehad, maar je wist toen niet wat je met haar aan moest.' Voorzichtig kust ze zijn lippen, die smaken zoals ze zich herinnert van die ene nacht in Londen. Ze kijkt naar hem hoe hij zijn ogen gesloten heeft, hoe zijn gezicht ontspant. Ze heeft hem nu ook.

'Heb jij echt een parfum voor mij gemaakt?' Ze maakt zich los uit de betovering van hun kus. Tomas knikt, jongensachtig en verlegen bijna. Hij pakt het flesje en haalt het dopje eraf. Hij spraytnog een vleugje in haar hals. Hij draait haar met haar rug naar hem toe en doet zijn handen voor haar ogen. Zijn ademhaling voelt ze in haar nek en zijn stem fluistert in haar oor. De vlinders buitelen nu over elkaar heen. 'Wat ruik je, Sharon?'

De intensiteit van de geur en het moment overvallen haar. 'Ik weet het niet... Het is alles bij elkaar, maar vooral rust.'

Hij lacht in haar oor en ze krijgt kippenvel. 'Die geur ben jij. Het zijn jouw tranen in de metro bij het mind the gap-verhaal, het is jouw gulzigheid bij het zien van eten en je onverzadigbaarheid ieder uur van de dag.' Hij wacht even zodat ze hem zachtjes op zijn nummer kan zetten. 'Het is de manier waarop je huppelt wanneer je blij bent, het is het zakje dat je in de brief stopte, de magnoliabloem, je verlangen naar de toekomst en je nieuwsgierigheid naar het leven. De manier waarop je mij hebt geholpen door jezelf te zijn. Je hebt mij een kans gegeven om weer liefde te voelen. Ik mocht rouwen om Maggie en alles een plek geven, maar door de herinneringen die je bij haar brief had gestopt, wist ik dat je op me zou wachten. Ik hoop dat ik alles goed geïnterpreteerd heb.' Hij haalt zijn handen weg voor haar ogen en draait haar naar zich toe.

'Dat ik zo'n veelvraat ben ga je toch niet noemen wanneer je met de pers praat of wel?'

'Nee, daar vertel ik dat de geur subtiel is, dat hij rust brengt. Een Shade of Hope heeft een elegant karakter, niet te zoet, maar met heerlijke vanille- en lavendeltonen en een vleugje van de magnolia. Het is een geur die aan de ene kant nostalgisch aanvoelt maar die ook iets sterks heeft: een verlangen naar de toekomst, maar misschien vooral ook de kracht om jezelf te mogen en kunnen zijn. Dat laatste ben ik wanneer ik bij jou ben. Ik zou nooit met een vreemde vrouw in een vliegtuig zijn gestapt om dat rare avontuur in Londen aan te gaan, maar bij jou voelde ik me goed.'

'En Maggie?' Sharon legt haar handen om zijn gezicht en haar voorhoofd tegen het zijne. 'Kun je haar loslaten en ruimte maken voor mij?'

Hij schraapt zijn keel en pakt haar handen vast. 'Maggie zit in kleine en grote dingen verstopt in mijn leven. Maar ik besefte toen ik na jouw vertrek alleen in Londen zat, dat jij ook in mijn hart bent gaan zitten. Ik zocht je warmte en troost door in jouw bed te gaan liggen. Ik ben die smerige witte bonen van je gaan eten op een dag dat ik er echt doorheen zat. Mijn hart heeft flink wat afgehuild de laatste maanden en ik kon het niet opbrengen om je te bellen, ik moest er alleen doorheen. Een hart is groot en heeft meerdere kamertjes. Je hoeft me niet te delen, Sharon. Je krijgt mij helemaal.'

'Nou, je bent inmiddels publiek bezit, heb ik gemerkt...'

'Buitenkant en marketing. Dat weet jij als makelaar als geen ander.'

'Over huizen gesproken, ik heb een nieuw idee. Wat dacht je van een eigen huisgeur? Die kun jij vast ontwikkelen!'

'Ik ben net pas binnen en je zet me al aan het werk?' Hij bijt haar plagend in haar oorlelletje. 'Maar wil je me hebben, Sharon?'

'Wanneer je vannacht bij me blijft geef ik je morgenvroeg mijn antwoord.' Ze kruipt bij hem op schoot en kust hem met al haar passie die ze in zich heeft. Alle maanden waarin ze aan hem dacht, alle maanden waarin ze snakte naar zijn liefde, komen eruit. Hij is er klaar voor. En zij ook.

Aftiteling

Luuks expositie is een groot succes en hij is een nieuw project gestart. Zijn depressies zijn onder controle, maar gekke ideeën heeft hij nog wel. Hoewel hij en Patrice nog steeds gescheiden zijn, delen ze af en toe de lakens met elkaar.

Patrice draagt nog steeds hoge hakken en verkoopt voor de lol af en toe een villa. Haar makelaarskantoor heeft ze voor veel geld verkocht. De band met haar dochter is enorm versterkt. Op kerstavond roken ze samen een jointje zonder dat de mannen dit weten. Ze loopt steeds vaker rond in de houthakkershemden van Luuk.

Bryan is dolgelukkig met Goof en wil met zijn parfum Mannen die van mannen houden een revolutie in de reclamewereld veroorzaken. Hij koopt met kerst nog steeds rare cadeautjes voor iedereen. Dit jaar gaat hij met Goof op reis om eindelijk de naked cowboy te ontmoeten.

Goof heeft zijn handen vol aan Bryan die partijen onverkoopbare thee heeft opgekocht. Verder is hij zijn wilde haren kwijt, maar draagt hij wel nog krokodillenlaarzen. In de avonduren werkt hij aan een boek. Hij hoopt binnenkort influencer te worden op sociale media, hij heeft nu 949 volgers.

Ramona had een te kleine rol in dit verhaal maar ze is wel de trotse zus van Tomas. Ze vieren alle verjaardagen en feestdagen samen. Ze is verliefd geworden en hoopt dat Tomas haar zal weggeven tijdens haar bruiloft.

Mascha is nog steeds een van de meest gewilde marketingmanagers van Londen, maar woont tegenwoordig de helft van het jaar op het platteland, waar zij en Sam melkkoeien houden. Hun eigen merk is een groot succes. Sinds die bewuste kerstavond is de melkconsumptie in Engeland met 18,3% gestegen.

Tomas is inmiddels gewend aan zijn heldenstatus en houdt zich nooit aan het script. Hij woont samen met Sharon in hun logeerappartement in Londen, dat door Sharon voor een gunstige prijs is aangekocht. Tomas dwaalt af en toe nog wel eens door de straten van Londen en gaat op het bankje zitten. Naast de letter M staat er nu ook een letter S. Hij heeft hiervoor een nacht in de cel doorgebracht. Dit heeft inspiratie opgeleverd voor een nieuwe geur die meteen een kersthit werd.

Sharon kan eindelijk ook op hoge hakken lopen, maar de prijs daarvoor is hoog. Deze zomer zal ze haar eerste spataderen laten wegspuiten. Ze onderzoekt nu of ze wel de dochter van haar moeder is. Ze heeft het werk van Mascha overgenomen en houdt zich bezig met de marketing rondom de geuren van Tomas. Regelmatig is ze te vinden op het metrostation Embankment, waar ze luistert naar de omroeper. Dit heeft haar ertoe aangezet om laatste wensen van mensen te gaan vervullen en hier stopt ze veel van haar vrije tijd in. Hiernaast is ze druk met knuffelen met Tomas en oneindig in zijn oor fluisteren hoeveel ze van hem houdt.

Maggie heeft haar rust gevonden en laat het op kerstavond sneeuwen.

Dankwoord

Dank aan mijn mooie Londen, voor de inspiratie!

Wat heb ik genoten van het schrijven van dit verhaal, ik kan niet eens zeggen welk personage mij het dierbaarst is. Ik kan wel vertellen welke mensen in mijn leven mij dierbaar zijn.

Danielle, jij was voor mij een geweldige proeflezeres en je hebt steeds alle quotes die jij mooi vond eruit gehaald. Dank je wel voor je passie en enthousiasme. Herby, bedankt voor het meedenken over een naam voor de eerste twee parfums! Ook de lieve vrouwen uit de meelees-Facebook-chat: Caroline, Anke, Marlou, Nancy, Ellen, Esmeralda en Sonja. Hoe vaak ik jullie wel niet lastigval met nieuwe boekideeën! Zo blij dat jullie mij nog steeds niet zat zijn. Jan, jij ook bedankt! Ook dank aan de dames van 'Gaby's promotieteam', wat kan een auteur nog meer wensen dan dat!

Aline en Kyra: mijn liefste schrijfcollega's! Voor jullie alleen maar liefs en respect. Dank je wel voor het sparren en de schoppen onder mijn kont. Jullie zijn vriendinnen geworden. Roselinde: dank je wel voor de redactie van dit boek. Londen zit ook in jou, dat heb ik gevoeld. Jorien, bedankt voor het meedenken over de marketing rondom dit boek en je blije lach altijd.

Rob en Oscar, bedankt voor de informatie en inspiratie over Londen! (En jullie vriendschap, nog belangrijker eigenlijk.) Lichtpuntjes tijdens het schrijfproces waren de gesprekken met Margo G. en Tanja, die vooral niet over boeken gingen. Lieve dierbare vriendinnen! Tanja, het was superleuk om met jou te brainstormen over de Shade of Hope-geurlijnen!

Peggy, bedankt voor de wandelingen en je warmte. Mijn lieve buren, Frits en Martine. Jullie zijn mij echt heel dierbaar. Jullie zijn er voor me, altijd en wanneer dan ook. Frits, jij schreef een prachtig muziekstuk voor dit boek! Maar ook Henk en Trusia, ik ben heel blij met jullie. Stuk voor stuk bijzondere mensen.

Margo van H. en Stephan, leuk jullie makelaarskantoor! Ik had beloofd je naam te noemen, Stephan Laenen, bij deze. Bedankt voor het verkopen van ons huis. Margo van H., je bent de beste officemanager en de liefste!

Patrice, zo veel bewondering voor je doorzettingsvermogen en je optimisme. Om je te eren heb je een rol in dit boek. Ook Bryan en Ramona, ik heb jullie naam gebruikt in dit verhaal. Zonder bloggers geen boeken, zo voelt het een beetje. Dank je wel voor alle steun altijd. Sharon, ik had er lol in om jouw naam te gebruiken en wat ben je een mooi personage geworden, niet zo mooi als in het echt natuurlijk! Tomas, je maakte de bonbons voor mijn boeklancering van *Hou me vast zoals ik was* en sindsdien heb jij mij geïnspireerd. En dan Mascha, ik leerde jou op Twitter kennen en besloot jou als karakter aan het boek toe te voegen. Heerlijke Mascha die alles voor elkaar krijgt! Dank je wel voor je steun en je ideeën! De marketingcampagne Shade of Hope is van jou! Het is alsof ik je al heel lang ken.

Isa, met jou bezochten we als gezin Londen. Bedankt dat je bij ons. En bij ons blijft.

Lieve Margriet, jij was mijn Maggie in het verhaal. Ik mis je nog steeds, maar gelukkig fluister jij mij af en toe nog steeds iets toe. In al mijn boeken zal ik je blijven noemen, dat beloof ik!

En lieve Irene, dank je wel voor je mooie quote en de manier waarop jij mij blijft omarmen.

Ook hier een ode aan mijn lieve papa en mama: hou van jullie!

Ik hoop dat jullie, lieve lezers, gaan genieten van *Een vleugje Londen*. Laat het me vooral weten want daar geniet ik dan weer van. Ik ben op een andere manier parfum gaan dragen en nog meer van geuren gaan houden. Ooit hoop ik het parfum van Tomas in het echt te kunnen ruiken. Ik gun iedereen een Shade of Hope.

Het lied 'Shade of Hope' geschreven en gezongen door Dave Marriner is goud! Dave, *you are the best*!

Leo, Sara, Sabijn en Sybren, jullie zijn mijn vleugjes liefde! ❤ Lieve kinderen van me, ik hoop dat jullie de wereld gaan ontdekken. Dat hoeft niet meteen heel ver weg te zijn, zolang jullie maar leren wat het leven inhoudt. Er zijn voor een ander is wat mij betreft het allerbelangrijkste. Ik wil er altijd voor jullie zijn.